新　潮　文　庫

あの日の僕らにさよなら

平 山 瑞 穂 著

新　潮　社　版

9610

目次

あの日の僕らにさよなら

from the earth

名前がたまたま一致していたことから来る錯覚にちがいない。

桜川衛《さくらがわまもる》は、すぐに心の中で認識を改めた。

写真はほぼ全身を写しているが、顔は唇あたりまでで、その上は切れている。口元や顎《あご》の線には、たしかに都築祥子《つづきしょうこ》を思わせるところもあるが、それだけでは何の決め手にもならない。第一、本人を見たのは高校三年のとき、地元の駅前で偶然見かけたのが最後で、もう十年も前だ。だいたい普通に考えたら、こんなあからさまな猥褻《わいせつ》画像を公開するサイトに、“shoko tsuzuki”などと本名を出すわけがないではないか。

しかし衛は、ほかの写真にも目を走らせて、そこに祥子の面影を探さずにはいられなかった。

「見られることが大好きなshokoのセルフポートレイト集。実際に人前に出るのは恥ずかしいので、ここでいっぱいshokoを見てネ」

そんなメッセージとともに、「ナース」「チャイナドレス」「メイド」「ＯＬ」ととりどりのコスチュームに身を包んだshokoなる女が、個人宅の一室と思われる場所でしどけないポーズを取っている。どの写真でも右手にシャッタースイッチのようなものを持っているので、「セルフポートレイト」というのは本当らしいが、顔の全貌《ぜんぼう》は常に巧妙に隠されている。

かんじんの顔がはっきり写っていないのだから、どれだけ写真を見ても意味がない。それに、背格好や肉づきの感じさえ似ているなら、どんな女の写真だって祥子のように見える可能性がある。そういう目で見れば、そう見えてしまうだろう。

「プロフィール」も見たが、本当のことが書いてあるとはかぎらないし、どっちみち、この女の正体を特定するに足る情報は記されていない。「ひとりごと」というタイトルがつけられた、日記形式の一連の短い文章を読んでも、それは同じだ。

衛が知っている都築祥子は、読書好きで礼儀正しい、とてもきちんとした女の子だった。聡明《そうめい》で賢く、決して道を踏み外すことがない。そういうタイプに見えた。母親とは幼い頃に死別していて、薬局を経営する父親と二人暮らしだったはずだ。交代で家事もまめにこなしていたらしい。そういう都築祥子と、この猥褻な画像が、どうしても結びつかない。

ただ、shoko tsuzuki を名乗るこの女に対する興味は、尽きなかった。いったい、どんな女なのか。こういうサイトを自ら運営し、自分のみだらな姿を公開するに至った背景に、どんな事情があるのか。そのヒントを求めて、知らず知らずのうちに、「ひとりごと」に書かれた内容に引き込まれてゆく。意味をどうとでも取れる詩のようなものを綴《つづ》っている日もあれば、ちょっとした思い出に触れている日もある。

八月十七日付の分も、高校時代の追想を綴ったものだった。

そしてそれが、衛の目を釘《くぎ》づけにした。

「毎年この季節になると、思い出すこと」があるのだと彼女は書いている。その日彼女は、夜遅くなってからどうしても「ある男の子に会いたくなって」、彼の最寄《もよ》り駅でわざわざ降りてしまった。「何やってんだろうって自分でも思いつつ」、駅前の公衆電話から彼を呼び出した。

彼はすぐにかけつけてくれました。もう、犬みたいに素早く（笑）

どっちかっていうとさえない感じの男の子だったんだけど、けっこう好きだった。「おなかすいたよ」って言ったら、松屋につれてってくれました。牛めしの松屋。おかしいでしょ？　でも田舎だからそんなのしかなくて。

その一節が、電撃的に衛の心を打った。途端に、十一年前のあの夏の夜が、まざまざと脳裏に蘇《よみがえ》ってくる。たまたま家族が全員出払っている、一人きりの夜だった。衛は風呂《ふろ》上がりに自分の部屋で、祥子についての日記をつけていた。祥子と出会ってからずっと、祥子への思いをひそかに書き綴っていた日記だ。そこに思いがけなく、本人から電話がかかってきた。

「今さぁ、私、どこにいるかわかる？」

祥子はそう言った。衛は風呂上がりの髪を乾かす間も惜しんで、約束の公園に馳《は》せ参じた。夜遅く女の子と二人で会っているという事実だけで、馬鹿《ばか》みたいに舞い上がっていた。「松屋」に入ったことも、よく覚えている。祥子を連れていることを、従業員や客に見せびらかしてやりたい。そう思う一方で、「こいつ、似合わない女を連れてやがる」などと彼らが内心冷笑しているのではないかと想像して、居たたまれない思いだった。

2人で黙々と牛めし食べました。オイシカッタ…
なぜかそのことが忘れられないのです。
なんでなのか、今でも思い出すと胸がこうキュッとせつなくなるのです。

——これは、都築祥子だ。自分が知っている、あの都築祥子だ。
衛は心にそう呟《つぶや》き、穴の開くほどディスプレイの画像に見入った。それはもう、都築祥子本人以外のなにものにも見えなかった。

第一章 夏の桜

1

都心まで一時間弱、駅前で一番目立つ建物がパチンコ屋という郊外の街が、祥子の住む世界だった。その街で薬局を営んでいた父はなかなかのやり手で、いっときは隣町に支店まで構えていたが、目抜き通りにマツモトキヨシができてからはその羽振りのよさもなりをひそめた。

母は祥子が五歳のときにある難病で死んだ。祥子はその病名を何度聞かされても覚えられず、しまいには訊《き》きづらくなってあきらめてしまった。母の思い出も、今はなにか白っぽい羊毛のようなイメージとしてしか残っていない。アニメのハイジが跳び乗る雲みたいな、ふかふかで安心ななにか。

父一人、娘一人の暮らしを、寂しいと思ったことはなかった。そういうものだと思っていた。父親らしい父親とは言いがたかったが、家事は器用にこなす上に、十分に優しいので、不満は感じなかった。ただその優しさは、娘に対するものというより、女一般に対するものに近かった。

もっとも、祥子がそれに気づくのは、中学生くらいになってからだ。

「俺はそのうち恋人を作って好きにやると思う。だから祥子も早くいい人を見つけてここを出ていくなりなんなり好きにすればいい。俺は止めないから」

まだ小学校も出ないうちから、父親はそう言いつづけた。そして事実、気がつくと父のそばには、常に見知らぬ女の影があった。連れ立って歩いているのを見てしまったこともある。そんなときに父親が浮かべている優しい笑顔は、娘としての祥子がよく知っている顔で、そのことが気恥ずかしくもあり、少し悔しくもあった。おしゃれで見た目も若い父親とその恋人のことをどう捉《とら》えていいのか、年頃の祥子にはよくわからなかった。

父親は恋人を作った。しかし祥子自身には、だれかと両想《りょうおも》いになることなどおよそ想像できない。それは父のような大人の世界の話で、自分には縁遠いことなのだ。ぼんやりとそんな風に考えている間に時は過ぎ、祥子は今や、高校二年生だった。電車でひと駅のところにある、中堅よりちょっと上の県立高校。駅からの徒歩の道は遠く、電車に乗っている時間の十倍近くかかる。その間にある駄菓子屋で帰り道にちょっとだけ買い食いするのがささやかな楽しみという毎日。

共学だが、浮いた話も特になかった。言い寄ってくる男子生徒がいないでもなかったが、祥子の側がその気になれない。この年頃の男の子というのは、なにかギラギラしたものが肌一面に分泌《ぶんぴつ》されているみたいで、それが気持ち悪くて尻込《しりご》みさせられるのだ。祥子はそれを「汁が出てそう」と表現し、いつも自分でそれを言ってからさらに不快な気分になった。

「じゃあどんなんだったら〝汁が出て〟ないわけ?」

瀬賀《せが》榛菜《はるな》があきれたように繰り返した問いだ。一年生のとき同じクラスになって以来のつきあいだが、この友達は、ともすれば部屋にこもって本ばかり読んでいる祥子を「外の世界にひっぱり出す」ことに理由のよくわからない熱意を燃やしていた。祥子自身は、今の生活にとりたてて不満を感じているわけでもなかったにもかかわらず。

「〝汁が出て〟ない人とだったら仲良くしてもいいんでしょ?　祥子にとってどういう人がそうなわけ?」

「う〜ん、インテリっぽい人とかかな」

祥子自身は、自分がそう答えたことを覚えていない。「知的な風貌《ふうぼう》の人」みたいなことは口にしたかもしれない。いずれにしても、それほど深い意味をこめての発言ではなかったのだが、榛菜は勝手に盛り上がって、候補者を一人ピックアップしていた。

「いたよ、祥子にピッタリのが。桜川っていう、中学のときの同級生なんだけどさ。もう、学者って感じ。ちょっと会ってみれば？　〝汁〟出てないよ。どっちかっていうと乾燥してパサパサ」

おせっかいもはなはだしい上に、これが人にだれかを勧める口ぶりだろうか。そんな疑問を感じている間に、榛菜は手際《てぎわ》よく祥子とその桜川という「インテリ」とを引き合わせる場をセッティングしてしまった。サリンジャーの『フラニーとゾーイー』を彼の家まで二人で借りに行く、という名目でだ。祥子がその本に興味を持っていることを榛菜は知っていて、そして彼がまさにその本を持っていることがわかったからだ。

「そいつ気難しくてさ、女の子と会わせたいからって呼び出して出てくるような奴《やつ》じゃないんだよね」

「逆に、そんな人の家まであつかましく訪ねていくのもどうかと思うんだけど」

「本を借りたいって理由なら大丈夫。とにかく本が大好き。本が好きな人のことも好き」

　ありがた迷惑だな、と祥子は思ったが、その本を読みたいと思っていたのは事実だったし、変にお見合いみたいな形で紹介されるよりは気が楽だと思った。なにかを期待していたわけでもないが、当日の朝は一応、いつもよりもヘアブローを入念にやった。家に上がっても恥ずかしくないように、靴下もわざわざ新しいのをおろしながら、途中でばかばかしくなったりもした。

　桜川衛自身は私立の男子高に通っていたが、たまたま祥子たちの通う県立高校のすぐそばに家があったので、少し時間調整をすれば帰り道に寄ることができる。六月に入っていたがばかに肌寒い日で、雨こそ降っていなかったものの、夏服の半袖《はんそで》ブラウスでは少々心細い感じがした。

　桜川家は築十年は過ぎているだろうと思われる見かけながら、わりに最近ペンキを塗り替えたのか、外壁だけが真新しく見えた。しかもそれが、あずき色がかった不思議な色だ。あれに似ている。小倉アイス。

　祥子がそんなあらぬことを想像している間に、榛菜がためらいもなく呼び鈴を押す。

「この時間に行くって言ってあるから、本人が出ると思うよ」

　その言に違《たが》わず、ドアを押し開きながら姿を現したのは衛自身だった。祥子は一瞬、それが本人ではなく、本人のお兄さんかだれかであればいいと願い、そう思うということは、やはり自分はなにがしかの期待をしていたのだと悟った。

メガネをかけた鈍くさい男。最初の印象はそれだった。体格は意外にがっしりしているが、祥子の場合、それがとりたててポイントアップにつながるわけではない。しかもこの恰好《かっこう》。地味なグレーのジーンズの上に、初夏でしかも屋内だというのになにやら長袖のブルゾンを着込んで、一番上までボタンを留めている。

桜川衛は、どこを見ているのかわからないような視線で榛菜と祥子を一瞥《いちべつ》すると、開口一番、どちらにともなく、「今日、寒くない？」と言った。自分がそんな場違いな恰好をしていることの言い訳のつもりだったのかもしれないが、真の問題はむしろ、着こなしの仕方だとか気づかいの仕方だとかにあるのだ。女の子が訪ねてくるとわかっているときに、どうしてこんな、重ね着でパンパンになったブルゾン姿などで玄関先に出ることができるのだろう。

「あ、これ、前に話した祥子ね。都築祥子」

榛菜の紹介に合わせて祥子は精一杯にっこりと笑顔を作ったつもりだったが、衛はそれを視界に入れている気配さえ見せなかった。この人はそもそもこのシチュエーションの意味自体を理解していないのではないかと疑いたくなる。

「じゃあ、これ……」

そう言って無造作に突き出された手には、『フラニーとゾーイー』の文庫本がむき出しのままで収まっていた。それはどちらかというと榛菜に向けて差し出されていたのだが、榛菜は受け取るのを拒み、「借りたがってるのは祥子だから」と水を向けた。言われるまま本を祥子に向け直すその動きは機械みたいにぎくしゃくしていて、正視にたえないほど野暮ったかった。

しかも驚いたことに、本を渡すだけ渡すと、衛は「じゃあ」と言ってドアの内側に引っ込んでしまった。祥子は一瞬虚を衝《つ》かれ、なにか別のものを取りに戻ったのだと考えようとしたが、その扉が彼女たちに向かって開くことは、二度となかった。

もともと祥子は、誰であれ他人の家に上がるのが好きではない。人の家には必ずその家固有の生活の匂《にお》いというものがあって、それが気を滅入《めい》らせるからだ。まして今回は相手が初対面だったし、本人のなりを見てしまったらますますその気持ちも萎《な》えた。しかし、それとこれとは別だ。私がわざわざ新しい靴下をはいてきたのは礼儀のためであって、彼にはその礼儀に応《こた》える義務があるのではないか？

「ごめん」

啞然《あぜん》としている祥子に向かって、榛菜がさして申し訳なく思っているのでもない様子で言った。

「いくらなんでももうちょっとは話がもつかと思った。ていうか、今、祥子との間になかったよね、会話」

「別に、本借りに来ただけだからいいけど……」

祥子は自分のその声に、予想以上の不機嫌さがにじみ出ていることに動揺したが、榛菜がそれに気づいている気配はなかった。その鈍感さが腹立たしくもあり、ありがたくもあった。期待していたと言わんばかりの態度を取ってしまったことについて、屈辱に似た思いさえ抱きはじめていたからだ。

桜川衛から借りた『フラニーとゾーイー』は、しばらく部屋の本棚の隙間《すきま》に無造作に差し込んだままほうっておいた。カバーの刷り色は剝《は》げかかり、断裁面も黄ばんでけば立っている。それが衛の手垢《てあか》にまみれているかと思うと、ページを開いてみる気にもなれなかった。それこそ彼の〝汁〟が全面的に染《し》み込んでいるみたいに思えたからだ。

榛菜が何をもって「〝汁〟出てない」と彼のことを断じたのか、疑問だった。「フレッシュ」でないのはたしかだ。今どきの若者っぽい感じがほとんど感じられない。もしかしたら榛菜は、「フレッシュ＝〝汁〟が出てる」と勘違いしているのだろうか。それとは違うことなのだが、榛菜にわかるように説明できる自信がなかった。

どのみち、文庫本なんていくらでもないのだから、最初から自分で買ってしまえばよかったのだ。いや、今からでも遅くはない。借りた以上はひとことでも感想を言わないわけにいかないが、自分で買った方を読めば内容はわかるわけだ。

そう思った祥子は、ある日曜日、自転車に跨《また》がって一路隣町の書店に向かった。いつも学校の行き帰りに前を通る店だ。ひと駅分なのでたいした距離ではないし、たまにはいい運動になると思った。地元にも本屋はあったが、『フラニーとゾーイー』のような文化的な本はまず置いていそうになかったし、表紙に「むしゃぶりつくザーメン娘」なんて大書されたけばけばしい雑誌をそっとレジに出そうとしている男性客などと鉢合わせしてしまうのは、考えるだけでも気が滅入ることだったからだ。

『フラニーとゾーイー』は、文庫の海外文学のコーナーですぐに見つかった。しかし、桜川から借りている年季の入ったものより、値段が百円ほど高くなっている。文庫は安いものだと決めてかかっているが、実はけっこうまめに値上げをしているらしい。価格表示を見ながら一瞬躊躇《ちゅうちょ》しているあいだに、隣に立っていた客が「すみません」と言いながら祥子の正面あたりの棚に手を伸ばした。『フラニーとゾーイー』を持ったまま一歩身を引いたとき、それが誰であるかに気づいた。

桜川衛だ。なんだってここに？

いや、あたりまえだ。ここは彼にとっての地元であり、しかも彼は本が好きなのだから。この可能性をあらかじめ考慮に入れなかったとは、なんたるうかつさ。

幸い、向こうは自分が手にしたスティーヴン・キングの文庫本に注意を奪われていて、祥子に気づいている様子がなかった。今のうちに本を棚に戻してしまうか、それとも下手な動きを取って気づかれる危険を冒すより、このままレジに持っていってさっさと買ってしまうか。

祥子が意を決するより一瞬早く、衛はこの、さほど珍しくもない偶然に気づいた。

「あれ……？」

「都築さん……だよね？」

「あ、はい。どうもこの前は……」

「この店、よく来るの？」

「あ、うん。通り道だし。って、今日は学校ないけど……」

祥子は無意識のうちに『フラニーとゾーイー』をかけがえのない宝物でもあるかのように胸に押し当てていた。その動きは、たぶん間違いなく目立った。

「それは？　こないだ貸したのと同じ本じゃない？」

「あ……えーとその、あの、貸してもらって読んでみてすごく気に入ったので、自分で買って、手元に置いておきたいなって思って」

「ほんとに？」

取ってつけたような祥子の言い逃れに、衛が意外なほど目を輝かせて反応しているのを見て、祥子はたじろいだ。感想を訊《き》かれたら打つ手がない。でも衛は、別のことを言った。

「だったら、あれ、返してくれなくていいよ。あのまま都築さんにあげる」

「え？」

「いや、実は家にもともともう一冊あるんだ。そっちは単行本で、親のものなんだけど、読みたければそれで読めるからさ」

「え、でも……」

思いもかけない方向に話が進んでいる。あんな汚いものを贈呈されても処置に困るだけだ。図書館で借りた本がどれだけ汚れていても気にならない。触ったのが不特定多数だから。でもそれを汚した人間が特定できて、しかもその人となじみもなんにもないというのは……。

「嬉《うれ》しいんだ。僕もあれは大好きだから。同じように感じる人がほかにもいるってことが嬉しいんだ。都築さんが気に入ってくれてよかった」

祥子がその率直な物言いにちょっと気圧《けお》されている間に、桜川衛はスティーヴン・キングの本を持ってレジに向かってしまった。

最初に会ったときと少し印象が違う。着ているものはあいかわらず冴えない感じだが、あのとりつく島のない不愛想さ、そもそも他人と呼ばれるものと接触した経験が数えるほどしかないのではないかと本気で疑いたくなるようなぎこちなさは、だいぶ影をひそめていた。

それに、今彼は、正確に祥子の名前を呼んでいはしなかったか。「都築さん」と。名前を覚えられていたこと自体が、祥子には意外だった。

会計を済ませてきた衛に「どうもありがとう」と言うと、衛は祥子がまだ店内にいたことに驚いたような顔をして、顔を小刻みに振った。

「それじゃ、私、自転車なので」

そう言って祥子が立ち去ろうとすると、衛が「あの……」と後ろから呼び止めた。

「こないだは、ごめんなさい」

「え？」

「こないだ、瀬賀と一緒に来てくれたとき」

祥子は衛が何を謝ろうとしているのかがわからず、きょとんとした顔で見つめ返した。たしかに謝るべきことはいろいろあると思うのだが、それを言う衛の心の動きがわからない。

「いや、わざわざ来てくれたのに家にも上げなかったの、悪かったかなって。それについては僕にも言い分があるんだけど、とにかくひとこと謝っておきたいと思って……」

「あ、ううん、別に、本、借りにいっただけだし」

それは榛菜に言ったのとほぼ同じ台詞《せりふ》だったが、トーンは驚くほど変わっていた。衛はひとつうなずくと、思いのほか人がよさそうな笑みを浮かべながら祥子に背を向け、店の出口脇《わき》に停めてあった自転車にまたがって漕《こ》ぎ出した。その姿が角を曲がって視界から消えるまで、祥子はなんとなく見守っていた。

結局手ぶらのまま帰宅した祥子は、本棚に突っ込んであった『フラニーとゾーイー』をあらためて手に取ってみた。何度も読み返したのだろうか、カバーの真ん中はたわみ、背表紙の折り目のところは緑色が半分がた消えかかっている。祥子はそれを、受け取ったときには感じなかったほほえましい思いとともに見つめ、さっそく最初のページを開いて読みはじめた。

2

雨が続くと、父の吸った煙草《たばこ》の臭《にお》いが妙に湿っぽくなっていつまでも漂っているような家だった。祥子の部屋は二階にあって、東側の窓を開けると、一階の「ツヅキ薬局」の店舗部分が面しているささやかな商店街が視界に入る。でもその窓は、たいてい閉め切ったままだ。

かわりに南側の窓を大きく開けて、祥子は雨に濡《ぬ》れた隣家の瓦《かわら》屋根を見るともなしに眺めていた。ベランダに出るための踏み台がお気に入りの場所だ。それは大昔に父が廃材を利用してこしらえたもので、たぶん椅子《いす》のつもりだったのだろうが、背もたれもクッションもないのでごつごつしていてたいそう座り心地が悪かった。でも考えごとをしたいときには、なぜか祥子はそこに座ることを好んだ。

雨を見ながら祥子は、胸に秘めたささやかな計画をいつ実行に移そうかと画策していたのだ。『フラニーとゾーイー』を読み終えてから、いや正確には、読んでいる途中からすでに、その思いつきが祥子を少し浮き足立たせていた。

不意を衝かれて、『フラニーとゾーイー』を「気に入った」ととっさに嘘《うそ》をついてしまった祥子だったが、実際に読んでみた感想は、その出まかせを裏切らないものだった。この本について、だれかと語り合いたかった。そしてその相手は、さしあたって桜川衛以外にありえない。榛菜は本というものをほとんど読まないし、榛菜となにかの感想を言いあって満足したためしがない。桜川衛なら、なにか手ごたえのある反応を返してくれそうな気がする。汚い文庫本とは言え、もらったお礼もちゃんとしたい。それにかこつけて、衛のところを訪ねよう。

もともと祥子は、人になにかをあげるのが好きだった。それが「サプライズ」の要素を持っていればなおさらだ。相手の喜ぶ顔、と言うより、むしろ驚く顔が見たい。

そのため祥子は、父の日に毎年贈り物をすることを避け、わざと数年おきに思い出したようにプレゼントを用意して、抜き打ちに驚く父の顔を見ておもしろがったりさえしていた。それはむしろ人が悪い部類に属するふるまいかもしれないが、本人は自分のことを至って思いやりのある、サービス精神に富んだ人間だと思っていた。

衛に「お礼の品」を渡す計画の背景にも、なかば無意識ながら、まちがいなくこのいたずら心が働いていた。どんな名目であれ、衛が女の子からプレゼントを頻繁に受け取るようなタイプの人間でないことは一目瞭然《いちもくりょうぜん》だった。いや、今までに一度だってそんな経験があったかどうか疑わしい。「サプライズ」効果はさぞや覿面《てきめん》だろう。そのことが祥子を奮い立たせた。

さんざん迷ったあげく、二つ先の駅ビルに入っている、「ベリーナ」という小さなデパートのようなところでハンカチを買った。無難すぎるほどの選択だし、男の子が普通に使うものなのかどうか疑問だったが、そこはあえて不問に付した。その点を深く追求するとかえって、彼らがトイレで手を洗った後その手をどうしているのかという、生々しくまた愉快でない想像に脅《おびや》かされそうになってきたからだ。

祥子は衛の自宅の電話番号も知らず、事前に連絡を取るには榛菜を通すしかない。しかしそれでは、祥子が狙《ねら》っている「サプライズ」の要素が半分以上損なわれてしまう。いささかぶしつけかとは思いながら、約束もなく家を訪れる以外に方法がなかった。部活やらバイトやらで不在にしている可能性は当然あったが、なんとなくそれはないんじゃないかと祥子は根拠もなく思っていた。

部活？　バイト？　そういうことをしている衛の姿が、祥子には想像できなかった。そういうものとは無縁の人物という感じがした。下手をすれば学校にさえ行っていないのではないかと思った。不登校とかそういうのではなくて、そういう世俗的なことから超越したような雰囲気があの男にはあるのだ。あの人がコンビニでレジを打ってる？　ありえない。

このことはなんとなく榛菜には黙っていたかったので、用事を装《よそお》って校内に居残り、折を見て一人で桜川家に向かった。学校からはまさに目と鼻の先で、迷いようがなかった。呼び鈴を押すと、誰もいないのかと思うほどの間を空けてからチェーンを外す音が聞こえ、中学生くらいかと思われる女の子が出てきた。

くりっとした目が可愛《かわい》い、どこかイタチ科の小動物を思わせる女の子だ。吐く息から一瞬、紅茶のような匂《にお》いがした。

「あ……兄ですか？　この前来た人ですよね？　ちょっと今出かけちゃってるんですけど」

桜川衛の妹と思われるその女の子は、拍子抜けするほど快活な口調でそう言いながら、同時に祥子を招き入れるようにドアを大きく開いた。

「あ、だったら……どうしようかな。ちょっと渡したいものがあるだけなんだけど」

「どうぞ上がってください。すぐ戻ってきますから」

衛の妹の勢いに押される形で祥子は靴を脱ぎ、そのまま居間に通された。和室にカーペットを敷いて洋間風にしていながら中央に置いてあるのは座卓という、どこかちぐはぐな感じのする部屋だったが、まるで来客を予期していたかのようにすべてがきれいに整えられていた。家人がほかにいる気配はなく、ただ襖《ふすま》の向こうで妹がバタバタと音をさせながらなにかを用意しているのが聞こえるだけだ。

間もなく戻ってきた妹は、茶色い液体が注がれたグラスをお盆の上にひとつ載せていた。

「さっき一回帰ってきたんですけど、なんか、写真ができてて今日受け取りだってこと忘れてたみたいで。あのこれどうぞ。冷たいものが今、これしかなくて」

「ありがとう。なんか、ごめんなさい、あつかましくこんなとこまで上がっちゃって……」

祥子は冷たいグラスを受け取りながら、衛にもやはり普通の生活があるのだと思って少し失望を感じた。

「こないだ来てくれたとき、兄、玄関にも入れなかったですよね。ほんと失敬な奴《やつ》ですよね。後で叱《しか》っときました」

「あ、いや別にそんな……」

「家に上げなかったのには『言い分があるんだ』とか言ってましたけど、どうせわけわかんない変な『言い分』に決まってんですよ。あ、私、妹です。実咲《みさき》っていいます。よろしくお願いします」

衛の妹はそう言ってぺこりと頭を下げた。祥子はやや気後れしながら名乗り返し、緊張をほぐそうとしてグラスに口をつけた。麦茶かなにかかと思っていたのに、それとはまったく異質な味がして、一瞬吐き戻しそうになった。酸味と甘味と、少しだけエグ味がある。

「これは……？」

「クワスです」

実咲はあたりまえのような顔をしてそう言った。

「クワス？」

「紅茶キノコって言うのかな」

「ああ……聞いたことあるけど」

「見ます？　かなりグロいですよ。もう、宇宙からの物体Xって感じ？」

祥子の返事も聞かずに実咲は居間を飛び出し、すぐに台所から1リットル入りのガラスの容器を手に戻ってきた。半分ほどに減った茶色い液体の中に、クラゲに似たものがゆらゆらと浮かんでいる。襞《ひだ》や触手状の突起がたくさん生えていて、そうとう無気味だ。

「これ、生きてるの？」

「たぶん……。だんだん大きくなるので。ときどき父が包丁で切って小さくしてます」

そうして二人で額を突き合わせて、自力で触手を動かしているかに見える得体の知れない物体を覗《のぞ》き込んでいる間に、玄関先からガチャガチャと音がした。祥子は反射的に居住まいを正したが、入ってきたのは桜川衛だった。

衛は居間の入口に立ち尽くしたまま、まったくの無表情で声もなく祥子を見つめた。怒りなのか、当惑なのか、警戒なのか。あるいはそれらすべてなのか。いずれにしても、思わしい展開とは言えなかった。祥子は思わず立ち上がって、自分がここに来た目的と、この部屋に通された経緯を大急ぎで説明した。

紙袋に入ったハンカチを上の空で受け取った衛は、中を開けて見ようともせずに、ただじろじろと上から下まで祥子を眺めていた。祥子の期待した反応とは百八十度違っている。茶目っ気を出してハンカチなどを買ってきたことを後悔しはじめたあたりで、ようやく衛が口を開いた。

「いやあ……びっくりした」

「長いって、びっくりしてる時間が！」

実咲がすかさず半畳を入れたのには答えずに、衛は続けて言った。

「もう会えないと思ってたから」

その発言は、どう考えても場違いなものだった。そういうのは普通、なんらかの深い関係が結ばれた者同士の間で使うものではないのか？

それからやっと衛は、自分が手にしている紙袋の存在に気づいたような顔をして、もう一度「いやあ」と言った。そして袋の中身を確認すると、大げさな身ぶりでそれを頭上に押し戴《いただ》いた。

ここに来て初めて祥子は、最前からの衛の一見敵意に満ちて見える態度が、度を越した「驚き」によるものだったのだと悟った。「サプライズ」はある意味で大成功だったわけだ。ただ、祥子が存在しているという事実に対する「驚き」があまりに大きすぎて、お礼の品を受け取ったという事実の方がかすんでしまっているらしい。そのことが、不満と言えば不満だった。

「お兄ちゃん、その『言い分』ってのを話してあげなよ。こないだ家に上がってもらわなかった『言い分』をさ」

実咲はにやにや笑いながらそう言うと、子鹿《こじか》のように駆け去っていった。

「言い分。そうだね、僕にも言い分はあるんだ。まあ、座ってよ」

祥子は言われるままに腰を降ろしなおしたが、衛は立ったままだった。

「僕は瀬賀から、学校の友達で『フラニーとゾーイー』を借りたがってる人がいるって聞いた。で、二人でそれをいついつに借りに行くと。でも僕が聞いたのは、あくまである特定の本を二人が『借りに来る』ってことだけだ。つまり、目的はあくまで……」

「あの、別に私はなんとも思ってないから、そのことは。だって事実、そうだし。つまり、『借りに来た』だけって言うか……」

祥子は衛を遮ってそう言ったが、衛はそれを押しとどめるような仕種《しぐさ》をしながら続けた。

「いや、だから僕はそうだと思ったんだ。妹は、それでもわざわざ家に訪ねてきたんなら上がってもらってお茶ぐらい出すもんだと言うんだけど、『借りに来た』だけのつもりの相手にそんなことをするのはかえって迷惑なんじゃないかって」

「あ、ううん、迷惑だなんてことはないっていうか……、あ、これは別に『なんであのときそうしてくれなかったの？』って意味じゃなくてね、えーとあの……」

「いや、わかるよ、わかる」

そう言いながら衛は、考えをまとめようとするように両手の指を組み合わせた。

「つまり君は、こう言おうとしてるんだね。『自分の目的はあくまで本を借りることだったし、その目的で来た自分を僕が家に上げなかったことを無礼なふるまいだとは思わないけど、もしも僕に上がってと言われていれば、その好意は喜んで受けただろう』と」

「そ、そう……だと思う、たぶん。うん、そういうこと」

それを聞くと衛は、急に意気消沈したようにその場に膝《ひざ》を突き、ため息をついた。

「僕はそうするべきだったんだ、きっと」

「いや、『そうするべき』とかなんだとか、そういうことじゃなくて……。ねえ、これってそんな深刻な話かな」

祥子は思わず衛のすぐかたわらまで膝立ちでにじり寄って、肩に触れんばかりのところまで手を伸ばした。

「ごめん。僕には『学習』が必要なんだ。最近、それに気づいた。僕にはいろいろ、欠けているものがあるらしい。だからひとつひとつのできごとの意味を、その都度根本から理解して、次には失敗しないようにしなくちゃいけないんだよ」

「いや、桜川君、別に『失敗』なんてしてないって！　私、別に気を悪くしたりとか、してないから。ね？」

「ほんとに？」

衛は疑わしそうな上目づかいで祥子を見上げた。

「うん、だから、別の話しない？　感想、まだちゃんと言ってないし。『フラニーとゾーイー』の」

衛の目に見る間に輝きが戻ってきたのを見て祥子はしめたと思い、用意してきた感想を述べた。用意していただけあって、自分でもかなり満足の行くできばえだった。フラニーが大学の上級生や教授連中をインチキくさいと思う気持ちには共感できると感じたこと。その点がぜんぜんわかっていないレーンの描き方がとても意地悪で上手だと思ったこと。ただ、「ゾーイー」の章はちょっと難しくて、言いたいことがすんなりと伝わってこなかったということ。

最後の部分は、本音を言えば「無駄口が多すぎてちょっとイライラした」だった。「登場人物たちがカミソリを持ったり置いたりどこかに座ったり立ったりする動作のひとつひとつをここまで事細かに描写することに何の意味があるのか」というのもあった。ただ、衛がその部分についてどういう評価を下しているのかがわからなかったので、慎重を期したのだ。

「まあね、たしかにね」

祥子の感想を聞き終わると、衛はそう言いながら神経質そうに何度か続けてうなずいた。地雷を踏んでしまったかと祥子は身構えたが、気難しそうな表情は、どういうコメントを返すべきか思考をめぐらしていたことが原因だったようだ。

「『ゾーイー』の部分は、ちょっと難しい。でも、一字一句全部を理解する必要はないと思うんだ。どんな本でもそうだけど。あの章で大事なのは、ゾーイーが最後に言う台詞《せりふ》だよ。『太っちょのオバサマ』がキリストなんだっていう台詞。あれ、意味わかった？」

祥子が一瞬口ごもったが最後、その台詞の意味をめぐる講釈が始まった。ただそれは、予想に反して、うんざりさせられるものではなかった。上に立って偉そうに教えさとすわけでもなく、ひとことひとこと、ちゃんと祥子が聞き取っているかどうか確認しながら、折り目正しいゆったりした口調で語るのだ。

結果として祥子にはそのレクチャーの内容があまり理解できなかったが、それは彼の話し方がまずかったからというより、むしろその声にうっとりと聞き惚《ほ》れてしまったからだった。

祥子はあきらかに、ある種の声に弱かった。苦手な数学の授業が決して嫌いではなかったのも、担当の根来《ねごろ》という教師が祥子好みの声の持ち主だったからだ。目を閉じて声だけ聞いていると、夢見心地にさえなってくる。鼓膜を撫《な》でる響きそれ自体が好きなのだ。おかげで話の内容は一向に頭に入って来ず、成績はますます悪化した。

衛の声の質も、それと同じだった。野暮ったい見かけと世慣れない物腰に気を取られている間は気づかなかったその声の意外な深みに、祥子はいつしかすっかり魅了されていた。瞼《まぶた》を閉じんばかりにしている様子を見て、衛がなにか異変が起きたかと驚いて話を中断したほどだ。

「ごめん、退屈だったかな、こんな話」

「ううん、もっと聞きたい。もっと聞かせて」

祥子がそう言うと衛は目に見えてたじろぎ、なにやら顔を真っ赤にしてそわそわしはじめた。顔はあいかわらず無表情だが、これが彼なりの「照れ」の表現なのだろう。

「いや、これくらいにしておこう。僕の悪いところは、興に乗るとすぐ相手の反応なんかが見えなくなって一人で暴走しちゃうことなんだ」

それから衛は祥子を居間に待たせて階段を昇ってゆき、戻ってきたときには文庫本を一冊手にしていた。『倒錯の森』という、聞いたこともない、そしてどこかおぞましい感じのするタイトルが表紙に書かれている。結果として「贈呈」されることになった『フラニーとゾーイー』以上に古く汚い本だったが、あまりに汚すぎて、かえって骨董品《こつとうひん》的な格調の高ささえ感じられた。

「サリンジャー、気に入ったんだったらこれも読んでみるといいよ。これは家に一冊しかないからあげるわけにはいかないけど。角川文庫も大昔はこんなの出してたんだな。もうとっくに絶版になっちゃってるけど」

ありがとう、と言ってそれを受け取りながら、この二人の間にはすでに「関係」が生じており、そしてそれは取り消しがきかないことなのだ、と祥子は心のどこかで考えていた。

3

「うまくやってるみたいじゃん」

ある日の帰り道、榛菜がだしぬけにそう言った。それまでしていた昨日のテレビ番組の話に直接続けるようにその台詞が放たれたため、祥子にはなんのことなのかわからなかった。

「何が？」

振り向いて見た榛菜の顔が、一瞬、鬼のような形相を浮かべているように見えて、祥子はひるんだ。しかしそれは、強い陽射《ひざ》しに目を細めたせいだったのだとすぐに合点した。校門を抜けてからしばらくは雑木林が日光を遮ってくれるが、ほどなく日よけになるものが何もない住宅街に入ってしまうのだ。

「桜川とさ。ちょくちょく家に遊びに行ってるんだって？」

それを聞いて、祥子は頭がかっと熱くなった。

「ちょくちょくってほどでもないけど、まあ何回か」

「なあんだ、言ってくれればいいのにさ。水臭いよね、祥子ってときどき」

「ごめん……。別に、わざわざ報告するほどのことでもないかなって」

祥子はすでに都合四回、単独で桜川家を訪問していた。電話番号も交換し合っていたので、二回目以降はちゃんと約束をしてからだ。逆に、衛の家以外の場所で彼と会ったことはなかった。それは「次回」もそうするのが当然と言わんばかりの衛のペースに乗せられた結果にすぎず、そして「次回」を拒む積極的な理由が見出《みいだ》せなかったからにすぎない。それを第三者から「うまくやってる」という言葉で括《くく》られるのには違和感がある。

頭が熱くなったのは、照れたからというより、この関係を他人からそういうニュアンスで受け止められることに、なにか不本意な部分があったからだ。

そのわりに祥子は、衛のことを常時、なんとなく気にかけていた。あの家に行くとしばしば出てくる「クワス」という奇妙な飲み物のことも気になって、わざわざ調べたりもした。それはどうやら「紅茶キノコ」とは別のものであるようだが、あの家ではどういうわけか「紅茶キノコ」をそのように呼び慣らわしているらしい。妹も含めて、変わった家族だと思う。

それでも、あの家の空気に、祥子はいつしかなじみ深いものを感じはじめていた。そのことを榛菜にどう言えば正確にわかってもらえるだろうか。祥子は結局、はぐらかすようにこう言っただけだった。

「借りた本、返しに行ったのがきっかけでなんとなく、ってだけだからさ」

「でもさあ、私一応、紹介者なわけじゃん？」

「あ……そうだよね、ほんとにごめん。あの、よかったら今度、一緒に来る？」

「いいよ別に、興味ないし」

雰囲気は一転して険悪なものになった。先に不機嫌な顔を見せたのは榛菜だが、祥子は祥子で、二人がまるで「つきあってる」かのような言い方をされたことについて微妙に腹を立てていた。

押し黙る祥子を見て、榛菜は急に媚《こ》びるような調子でベリーナに寄っていかないかと誘ってきた。同じ駅ビルの中にアイスクリームスタンドやカラオケもあって、低予算でもそれなりに時間をつぶせる。

祥子はそれを榛菜なりの和解のしるしと受け取って誘いに応じたが、そこへ向かう道中ずっと、衛と「つきあってる」ように取られることがどうしてこんなに不愉快なのかと考えていた。

逆に、「つきあってる」のでなければ、衛との関係はいったい何なのだろうか。男女のつきあいというのは普通、二人でどこかに遊びに行ったりすることから始まるもので、お互いの家を訪問したりするのは、ある程度以上親密になってからのことだと祥子は認識していた。それとはまるで違う形で展開している衛との関係は、だからいわゆる恋愛とは無関係なものなのだ。

ただそれにしては、祥子は衛の家を訪れることを毎回はっきりと楽しみにしていたし、「次回」の約束が決まることを嬉《うれ》しいと感じてもいた。これはいったい何なのか。

衛の家に上がっている間、何をしているかといえば、ただ話をするだけだ。たいていは出来合いの甘いアイスコーヒーか、祥子もすっかり慣れた「クワス」を飲みながら。借りた本について。衛が好きだという本について。その他もろもろ。音楽を聴くときもある。でもそれはたいてい、流行《はや》りのポップスではなくてクラシックだ。しかもＣＤではなく、レコードで。

桜川家は共働きで、ソーシャルワーカーかなにかをやっている母親の方が、団体職員である父親よりもむしろ忙しいらしく、家で顔を合わせたためしがない。一度長居しすぎたときに、帰宅した父親と玄関ですれ違ったことはある。口ひげを生やした呑《のん》気《き》そうな感じの人で、桜川家にある大量の蔵書やＬＰレコードのコレクションは、趣味人であるこの人の所有物であるようだ。

たいていの場合は両親ともいないので、二人はもっぱら、居間で語り交わした。衛の妹の実咲にバスケ部の部活がある曜日だと、ひとつ屋根の下で二人きりになってしまう。ただ、場所がどこか公的な感じのある居間であるせいか、それはさほど気にならなかった。逆に「桜川君の部屋を見せて」と言っても、「散らかってるから」という理由で決して入れてくれようとしなかった。

八畳ほどの居間は、共働き家庭でいつそんな暇を作れるのかと首を傾《かし》げるほど、いつもきれいに片づいていた。小さな古い旅館の客室などでたまに見かけることのある、床置き式のひどく時代がかった空調機が置かれていて、レコードプレーヤーつきのステレオセットがあった。

衛がそれを使って聴かせるレコードは、祥子にはちょっと退屈なものだった。ピアノは女の子のたしなみと堅く信じて疑わない父のもとで小学校を出るまで教室に通わされただけに、バッハやショパンにはなじみがあったが、交響曲や協奏曲のたぐいには正直なところ興味が湧《わ》かなかった。ブラームス、プロコフィエフ、ストラヴィンスキー、スメタナ、ラヴェル、シベリウス、ハチャトゥリアン、ラフマニノフ……。衛の懇切丁寧な解説も右から左で忘れた。

ただ、あいかわらず、彼の解説を聞いているのは好きだった。正確には、その声を。ともすればそれは、レコード独特のジリジリいうノイズとともにスピーカーから溢《あふ》れ出てくる流麗なメロディ以上に、耳に心地よいものだった。だから祥子は、衛が話しすぎたかと口を噤《つぐ》むたびに、「もっと聞かせて」とせがんだ。

それに、彼が選ぶレコードのすべてが退屈だったわけでもない。ある日聴いた曲には、不思議に胸が騒ぐものがあった。なぜか、どこまでも続く、朝露に濡《ぬ》れた緑の平原が脳裏に浮かぶ。そこはあきらかに見知らぬ異国なのだが、自分がかつてそこにいたような気がしてならないのだ。思わず、「これは何?」と訊《き》くと、衛は少し困ったように笑いながら答えた。

「うん……だから、コダーイの組曲『ハーリ・ヤーノシュ』だよ。さっき言ったとおり」

図らずも、それまで説明を上の空で聞いていたことを自ら明かしてしまった形だったが、祥子はかまわず、それをくりかえしかけてもらった。レコードだから、始まりの位置を正確に見定めて針を落とすのは難しそうだったが、祥子が聴きたかったのはその組曲全部ではなくて、その中の「歌」という三番目の曲だけだったのだ。

何度か聴いているうちに、自分がその曲の何にそれほど惹《ひ》かれるのかその理由がわかった。情感を帯びた曲調もさることながら、その中でときどき使われている聞き慣れない楽器の音色が気にかかってしかたがないのだ。ハープ？　いや、ハープよりももっと硬く、深みのある、芯《しん》の強い音だ。知っている楽器で一番近いのは琴だが、そうではない。文化祭で箏曲《そうきょく》部の演奏会を聴きにいったことがあるので、音の違いはわかる。

「ああ、これはたぶん、ツィンバロムという楽器だと思うよ。ハンガリーの伝統的な打弦楽器……つまり、張りわたした弦をバチみたいなスティックで叩《たた》いて音を出す楽器のことだけど。まあ、いわばピアノの原型みたいなもんだね。いっとき、コダーイとかバルトークとかハンガリーの作曲家たちが積極的に自分の曲に取り入れたんだ。僕もあまり詳しくはないけどね」

「十分詳しいってば。どうしてそんなに、なんでも知ってるの？」

「うーん……普通の人たちが当然知ってることを知るための時間を、別の方面の知識を得ることに充《あ》ててるからかな」

実際、衛はずば抜けて物知りではあったが、その知識には明瞭《めいりょう》に偏《かたよ》りがあった。人気の芸能人同士が電撃的に婚約発表をしてその話題で持ち切りになっているとき、衛はその事実を知らなかったばかりか、カップルの一方についてはそもそも存在さえ知らなかった。

祥子は逆に、彼のそういう部分にある種の魅力を感じた。世ずれということを知らない、禁欲的な孤高のインテリ。それは少しばかり理想化されたイメージかもしれないが、少なくともこれまで祥子のまわりに存在しなかったタイプであることはたしかだ。

「笑わないで聞いてほしいんだけどさ」

あるとき、衛が言った。

「僕は将来、シュショウになりたいんだ」

「……殊勝？」

「首相だよ、内閣総理大臣」

不意を打たれて、祥子は思わず、吹き出してしまった。

「いや、笑わないでよ、これでも本気なんだから」

「ごめんね、馬鹿《ばか》にしたわけじゃないの。ただ、あまりに意表を突く内容だったので……」

「今どき、って思うかもしれないけどね、このままじゃ、日本って間違いなく駄目になると僕は思うんだよ。あと五十年はもたないだろうって。若者は無気力だし、政治家は信用ならないし。駄目なんだ、だれかが強いリーダーシップを発揮して、多少強引にでも根本から変えていこうとしなきゃ。権力が欲しいわけじゃない。ただ、権力がなければ国を引っ張っていくこともできないでしょ？」

衛は、「首相公選制」という耳慣れない言葉を使って自分の野望を説明した。現状のように与党の党首が事実上ほぼ自動的に首相にスライドするのではなく、国民の直接投票によって首相が選ばれる時代が、いずれ来る。「来なければ呼び寄せるまで」であり、「そのときに備えて今からいろいろ勉強」しているのだと熱く語る。

そのわりに衛が得意とする分野はあきらかに文学や音楽など芸術方面であり、その彼が政治を口にするのは、いかにもちぐはぐな印象を与えた。それに、指導者として「国を引っ張って」いくには、彼はあまりにナイーブでひよわに見えた。

それでも祥子は、そんな衛にむしろ好感を抱いた。その夢が実現する見込みがどれだけあるか、あるいはないかは問題ではない。誰もが最初から自分の将来を見切ってあきらめてしまっているような昨今、「首相になりたい」などと真顔で言い切れる十七歳の若者がどれだけいるだろうか？

「なれればいいね」

祥子はそう言った。本心から、そう言ったのだ。はにかんだようにうなずく衛の顔を、魅力的だとさえ思った。そういう魅力が、衛にはあったのだ。

だからこそ、また会いたいと思い、また会えるとわかれば嬉しいと感じるのだ。衛と二人きりでいるときには、そこですべてが完結している。でもそれを榛菜にあげつらわれると、途端になにか恥ずかしいような、侮辱を受けたような気持ちになる。そもそも榛菜に黙っていたのだって、それと同じ気持ちから出たふるまいだったのかもしれない。

そしてきっとそれには、とどのつまり、衛が「男」としてはどうにもパッとしない、はっきり言ってしまえばダサい、家族や友達に自慢したくなるようなのとはほど遠いタイプである、ということ以外に理由がないような気がした。

そう考えると、祥子はひどい罪悪感に駆られた。自分はなんていやな人間なのだろうと思い、突然、すぐにでも衛のもとへ駆けていって、自分がたった今感じた恥ずかしさや不本意さについて手をついて謝罪したい衝動に駆られた。しかし実際にそれをやったら、やぶへびもいいところだ。

「ミスチルの新曲が出てるはずなんだよね。なんか最近どんどん人気出てきちゃって、ああ桜井さんが遠くなっちゃう。ちょっと寂しいかも……」

榛菜が独り言とも取れるような口調でそう呟《つぶや》きながら、ベリーナの二階にあるCDショップに入っていった。祥子も後についてなんとなく店内を巡りはじめたが、気がつくとコダーイの「ハーリ・ヤーノシュ」のCDを目で探していた。衛がレコードからダビング（というより「録音」と言う方がしっくりくる）してくれたカセットテープは、レコーダーのヘッドが摩滅していたのか、はっきりいって聴けたものではなかったのだ。

ただ、小さな店だった。最寄《もよ》り駅の駅前にあるショップよりは品揃《しなぞろ》えが豊富だが、クラシックなど、棚の一段分にも満たないスペースに、「クラシック」という一枚の札で十把一からげにまとめて置かれているだけだ。案の定、コダーイのコの字もない。

「なにクラシックなんか見てんの？　祥子、そういうの好きなんだったっけ？」

榛菜に横から言われて、祥子は慌《あわ》ててクラシックの棚から手を離した。なんとなく、桜川衛の影響だということを見破られてはまずいような気がした。

「あ、ううん。こんな店でも一応クラシックって置いてあるんだなと思って」

「私、クラシックって聴けないんだよね。なんか、音楽の授業、って感じ？　『モルダウの流れ』とか言われてもさあ……」

そう言って屈託なく笑う榛菜を憎らしいと感じている自分に、祥子は気づいた。衛と知り合う前だったら、「そうそう、音楽室に肖像画とか貼《は》ってなかった？　ハイドン、なにあのヅラ！　羊？」などと言って一緒になって笑い飛ばしていたかもしれないのに。

4

その日、祥子はひとつの決意をした。

恋愛感情であるかどうかはともかく、少なくとも好意は感じているはずの衛を、榛菜などの第三者に対して「恥ずかしい」と感じるのはとても失礼なことだ。しかし今のままでは、第三者の視線を意識するたびに、同じ気持ちを抱いてしまうことは避けられない。だったら、「恥ずかしい」と感じないで済むように、現実の方に手を加えるしかない。

それにはまず、衛を「外の世界」に引っ張り出すことだ。それはむしろ、榛菜が常日頃祥子に対して働きかけていることだったが、本人は気づいていなかった。役割というものは、立場に応じて容易に入れ替わるものなのだ。

ただ、そこにどんな論理が働いているのか、祥子自身にはよくわかっていなかった。人目を意識し、身だしなみや身のこなしを洗練させようと努力する動機づけを衛に与えることが目的なのだと説明することもできるが、祥子はそれほど論理的にものごとを考える口ではなかった。むしろ単純に、だれか異性と二人で外を出歩くということをしてみたかっただけなのかもしれない。そしてこのときは、「桜川衛」しか持ち合わせのカードがなかったのだ。

「映画？　うーん……」

さしあたって思いついた唯一《ゆいいつ》の口実として、映画でも観《み》に行かないかと電話で誘ってみたら、衛は露骨に難色を示した。祥子にはそれが少し腹立たしかった。女の子から映画に誘われるなんて光栄なことだと思うべきではないのか。まして衛のような冴えない男なら、なおのことそうではないのか。

「映画は僕も好きなんだよ。好きなんだけど、そのためには街へ出て行かなくちゃならないでしょう？」

それのいったい何が問題なのか、と訊いてもはかばかしい答えはなく、「少し考えさせてほしい」の言葉とともに電話は切られた。考えるって、いったい何を？　祥子が、いらいらするというよりはやや途方に暮れながら電話の前で頬杖《ほおづえ》をついていると、十分後にベルが鳴った。

「わかったよ、映画、観に行こう。前にたまたま見逃していたやつをちょうど今、単館で上映してることがわかったから。それでよかったら……」

　祥子が観たかったのは、本当は「バットマン・フォーエヴァー」だった。なにか、深く考えず気楽に楽しめるものがいいと思ったのだ。しかし、とてもそんなことを言い出せる雰囲気ではなかった。

　衛が指定したのは、あまり当たらなかったが一部ではカルト的にもてはやされた作品などをひっそりとリバイバル上映しているようなミニシアターだったが、場所が渋谷なのがせめてもの幸いだった。祥子のもくろみとしては、衛の「ヴィジュアル改善計画」の「その一」として、映画観賞後のどさくさに紛れて彼の服のコーディネートをしてしまうことまで視野に入れていたからだ。榛菜とたまに行く渋谷のアウトレット店で、少しは見栄《みば》えのいいシャツの一枚でも買わせることができれば、緒戦としては大勝利だ。

　約束した日曜日、もともとは父の経営するツヅキ薬局でアルバイト代わりにレジを打つ予定だったが、親子だけに融通はきくので、適当な言い訳を設けて家を出てくるのは簡単だった。

待ち合わせはより都心に近い衛にとっての最寄り駅のホーム上にしておいたが、当日いったん電車を降りて、ホームの端の屋根もないあたりをそわそわとうろついている彼の姿が目に入った瞬間、祥子はそのまま見知らぬ人を装《よそお》って踵《きびす》を返してしまいたい衝動に駆られた。

衛の様子は、ほとんど挙動不審と言っていいほど落ち着きがなかった。まるで、なにかの罰ゲームで女装をして公衆の面前に立たされでもしているかのようだ。実際に身につけているものといえば、明るいチェック柄の半袖《はんそで》シャツと、淡いグレーの、紙のように生地が薄い綿パンツだったが、なんのつもりかその裾《すそ》を二、三度、適正な丈よりも短い位置まで無造作に折り返してある。

本当になんのつもりだろう？　不意に「つんつるてん」という言葉を思い出す。父の口から聞いたことはあっても、実際に自分で使ったことは一度もない、呪文《じゅもん》のような言葉。でもきっと間違いない。あれこそが「つんつるてん」なのだ。

「桜川君」

観念して声をかけると、衛は顔になにかしら痛ましい感じのする笑みを浮かべてうなずいた。痛ましいのは笑顔だけではなかった。「つんつるてん」の裾の下から品の悪い光沢を放つ合成皮革の黒い靴も含めて、これは疑いもなく、衛にとって精一杯の「オシャレ」なのだ。祥子と外を出歩くためにわざわざコーディネートしてきたものなのだ。その事実が、そしてそれにもかかわらずみごとなまでにすべて「外して」いることが、たとえようもなく痛ましかった。

メガネ面《づら》で鈍くさいばかりか「つんつるてん」でもある男と電車に並んで座り、渋谷の街を並んで歩くのは苦痛に近かったので、シアターに入って照明が落とされるとほっとした。ただ、胸を撫《な》で下ろしているのは衛の方も同じであるようだった。ここに来るまでの間、彼はずっと、まるで自分がそこに存在すること自体がなにかの間違いだと思っている人間のように、敵意に似たものを周囲に無差別に放散しつづけていたからだ。

映画は、ある冴えない外科医の話だった。自分にまるで取り合わずに蔑《さげす》む片思いの女が自分の家の真ん前で交通事故に遭い、両足を切断せざるをえなくなるのだが、彼はその手術を自分の家で秘密裏に施し、病院に連れていくこともなくそのまま不法に彼女を監禁するのだ。彼女は当然家に帰せとわめき立て、脱走を試みるが、失敗したあげく逆にその「罰」として無傷だった両腕まで切断されてしまう。しかし外科医はもはや自分の意志では一メートルと移動することのできなくなった彼女に献身的に尽くし、最後には愛を勝ち取る。そんな話だ。

　ありえない。両腕を切断したことは絶対に許せないし、それでいて「尽くす」外科医の心理も理解しがたい。まして、そんな男に恋心を抱く？　仮に極限的な状況で頭が変になった結果、一時的に擬似的な恋愛感情を抱くに至ったとしても、そんな異常な形で勝ち取った愛にいったい何の価値があるのか。身体の自由をほぼ完全に奪われた女の方の立場はどうなってしまうのか。無性に腹立たしくて、気分が悪かった。

　おまけに、シアターを出た後に衛が連れていってくれた喫茶店がまた、これでもかとばかりに趣味の悪い店だったのが、祥子の不機嫌に拍車をかけていた。夏でも上着を着用して出歩いている中年のサラリーマンが、おしぼりでワイシャツの襟の内側まで拭《ぬぐ》いながらアイスコーヒーを啜《すす》っているような種類の店だ。無駄に豪華なベルベットのソファ。変に薄暗い照明。どこかから漂ってくる消臭剤の臭《にお》い。

「この店、なんか落ち着くんだよね」

　そう言って事実毒気が抜けたような顔でコーヒーカップを傾ける衛を見ながら、祥子は思わず心の中で毒づいた。落ち着くって、あんたオッサンかよ。

　衛によれば、この映画はちょっと前にカルト的な人気を博したアメリカのテレビドラマ『ツイン・ピークス』の監督の娘が作ったもので、ヒロイン役の女優はその『ツイン・ピークス』にも出演しているのだという。祥子にはもはやどうでもいいことだし、それを語る衛の声も、今は耳障《みみざわ》りにさえ感じられてしまう。

「都築さんは、どうだった？」

観終わった後の昂揚《こうよう》を隠しきれない顔で、衛が言う。彼は必ず、感想を訊《たず》ねる。肯定的な内容でなくても穏やかに受け入れるのかもしれなかったが、今回ばかりは祥子も言葉に詰まった。

「僕にはね、すごくわかるんだ。〝ニック〟の気持ちが」

衛は祥子の返事を待たずにそう言って、冴えない外科医、屈折した形でしか愛を捧《ささ》げられない最低男の肩を持ちはじめた。

「ああいうことをしても許されるって言ってるわけじゃない。ただ、ああでもしなきゃ思いを受け取ってもらえない男の気持ちが、僕には痛いほどよくわかるんだよ」

「受け取ってもらえてないと思うけど……」

祥子は思わずその言葉尻《じり》を捉《とら》え、あまり優しいとは言えない調子で口を挟んだ。先ほどからの不機嫌に背中を押された形だ。

「だって、どう見たって脈がなかったでしょ、〝ヘレナ〟には。最後のあれは、ほら、あれと同じだよ。誘拐されて無事に戻ってきた人がよく誘拐犯のことをかばうっていう……。普通の状態じゃないもん。それまでは徹底的に拒みつづけてるわけだし。で、あそこまで拒まれたんなら、もうすっぱりあきらめるべきなんだよ、〝ニック〟は。……って思わない？」

衛の顔が見る間に険のあるものに変わった。それは緊張から来る仏頂面《ぶっちょうづら》とも違っていて、どちらかというと、街を歩いている間に浮かべていた殺気立った表情と似ていた。

「でも、いつも拒まれてる一方だったら？　誰からも相手にされなかったとしたら？」

「それは……」

「みんなが、あらゆる女が、自分のことを気持ち悪がって、近づくだけでゴキブリかナメクジでも見るような目で顔をしかめたとしたら、どうすればいいのかな」

衛は今や、別人の顔になっていた。それを見て祥子は、自分が期せずして、衛の中のなんらかのスイッチを押してしまったのだと悟った。眉間《みけん》に深く皺《しわ》が刻まれ、隠しようのない敵意と憎悪《ぞうお》に似たなにかが、メガネの奥で吊《つ》り上がった両目を歪《ゆが》ませている。次の瞬間には、殺人鬼のようにテーブルを踏み越えて摑《つか》みかかってくるのではないか。

祥子はなかば本能的にソファから腰を起こしかけさえしたが、衛は微動だにしないかわりに、思いつめた顔でテーブルの一点をじっと凝視している。

「ありえないんだ、そんなものは、この世に。わかってるんだ、僕には」

「ありえないって……何が?」

「女の子の、僕という男に対する、好意が!」

衛は、ほとんど聞こえないほどの小声で、しかし一語一語を絞り出すようにそう言った。

「わかるんだ。街を歩いてると、あいつら、人のこと蔑むように見やがって。聞こえるんだ、心の声が。〝何、この男、うわ、キモチ悪い〟って。〝クラくて、ダサくて、じとーっとしてて、ビョーキっぽい〟って。あいつらくすくす笑いながら心の中でそう言ってるんだよ、すれ違いざまに」

これが、「ハーリ・ヤーノシュ」についてゆったりした口調で解説していた桜川衛? 「将来は首相になりたい」と曇りのない目で熱く語っていた少年と同一人物?

祥子は最初、驚きとおびえのあまり言葉を失っていたが、次第に腹の底から怒りがこみあげてきた。

「ちょっと待ってよ、桜川君。それじゃ、私は何？　今、あなたの目の前に座ってるこの私は？　女の子の自分に対する好意がありえないって今言ったけど、私が映画観に行こうって誘ったのは〝好意〟じゃないわけ？　それとも私は〝女の子〟じゃないわけ？」

中学のとき、いっとき演劇部に在籍していたこともある祥子の声は、腹から出せばかなり通りがよかった。たちまち、いくつかのテーブルから、なにごとかと見据える視線が二人に集中した。祥子は一瞬ひるんだが、途中で止めることができなかった。

「みんなが自分を見て気持ち悪がってるっていうのも、自意識過剰だよ。みんなそんな、赤の他人のことなんかいちいち気にしちゃいないって！」

衛のことを「クラくてダサい」と、そして実のところ少しばかり「気持ち悪い」ところもあると感じていたのは祥子も同じだったが、そこの部分は棚に上げた。

「桜川君、一見自分を卑下してるみたいだけど、ほんとは逆でしょ？　そんな風に、自分がみんなの注目を浴びてるなんてよく思えるね！」

言い過ぎた、と思った。祥子はときどき、言い過ぎる。日頃あまりきついことを口にしない分、それは目立った。

「ごめん、言い過ぎた……」

祥子はすぐに前言を撤回したが、衛はうつむいたまま、虚脱したような顔で押し黙っている。目に涙まで浮かべているように見える。いっそ女の子のようにめそめそと泣き出してくれた方がまだ助かる。ただ沈黙していられるのはこの上なく居心地が悪かった。

「あの、ほんとにごめんね……。私が言いたかったのはね、桜川君って……桜川君にもいいところがあるっていうか、あ、そう言うと基本的によくないって言ってるみたいだな、そうじゃなくて……」

「あの、僕って……どうかな、正直なところ」

衛が、祥子と目も合わさずに言った。

「やっぱり、ダサいと思うよね。今日の服装とかも……」

「え……でもそういうのってさぁ、本質的なことじゃなくない？」

祥子は言ってからすぐにそれが「フォローになってない」ことに気づいたが、もうやぶれかぶれな気持ちだった。

「そんなの、ちょっと雑誌とか見れば直せることでしょ？　それより、もっと自信を持つべきだと思うの、桜川君は。うん、自信持っていいと思うよ。だって、物知りだし、紳士的だし……私、桜川君の話聞いてるの、好きだよ。つまり、それは誰にでもできることじゃないでしょ？　そういうことにもっと自信を持てばきっと……ああもう、なんて言ったらいいんだろう」

「いや、わかるよ、わかる」

　衛はまだうつむいたままだったが、口元にうっすらと笑みが浮かんでいた。

「つまり君が言いたいことはこうだね、『僕が着てるものはたしかにダサいけど、本当の問題はそこにはなくて、僕が自分に自信を持っていないことにある』と。『僕には僕にしかない長所があるんだから、もっと自信を持ってかまわないし、自信を持てばおのずとほかの欠点、つまり服装がダサいことなども是正されていくはずだ』と」

「うん……たぶん、そう。でもそうやって自分でまとめられちゃうとなんかムカつくかも」

　そう言いながら、祥子はすでに笑っていた。そして笑った口のまま、手元にあったおしぼりを衛に投げつけた。

「何よ、もう元に戻ってんじゃん。心配して損した」

「いや、さっきのは正直、こたえたよ。あんまりこたえたんで、目が覚めた……。自意識過剰、そうなのかもしれない。でも僕は、ずっとそう感じてきたんだ。……ずっとだよ、中学ぐらいの頃から、ずっと」

衛の表情からは、もう敵意は感じられなかった。それは、見慣れた衛の顔だった。思いのほか肉厚だが、もって生まれた品のよさとメガネのおかげで線が細い印象を残す、動きの活発でない草食動物を思わせる風貌《ふうぼう》。

それは見慣れているようでいて、初めて見る顔のようでもあった。そのどこか鈍くさい感じが、まさに本人の「自信のなさ」から来ていることを知ったからだ。顔や表情というものは、それを形成する人格的な要素をひとつひとつ知ることによって、違った見え方を呈するようになるものなのだ。

祥子は前よりも衛の顔が好きになった。しかし同時に、だからこそ、そこにくもりを生じさせている部分にもどかしさを感じた。

衛は、もっと自信を持つことができるように「努力する」と言った。「都築さんに言われたら、それができるような気がしてきた」とも。ただその言い方はどこか心もとない感じで、そんな日が来ることを本気で信じているようには見えなかった。

でももしかしたら、この人はいわゆる「原石」なのかもしれない。この人にはもと、人を惹《ひ》きつけてやまない天性の魅力があるのに、いろんなこだわりや気後れや自意識のかたまりみたいなものが、それをくもらせているだけなのかもしれない。いつか、そういうよけいなものが取り払われたら、この人は全国民の愛と信望を一身に受けて、それこそ大統領のように、この国に君臨することにでもなるのではないか。未来を見ることができる巫術師《ふじゅつし》のように、束の間《つかま》だけ、祥子はそんな思いにとらわれた。

「今日は、ほんとにごめん。でも、わかってほしいんだけど、嬉《うれ》しかったんだよ、ほんとに」

祥子が当初胸に抱いていた衛の「ヴィジュアル改善計画」がなんとなく立ち消えになったまま、渋谷駅へと戻る道すがら、衛がおずおずと言い出した。

「その……都築さんが〝女の子〟じゃないとか、思ってないから」

「あ、うん、いいよ、わかってる」

祥子は笑顔でそう答えながら、衛の顔を斜め後ろからあらためて盗み見てみた。

喫茶店で祥子を襲った幻視に似た感覚は、デジャヴュのようにもはや跡形もなく消え去っていた。それに、彼が真価を発揮するまで辛抱強く付き添い、見届ける役目を果たすのが自分なのかどうかというと、そのことにはまったく確信が持てなかった。仮にそんな未来が本当に訪れるとしても、それは現在からあまりに遠く隔たった時の果てでもあるような気がしてならなかったのだ。

遠い、あまりにも遠い……。

夏の夕陽に染まる渋谷駅前の光景が、瞬《まばた》きする瞼《まぶた》の裏で不意に果てしなく広がる緑の平原に切り替わり、鼓膜の内側でツィンバロムの澄み切った調べが鳴り響いた。祥子は人知れず軽いめまいを感じ、スニーカーを履いた足で歩道のコンクリートを踏みしめた。

5

夏休みを前にして、榛菜は祥子と一緒に下校するのをやめた。校内に彼氏ができたからだ。人づてに誘われて観《み》に行ったサッカーの試合で知り合った三年生だという。その試合には榛菜経由で祥子にも声がかかっていたが、スポーツ観戦というものにまるで興味が持てなかったので、ためらいもなく断っていたのだ。

「私もサッカーとか特に興味なかったんだけどさ、行ってみるもんだね。何がどう転ぶかわかんないもんだよ」

榛菜は上ずった声でそう言ってから、一緒に帰れなくなったことをしつこいほどくりかえし謝った。

正直なところ、祥子にとってそのこと自体はさして問題ではなかった。榛菜と連れ立って下校するのがあたりまえになってしまっていることを、ときに煩《わずら》わしく思うこともあったからだ。ただ、友達として素直に祝福しようとする思いを阻《はば》むような、なにか引っかかるものを感じた。

榛菜の「彼氏」なる人物、宝田幸彦《たからだゆきひこ》とは、榛菜に紹介されたときを含めて、二、三度顔を合わせたことがあった。男としてはやや小柄だが、発達した筋肉のおかげで貧相なイメージは微塵《みじん》も感じさせない体格。常時半開きの唇が「セクシー」なのだとでも思い込んでいるような風貌。会ったばかりの祥子にさっそく「祥子ちゃん」と呼びかける口調は、なれなれしさを感じさせないほど自然だが、その自然さがかえってうさんくさい。

「ちょっと、軽そうだね」

どう思うかと榛菜に聞かれて、精一杯本音に近いところを口にしたら、たしかに一見そう見えるが、実際にはまじめなところがあるのだ、将来は「会社経営」を考えるような「しっかりした」一面もあるのだ、と猛然たる反論に遭った。なんら具体的なビジョンもなく「会社経営」を目指すことが「しっかりしている」証拠になるとは祥子には思えなかったが、それ以上は言わない方がいいと判断した。

「一緒に帰れなくなったのはほんとに悪かったけどさ、祥子だって、桜川とはいい感じなわけでしょ?」

榛菜はそう言って意味ありげににやにやした。

「だから、そんなんじゃないってば」

祥子はそう言ってやんわりと追及をかわしながら、そのように指摘されることを不名誉に思うよりは、少し滅入《めい》りこむような気持ちを感じていた。

渋谷に映画を観に行ったあの日以来、桜川衛には微妙に距離を置いていた。嫌いになったわけではない。むしろその人間くさい、弱い一面を目の当《まあ》たりにして、以前にはなかった一種の愛情をほんのりと抱きはじめてさえいた。ただ、これ以上親しくなったら、彼のその弱さを自分が引き受けざるをえなくなるような気がした。その覚悟もないまま親しいつきあいを続けていくのは無責任なのではないかと思っていたのだ。

七つか八つの頃、病気で弱っていた仔猫《こねこ》を見兼ねて家に連れ帰り、父親に叱《しか》られたことがあった。その仔猫の病気も含めて引き受ける覚悟が祥子にはあるのか、と言う。カクゴあるもん、と勢いで答えた祥子だったが、仔猫は病院でもらった薬も食べ物も何も口にしようとせず、二日後には冷たくなってしまった。祥子は自分の無力さを思って泣いた。そのときのことを、なんとなく思い出していた。衛を瀕死《ひんし》の小動物になぞらえるなんて失礼きわまりなかったが、自分ではそれに気づいていなかった。

成功裡《り》に終わったとは言いがたい渋谷への「外遊」以来一度だけ、祥子はそれまでどおりに衛の家を訪ねて、レコードプレーヤーと年代物の空調機がある居間で過ごしたことがあった。衛はすっかり水を得た魚で、例の深みのある声で汲《く》めども尽きぬ知識を披露した。そうしているかぎり、野暮ったい服装も気にならなかったし、妙な敵意に脅《おびや》かされることもなかった。

やっぱりこの人は、このままでいいのではないだろうか。野生のインパラが自然の中で育《はぐ》まれた方がいいように、この人にとっては、自分の家こそがかけがえのない大自然なのだ。無理に外に連れ出そうとするのは残酷なのかもしれない。そんな風に思ったりもした。

それにこのときは、いつもなら気をきかせるかのように自分の部屋などに姿を消す妹の実咲が、どういうつもりか長いこと居間に留まって会話に加わってきていた。そのおかげで祥子は、渋谷での一件を思い出してぎくしゃくすることもなく、生ぬるい団欒《だんらん》の空気の中に浸っていられた。

それ以降、衛には会っていなかった。おたがいの期末試験が近いというのを理由に、次回の訪問についても棚上げにしていた。「次回」が本当にあるのかどうか、祥子には確信が持てなかった。それでいて、衛が「録音」してくれたカセットテープを手に取り、ラベルにボールペンで「コダーイ　ハーリ・ヤーノシュ」と書かれた汚い字を見ては、なんだか泣きそうな気持ちになったりした。

朝露に濡《ぬ》れた緑の平原。澄みわたった青空と、頬を撫《な》でる涼やかな風。組曲の三番目に当たる「歌」という曲を聴くたびに脳裏に描かれるイメージだ。録音状態の悪いこのテープでは、それも擦り切れた白黒フィルムみたいにくすんだ情景になってしまう。理想的な状態を不完全な形で予感させながら、そこからははるかに隔たっている。

——まるで桜川衛その人ではないか?

祥子は結果として、何度もこのテープを聴いた。そうしてくりかえし聴くことによって、音やイメージに磨きがかかり、本来の美しい姿が立ち現われるのだと信じてでもいるかのように。聴きながら、知らずに涙をこぼしていることもあった。何のための涙なのか自分でもよくわからなかったが、ツィンバロムの調べを聴いて泣くことは気持ちがよかった。涙が目尻《めじり》から頬へじわりと落ちるたびに、自分の中の黒くて汚いなにかがそこに溶け出して、少しずつ外に出ていくような気がするのだ。

衛なら、この気持ちをわかってくれるだろう。榛菜では駄目だ。衛でなければ。そう期待しながらも祥子は、それを本人に言ってしまうとなにかが狂ってしまうような気がしてならなかった。今ならぎりぎりのところで保たれているあるバランスが、きっとその一撃で壊れてしまう。壊れてしまってもいいのかもしれないが、今一歩のところでふんぎりがつかない。

そんな中で祥子は、夏休みを迎えた。

受験勉強に精を出すには早すぎ、さりとてこれといった楽しみなイベントが控えているわけでもない、中途半端《はんぱ》な夏休みだった。榛菜ともう一人、それほど親しいわけでもない友達と三人で軽井沢に一泊する予定はあったが、祥子はもともとあまり気乗りがしていなかったし、榛菜は榛菜で彼氏ができるや否《いな》やこのイベントに対して無関心になりつつあった。だったらいったい誰のために行くのだろう、と思ったりもした。

榛菜は、夏休みに入ってわりと早い段階で宝田幸彦と「体験」を済ませ、その後もかなりの頻度で事を行なっていた。少なくとも、それをほのめかす発言をしていた。

「ユキヒコがね、終わった後すぐに、なぜか音楽をかけたがるのね。最中に声をごまかすためにかけるんならともかく、終わるとかけるの。しかもそれが必ず米米クラブなんだよ？　変でしょう？」

そういった形でだ。

そしてそういった話は、あまり聞きたくなかった。そういう話をするときの榛菜を、あまり好きになれなかった。くすくすと笑うときにだけ甲高くなる声が、そういうときはばかに耳障《みみざわ》りに感じられるのだ。

　八月の頭に久しぶりに榛菜の姿を見たとき、それまでは特に意識もしていなかったその体つきを、祥子は初めてしげしげと眺めた。男だったらこの体をどう見るのだろう。やたらと実がつまって見えるこの太ももやふくらはぎを。どことなく牛を思わせるこの胸を。私の体はどうなのだろう。二人で並んでいたらどっちがより「そそる」のだろう。ややO脚気味のこの脚は、男の目から見るとやはり減点対象になるのだろうか。

　にわかに、焦《あせ》りに似たものが内側から胸を押し上げるような感じがした。それでなくても、夏はなぜか胸をざわつかせる。じりじりとうなじを焦《こ》がす陽射《ひざ》し、黄昏《たそがれ》どきに四方から遠く近く折り重なって聞こえるひぐらしの鳴き声。汗がこめかみと首筋を伝い、鎖骨のくぼみに流れ込む。

　その日の祥子は、朝から少し変だった。自分自身の操縦がうまくできなかった。ハンドルを軽く右に切ろうとするたびに振り切ってしまい、気がつくとUターンしている、いわばそんな調子だった。

　父は急死した高校時代の友人の葬式に出るため泊まりがけで富山に行かなければならないと言って、略礼服の黒い上着を片手に昼前に出ていった。薬剤師資格のない祥子一人に丸一日番をさせるわけにはいかないという理由で、店のシャッターにも「臨時休業」の札を貼《は》った。祥子にはもともとなんの予定もなく、別に父がいてもいなくても事情は変わらないはずなのに、いつも以上に手持ち無沙汰《ぶさた》に感じた。

　家で何をしていても落ち着かないので、登録しているアルバイト派遣事務所に電話をしてみた。タイミングがよければ、即時、仕事をもらえることがある。ツヅキ薬局の手伝い賃だけでは軽井沢旅行の資金が心細かったので、空き時間にはときどき、なかば不本意ながらこうして単純労働の口を当たり、日給を受け取っていたのだ。

　ティッシュ配りの口がひとつあった。池袋駅前で午後五時から。消費者金融のチラシが入っているやつだ。どちらかというと憂鬱《ゆううつ》な仕事だったが、接客ではない分、本調子が出ない状態の祥子にはお誂《あつら》え向きだった。

　ティッシュなど、五人に一人くらいしか受け取ってくれない。中には、差し出された祥子の手をさも迷惑げに振り払っていく者までいる。普段ならいちいち気にしないのに、この日に限ってひどい辱《はずかし》めを受けたみたいに傷つき、涙がにじんできた。やっぱり今日の自分はおかしいのだ、と思ったそのとき、通行人の一人が自分から手を差し出してティッシュを要求した。祥子は思わず「ありがとうございます」と礼を口走りながら、相手の顔も見ずにその手にティッシュを押しこんだ。

「ああ、やっぱそうじゃん、祥子ちゃんでしょ？」

見上げると、宝田幸彦が半開きの唇から白い歯を覗《のぞ》かせていた。

「いや、さっき通りの向こう側から見てたんだよね。似てるなあって思って、気になってこっちまで来ちゃったよ」

宝田は、それだけ言うと何がおかしいのか声を立ててひとしきり笑った。なんだか犬みたいだ。視力も妙にいいし。祥子はそう思ったが、さっきまでのみじめな気分は不思議と嘘《うそ》のように吹きとんでいた。

「なんか、恥ずかしいですよ、こんなとこ見られちゃって」

「なんで？　バイトでしょ？　みんなするじゃん」

そう言って宝田は、意味もなく見開いているように見える目で妙に無遠慮に祥子の体をじろじろと眺めまわした。無遠慮だが、なぜかあまり不快ではない視線。そうしても相手がいやがりはしないだろうという自信に裏打ちされたなれなれしさ。少し、父に似ている。若い女を連れ歩いている父が、女たちに向ける視線に。

「あの……今日は、榛菜は？」

「今日は、ってどういう意味？　別に毎日一緒なわけじゃないし」

「宝田ぁ、俺、帰るわ」

数歩手前で控えていたらしい連れが、そう言って駅の方に向かった。宝田は「おう」と軽く返事をしてすぐにまた祥子の方に向き直った。

「あの、いいんですか？」

「いいのいいの！　夏期講習ってやつでさ。終わってからさっきまで今の奴《やつ》とお茶してたんだよね。それよりさ、祥子ちゃん、それまだ終わんないの？」

そう言って宝田が覗き込んだ箱の中には、まだ三分の一ほどティッシュが残っている。

「いや、もし時間あるんなら、この後メシでもいっしょにどうかと思って」

「何言ってるんですか、宝田さん。榛菜の彼氏でしょ？」

「カタいこと言うねえ、祥子ちゃん！　なにもこれから二人でラブホ行こうって言ってんじゃないんだからさ。メシはメシ、エッチはエッチ！」

そのあけすけな物言いに祥子が赤面している間に、宝田は手品のようにするりと祥子の至近距離にまで身を寄せ、なにか大事な秘密でも打ち明けるかのような口調でこう言った。

「いやさぁ、今日、単身赴任してる親父《おやじ》が帰ってきてんのよ。どうせ受験のこととかいろいろ言われっから、帰りたくないいんだよね。なるべく時間稼ぎしたくてさ」

祥子は、ティッシュの残りをさばくのにあと最低一時間はかかりそうだから、と言って誘いを断った。宝田は何度も「残念」と繰り返し、「また今度ね」と言いながらあきらめて帰っていった。

それを見送った後で初めて祥子は、どうして「友達の彼氏だから」というのを断る理由にしなかったのだろうと自分を怪しんだ。どんなつもりなのか、つきあっている子の友達を軽々しく食事に誘う宝田を、腹立たしくも思った。でも同時に、彼が自分の体を眺めまわしていたその視線がやけに脳裏にちらついて、胸が高鳴っていた。

半開きの唇から覗いていたあの赤い舌が、榛菜の肌の上を這《は》うのだろうか。Tシャツの短い袖《そで》から突き出ていたあの頑丈そうな腕が、榛菜の腰を摑《つか》むのだろうか。

宝田にはあと一時間かかると言ったが、実際には三十分もしないうちにティッシュの箱は空になった。なんとなく、やはりどこかで待っていてもらうのだったと後悔していた。しかし、それで宝田とどこかの店で向かい合って座ったとして、いったい何を話すというのか。そのことを榛菜にどう報告しろというのか。

誰もいない家にまっすぐ帰る気になれず、祥子はしばらくの間、ロッテリアでシェーキ一杯片手に粘ったり、キャバクラの呼び込み係がたむろする繁華街をあてもなくぶらついたりして時間をつぶした。だれかが声をかけてきはしないか。恐れなのか期待なのかもわからない気持ちが胸に去来する。そんなときに限って、男たちは祥子の脇《わき》をいやにあっさりと素通りしていく。

なにか釈然としない思いを抱えたまま下り電車に乗り、最寄《もよ》り駅よりひとつ手前の駅のホームに降り立ったとき、自分がどんな思いでいたのか、祥子自身にもうまく説明できる自信がなかった。祥子が通う学校のある駅。桜川衛の最寄り駅。十一時を少し回っていた。数人の疲れたサラリーマンたちが階段を昇っていってしまうと、ホームはすぐに無人になった。

階段の下に設置された緑の公衆電話を前に、祥子は優に三十秒くらいためらい、それから受話器を上げて、もう暗記している衛の電話番号を押した。遅い時間ではあったが、なぜか、桜川衛本人が出る確信があった。それでいて第一声、何と言おうか考えていなかったことに、呼び出し音を聞きながら気づいた。

「はい、桜川です」

留守番メッセージのような抑揚のない声。しかしだからこそ逆に、本人の肉声とわかる。胸が突発的にズキンと痛み、祥子は自分の中のどこかが壊れてしまったように感じた。今まで彼に電話するとき、こんな風になったことはなかったのに。

「あ、あの、私、ツヅキだけど、桜川君……だよね？」

「ああ、都築さんか。久しぶり」

久しぶり、なのかどうかよくわからなかった。電話ではときどき話していたような気がするが、最後に話したのは何日前のことだったたか。

「どうしたの、こんな時間に？」

衛の声はひどく落ち着いていて、いくぶんよそよそしく聞こえた。いや、この人の声はもともとそういう声なのだ、と祥子は自分に言い聞かせた。面と向かっていれば深みのある心地よい声。電話を通すと変に無機的で無愛想に聞こえる声。

祥子は自分を奮い立たせるような気持ちで、それを言えば楽になれるであろう言葉を口にした。声に出してその台詞《せりふ》を言いながら、自分は最初からそのためにこの駅に降り立ったのだ、と気づいた。

「今さぁ、私、どこにいるかわかる？」

6

それは必ずしも、今すぐ会いたいという意思表示ではなかった。普通に考えれば、深夜に近いこんな時間帯に衛が自宅を出てこられると考える方がどうかしている。ただ、自分がすぐそばまで来ているのだということを、どういうわけか伝えずにはいられなかったのだ。

　しかし祥子の居場所を知った衛は、だったら家に、と言いかけてから独り言のように「いや、まずいな」とそれを打ち消し、「どこかそのへんで」会えないかと持ちかけてきた。こんな時間に外出など許されるのかと訊《き》くと、それは問題ないと答える。

「じゃあさ、あの公園わかる？　向山酒店のところの信号の手前入ったところにある……」

　衛が指定したのは、駅から高校へ向かって十分ほど歩いたあたりだ。学校との行き帰りにときどき使う裏ルートでは、まさにその公園を突っ切っていくから、場所はよく知っていた。

「そこで待ち合わせね？　あ、なんかいいね、そういうの。わくわくしてきた」

　実際に祥子は、通話を終えて駅を出てから、はやる気持ちを抑えきれず小走りになっていた。少し準備してから自転車で向かうので、ゆっくり歩いてくればちょうどいいくらいだ、と衛に言われていたのに。

　深夜のデート。

　頭の中にふとそんな言葉が浮かんだ。デート？　私が桜川君と？　そう思いなおすとおかしかったが、ひと気のない、もともと形ばかりで日中でも殺風景な目抜き通りを走っては歩き、走っては歩きしている祥子は、渋谷に映画を観《み》に行ったときよりよっぽど「デート」らしい高揚感に満たされていた。

公園に着くと、待つまでもなく、また探すまでもなく、衛はすでにそこにいた。駅により近い方の出入口に自転車を停め、少し息を切らしている。額に汗が滲《にじ》み出ているが、髪が濡《ぬ》れているのは風呂《ふろ》上がりだかららしい。近寄るとシャンプーの香りがして、それが女の子みたいでおかしいと祥子は思った。

「もしかして、すごく急いでくれちゃった?」

「うん、よく考えると夜の公園に女の子を一人で待たせるなんて、って思って」

「こんな時間に勝手に来て呼び出す私が悪いんだから、待たせてくれてよかったのに」

そう言いながらも祥子は、すぐに彼と会えたことが嬉《うれ》しかった。その草食動物的な顔を見ると心が安らぎ、よく見るとけっこうハンサムではないか、とさえ思った。着ているものは、普段彼の家で会うときと同じ、地味で冴えないものだったが、そんなことはもうどうでもよかった。

今日一日、自分自身の操縦がうまくできなかったが、今やっと、ハンドルをしっかりと握り直すことができた、と思った。そのために、私は桜川衛に会いに来たのだ。

「えーと、どうしようか。たしかそのへんにジュースの自販機があったと思うんだけど」

　衛は、祥子の視線にたじろいだような顔で目をそらし、きょろきょろとあたりの様子を窺《うかが》いはじめた。

「ねぇ、あのさぁ、私ね、勝手ばっかり言って悪いんだけど……」

「何？」

「おなかすいちゃった。実は夕ご飯、ちゃんと食べてなくて」

　家を出る前に残り物で軽く食事を取って以来、口にしたものと言えばロッテリアのシェーキだけで、空腹でないはずがなかった。衛の顔を見た途端に、急にそれを意識したのだ。コンビニで菓子パンでも買えればというつもりだったが、衛は一瞬考えてから、「牛丼《ぎゅうどん》でも食べる？」と言った。

「あ、いいかも」

「冗談で言ったんだけど……」

　衛はそう言って笑いながらも、そばの国道沿いにある「松屋」の方に向かってもう自転車を押しはじめていた。そうしている衛が、その意外に広い背中が、なぜかいつもよりずっと頼もしく見えた。

　牛丼屋に入ったことは数えるほどしかなかった。女の子一人ではさすがに入りにくいし、日頃行動を共にする榛菜は、その手の店に偏見を抱いていてまず足を踏み入れようとしなかった。牛丼屋のチェーンは輸入牛肉を日本人に食わせようとする「アメリカの陰謀」なのだという「お兄ちゃん」の根拠薄弱な説をかたくなに信じていたからだ。

　日付が変わる直前の松屋は閑散としていたが、それでも思ったより席が埋まっていることに祥子は驚いた。全部で十人程度の客は全員男で、小声でぼそぼそと話し込んでいる大学生風の二人連れを除けば、みんな一人で来ているように見えた。

　誰もがうつむいたまま、黙々と丼《どんぶり》の中身をかきこんでいる。ほとんど手つかずの丼を前にただどんよりした目で缶ビールの飲み口を見つめている客もいる。祥子はそれとなく衛を誘導して、その客からなるべく遠い席に着けるようにした。

　二人とも一番安い〝並〟の食券を買い、どうやら中国人らしい従業員に渡すと、一分も経《た》たないうちに丼とみそ汁が二つずつ、カウンターに並んだ。

　これ以上はないほどシンプルな肉と飯のカタマリ。なにか人間の原始的な欲求をそのまま形にしたみたいな、ある意味ではしたないとさえ感じられるそれを、異性のすぐ隣で、異性と共に食べるのは、妙な気分だった。最初の数分間、おたがいものも言わずに食べていたので、よけいに異様な雰囲気が立ちこめていた。

「あ、よく考えたらさ、桜川君はちゃんと夕ご飯食べてきてるわけだよね？」

祥子は急にその可能性に気づいたのだが、隣の衛を窺うかぎり、食欲は旺盛《おうせい》なようだ。

「それがねえ、奇遇なんだけど、僕も食いっぱぐれてたんだよ。いや……本読んでたら夢中になっちゃって……」

「だって、家でごはん出るんでしょ？」

「実は……」

衛は、まるでそれが祥子に対してとても申し訳ないことででもあるかのように、口ごもりながらこう言った。

「今日、いないんだよ、家族。一人なんだ。両親、旅行中で。あ、彼らはときどき夏にそうやって二人で旅行に行くんだけどさ」

「そうだったの？　だからこんな時間に出て来れたんだ。あれ、実咲ちゃんは？」

「バスケ部の合宿」

「だったら、今夜はおたがい〝ひとり者〟なわけだね」

祥子はそう言ってから、なにかあられもないことでも口走ってしまったみたいな気がして衛から目をそらした。しばらく無言が続いた。なにか話題を探さなければと思ったが、思い当たらなかった。衛も同じように思っているのがわかった。カウンターを経由して、それと接触している肘《ひじ》から、微弱な震動が伝わるようにして、それがわかるのだ。

それでいて祥子は、あまり気詰まりにも感じなかった。ただこうして、思いがけなくも男友達と二人、深夜の牛丼屋で並んで牛丼を食べているのだという事実が楽しく、それを楽しんでいる自分がいとおしかった。

車道に面したガラスに、二人の姿が映っていた。それを見たとき、祥子は不意に、いつか自分はこのときのことをひどく懐《なつ》かしく思い出すだろう、と思った。自分でも不可解なほど、それは激しい感情だった。時が過ぎていっときは忘れてしまったとしても、長い年月を経てふとこのことを思い出し、ことによれば涙を浮かべさえするかもしれない。

どうしてそんな風に感じたのかは考えてもわからなかったし、たぶん、強いて考える必要もないことなのだろう、と思った。

気がつくと、先に食べ終わってしまった衛が所在なげにしていて、「男女で食べるペースが違うことを考慮すべきだった」と自己反省していた。しかし祥子も食事にそう長くかける方ではなかったため、ほどなく丼は空になった。そうすると、たとえ半分以上のシートが空いていても、長居はしづらい種類の店だった。

名残惜しいような気持ちで祥子たちが店を出ていくと、カウンターの中で立ち働いていた中国人らしき従業員が、「アラザシター!」と言って二人を見送った。

暑い日だった。真夜中になってもなお、日中の暑熱が逃げ場をなくして充満し、滞っていた。冷房の効いた店内から一歩踏み出したときには、むしろその暖かさが恋しいほどだったが、肌にまとわりつく重たい湿気が、すぐにうっとうしくなりはじめた。

衛はしばらく、どこへ向かうともなく自転車を押しながらなにかを考えているような顔をしていた。下りの電車がまだあるかどうかを考えているようだ。終電までまだ二本あることを祥子は知っていたが、衛がそれに気づかなければいいと思った。まだ、帰りたくなかった。

「まだ電車が……」

「あのさ、桜川君の家に行ってもいい?」

衛を遮るようにそう言ってから祥子は、それがほとんど、安っぽいドラマなどで使われる「今夜は帰りたくない」という恥ずかしい台詞と同義であること、少なくとも、そう取られてもしかたがないことに気づいた。

そういう種類のことを期待して、その台詞を口にしたのではない。実際、衛とそういうことをしている自分を想像するのは難しかった。息荒く抱きすくめてきて祥子の服を脱がそうとする衛？　それはもはや、衛ではないし、そうなってもまだ衛に好意を抱いていられるかどうか、自信はなかった。祥子はただ、もうしばらく、彼と一緒にいたかっただけなのだ。できれば落ち着ける場所で。衛が「最良の状態」でいられる場所で。

衛は足を止め、しばしまったくの無表情で自分の足もとを見つめた。この人物にあって、無表情はしばしば激しい動揺を意味する。しかしやがて彼は顔を起こし、「都築さんがそれでいいのなら」と言った。「それでいい」？　「それ」って？　祥子は胸に湧《わ》き起こったその問いかけを、喉元《のどもと》で押しとどめた。

夜中の桜川家に足を踏み入れるのは、言いようのない居心地の悪さを感じさせることだった。家の匂《にお》いがいつもよりも濃厚に漂うような気がした。ついさっきまで衛が一人でいたはずなのに、長く留守にしていた家のドアを開けた瞬間と同じ匂いがした。台所の流しのところに、使用済みのグラスが置いてあった。薄茶色の液体が少しだけ底の方に残っていた。きっと衛が、「クワス」に氷を浮かべて飲んだのだ。「クワス」を飲む衛。想像の中のその姿は、いとおしいようでいて、また気が滅入《めい》りもするような、いわく言いがたい色合いを帯びていた。

衛はいつものとおり祥子を居間に通そうとしたが、祥子は衛の部屋を見たいと言った。「次のステップ」に進むお膳立《ぜんだ》てなどをしたつもりはなく、ただ家人が帰ってこないとわかっている家の居間に上がり込んでいることが気詰まりだったのだ。衛の部屋なら、たとえこのような状況下でも、衛の友達である自分が存在することにまっとうな正当性があるような気がした。

「散らかってるけど……」

そう言いながらも衛は、普段ほどの抵抗を示さなかった。階段を昇ったところに短い廊下があり、その左右に衛の部屋と実咲の部屋があった。衛の部屋は、祥子の来訪を予期していなかったことを考えれば、言うほどには散らかっていなかった。高校生くらいの男の子の部屋というのは、足の踏み場もないほど乱雑に取り散らかされているものと思い込んでいた祥子には、拍子抜けさせられるほどだ。

ただそこにははっきりと、ほかの部屋とは違う匂いがしみついていた。衛の匂いだ。榛菜の言を借りればこんな「乾燥してパサパサ」に見える衛からも、そういう男くさい匂いが人並みに放出されているのだと知って、祥子は少し意外に思った。衛からも〝汁〟は出ている。ただ、それをいやだとは思わなかった。

部屋は最初から黄色っぽい光にぼんやりと染められていた。出てくるとき消し忘れていたのか、それとも常にそうしておく習慣なのかはわからなかったが、それは書き物机の縁に取りつけられた見慣れない形のライトから放たれている、白熱電球の光だった。たしか「Zライト」とかいうのだ、と祥子は思った。製図をする人が使うような、「Z」形をした軸の部分の角度を自在に調整できる照明器具だ。

衛は、天井から吊《つ》るされた電灯のスイッチにはあえて触れないまま、祥子を中に通した。この方が落ち着くのだ、と言いながらライトの角度をなんとなくいじっている衛の姿が、巨大な影絵となってベージュ色の板壁に投影された。祥子は少し落ち着かなかったが、衛が心穏やかでいられるならそれでいいと思った。

しかし衛は、心穏やかそうには見えなかった。予告なく訪れた初めてのシチュエーションに当惑しているのか、表情を消したまま狭い部屋の中を行ったり来たりしている。動物園の柵《さく》の中で退屈したレッサーパンダみたいに。

「ああ、しまった。そう言えば、飲み物とか何もないんだ。〝クワス〟もさっき切らして新しい紅茶を足したばっかりだし。馬鹿《ばか》だな、さっき国道でローソンに寄ってくればよかった」

衛は手を打ち合わせてそう言った。

「え、いいよ、そんなの、別に」

「いや、僕、なにか買ってくるから、ここで待っててくれる?」

祥子は止めようとしたが、衛はそう言いながらもう階段を降りはじめていた。まるで、祥子と二人きりにならずに済む恰好《かっこう》の口実を見つけたとでも言わんばかりに。祥子は少し笑って、おとなしく待つことにした。

壁の半面ほどを埋めるスライドつきの本棚は、祥子が著者の名前も知らないような本でびっしりと埋め尽くされ、隙間《すきま》に横向きに突っ込んだものもある。ところどころに『早わかり　日本の国会』とか『怒濤《どとう》の人　吉田茂伝』といった種類の本も混ざっていたが、それ以外の大半は小説らしかった。

「首相になりたい」なんて言っていたが、この人にはやはり、政治家よりは作家か評論家が向いているのではないか。その方が、本人にとっても幸せなのではないだろうか。

そんな風に思いながら文庫本が並ぶコーナーを見ると、衛が『フラニーとゾーイー』の次に貸してくれたサリンジャーの『倒錯の森』という短編集があった。中にはおもしろいと思った短編もあったが、表題作はよく理解できなかった。率直にそう言うと、衛は悲しそうな顔をして、それ以来、あまり本を勧めてくれなくなってしまったのだった。

でもこれだけ本があるなら、きっとほかにも自分の気に入るものがあるに違いない。戻ってきたら、あらためてお勧めを訊《き》いてみよう、と思った。そう言えばさっき衛は、本を読むのに夢中で食事を取りそこねたと言っていた。そんなに熱中してしまうなんてどんな本なのだろう？　読みさしならば手近なところに置いてあるはずだ。

重厚な感じのする書き物机の上にZライトからの光が照りつけ、発火しそうなほどの熱を帯びている。本棚に収まり切らなかったのであろうハードカバーの本がいくつかブックエンドで固定されていたが、読みかけと思《おぼ》しい本は見当たらず、かわりに使い込んだノートが一冊、端の方に置いてあった。脇《わき》にボールペンが添えてあり、さもついさっきまでそこになにかを書いていたという雰囲気だ。表紙には何も書いていない。

祥子はなんの気なしにそれを手に取ってぱらぱらとめくり、すぐ反射的に閉じた。いくつかの日付が目に止まったことから言って、日記に違いなかった。それを勝手に読むのはどう考えても反則だろう。ただ祥子が一瞬ぎょっとしたのは、それが日記だったからではなく、そこによく見慣れた字が繰り返し書き込まれているように見えたからだ。いやと言うほど見慣れた字、つまり、「祥子」という二文字が。
悪いとは思いながら、祥子はもう一度ノートを開かずにはいられなかった。
驚いたことに、ほとんどすべてのページに「祥子」の文字があった。この日記そのものが、「祥子についての日記」だったのだ。それは、榛菜に連れられて『フラニーとゾーイー』を借りに来たあの日から始まっていた。

瀬賀が都築祥子という女の子を連れて家まで来た。「フラニー」を借りるためと言う。でも本借りるだけだったら瀬賀が学校で渡せばいいのに何でわざわざ連れて来るんだろう。しかし名目は「本を借りる」だったのでとにかく本だけ渡す。余計な事を考えてはいけない。でもなぜか胸がザワザワしてる。都築祥子がそうさせてるのだ。だからこんな物を書いている。考えるな。考えるな。考えても辛《つら》くなるだけだ。

六月×日付になっている最初の日記は、それだけだ。しかしその後も衛は、祥子についていて「考え」つづけている。「あの都築祥子という子が気になってしかたがない」。

「本を返してくれる時また会えるだろうか。いや、彼女はきっと瀬賀にそれを託すだろう。僕なんかと顔を合わせたがる訳が無い」。

本屋でばったり出くわしたときのことは「神の残酷な悪戯《いたずら》」と言い、お礼のハンカチを手に祥子が桜川家を訪れたときのことは、「このことをどう考えるべきなのだろうか。ありえない事が起こっている。これは神の試練なのか」と内省をめぐらしていた。「都築祥子」や「彼女」といった記述が「祥子」と呼び捨てになるのは、この日からだ。

「もう会えないと思ってたから」

あの日の衛がそう言っていたことが思い出された。その時点で、祥子はすでに桜川衛の中で、恐ろしく大きな存在になっていたのだ。そこから先は、読まない方がいいような気がした。倫理的にも、祥子自身の精神衛生の観点から言っても、これはまちがいなく、見てはならないものなのだ。しかし祥子は、ページを繰る手を止めることができなかった。

今日も祥子が来て、居間で二人切りでレコードを聞いた。祥子はいったいどういうつもりなんだろう。どうかなってもいいと思ってるのか。そんなバカな。でも彼女は時々、僕の話を聞きながら、うっすらと目を閉じてる事がある。「もっと聞かせて」と言う。まるで僕の声そのものに魅入られてるみたいに。

その部分は事実だったので祥子は思わず赤面したが、続きを読んで怒り心頭に発した。

そして時々、物言いたげな瞳《ひとみ》でじっと僕を見つめる事がある。誘惑してるみたいに。誘惑なのだろうか。僕はそれに答えるべきなのだろうか。僕は知らず知らずの内に祥子に恥をかかせてるのではないだろうか。

「待って、ちょっと待ってよ」

祥子は無意識に、声に出してそう言っていた。

「いつ私が？　何言ってんの、この人。恥かかせてるって、恥ずかしいのはどっちよ。なにうぬぼれてんの？　自意識過剰にもほどがあんじゃないの？」

その後も衛は、同じ問題で幾度となく悩んでいるようだった。そして、妹の実咲に判定までさせていた。最後に会ったときだけ実咲が長く同席していたのには、そういうカラクリがあったわけだ。

実咲の判定は、「脈があるかも知れないけど微妙」だった。そこまで読んできた祥子の目には、引用されているそのコメントさえ腹立たしかった。「脈があるかも」って？　なに勝手なこと言ってんの？　兄妹だけあって似た者同士だ。根本的にわかってない。私がなんだってあんな冴えない男に？

祥子がさらに続きを読んでいれば、衛が実咲のコメントを最大限いい方に取って過剰な期待をふくらませ、やがて期末試験のシーズンを挟んで祥子からろくに電話も来なくなった時点で世紀の大恋愛が破綻《はたん》したとばかりに落ち込む、そのさまを見ることができたはずだ。しかしちょうどそのあたりで、玄関の錠を開ける音がした。祥子はノートを元通りに置きなおし、最初からそうしていたみたいにカーペットの上に正座した。

めまいがしそうだった。

「ごめんごめん、何を買おうかちょっと迷っちゃってさ。駄目だね、優柔不断で。でもおかげで珍しいものが見つかったよ、ほら、ざくろジュース」

上機嫌で階段を昇ってきた衛が、見慣れない青い紙パックを掲げてそう言っても、祥子はあいまいな笑みを浮かべて生返事するのがやっとだった。

「あれ？　ざくろとか、もしかして嫌いだった？」

ざくろだとかクワスだとか、もううんざりだ。

「あの、ごめん、私ちょっと急に、やること思い出しちゃって」

祥子はとっさに思いついた言い訳を口にしながら立ち上がった。

「実はね、お父さん、夜行で帰ってくるから明日の朝にはこっちに着くんだけど、お店、いつもどおりに開くから、準備を頼まれてるの。それすっかり忘れてて。帰って今からやるから……」

「でも……もう電車がないと思うよ」

衛が、めずらしく動揺をはっきりと表情に出してそう言った。紙パックを掲げたままなので、時代劇に出てきて「御用だ御用だ！」と叫ぶ役の人みたいで、どこか間が抜けていた。

「だったらタクシーで。電話だけ借りるね。番号、わかるかな。ほんとにごめんね」

7

結局、桜川衛に会ったのはそれが最後になった。

後々まで祥子は、ざくろジュースの青い紙パックを得意げに顔の位置まで持ち上げていた衛の姿を思い返すたびに胸が痛み、せめてジュースを飲む間くらいどうして一緒にいてあげられなかったのかと悔やんだ。

タクシー会社に伝えた目印の曲り角で車を待つ間、なにかを察した雰囲気で、しかし何も言わずただかたわらに立っていた衛。表情の消えた顔で立ち尽くしたまま、まるで世界の果てに茫然《ぼうぜん》と取り残されるようにして、車窓の中で小さくなっていったその姿。

タクシーが国道に乗ったあたりで、怒りはもう消えていた。最初から怒りが主要な原因ではなかったことに、祥子はそのとき、初めて気づいた。

重かったのだ。

表情に乏しいその顔や物腰からは想像もつかないほど祥子を意識し、祥子に焦《こ》がれていた衛の気持ちが重くて、自分にはとても受け止めてあげられないと思ったのだ。

祥子に対する衛の思いは、あらゆる意味で「過剰」だった。「女の子の自分に対する好意などこの世に存在しえない」と言い切っておきながら、祥子の好意を過大に評価する。その振幅の大きさが怖かった。衛の中では幻想が肥大し、暴走し、祥子の与《あずか》り知らないところで勝手にストーリーが進行していた。会っているときや電話で話しているときにはそれをおくびにも出さず、黙って夜な夜なあんな日記を、祥子についてだけの日記をつけていた衛の暗い情熱に、早く言えば怖《お》じ気《け》づいていたのだ。その仔猫《こねこ》の病気も含めて引き受ける覚悟が祥子にはあるのか、そこまで考えて連れてきたのか。

父の言葉が、頭の中で反響した。お父さん、ごめんなさい。桜川君、ごめんなさい。やっぱり私は、考えが甘かった。そこまでの覚悟は、私にはなかった。

その後、祥子の方からは衛に連絡を取らなかった。衛の方からは何度か電話がかかってきたが、毒にも薬にもならない応対しかしないようにしていた。残酷なのは自覚していたが、距離を置いた理由を説明する方が酷に思えたし、それができるだけの度量も持ち合わせていなかったのだ。

最後の電話は、九月に入ってからだった。これこれこういう映画があるんだけど、という話だった。しかしそれは、だからまた一緒に観《み》に行かないかという誘いの言葉にはならず、ただ、そういう映画がある、という事実の説明に留まっていた。祥子が相づちだけ打っていると、衛は妙な間合いを空けてから、じゃあそろそろ、とひとことだけ言って電話を切った。

それが最後だった。じゃあそろそろ。機械みたいに表情も抑揚もない、低い声だった。

　十七歳の夏は、そうして歯切れの悪い形でいつしか終わっていた。それに呼応するように、榛菜がまた一緒に帰ろうと言い出した。

　真意を問いただすと、宝田幸彦に「浮気をされた」のだと言って泣く。よくよく話を聞けば、「浮気をされた」というより、むしろ最初から「遊ばれていた」のだと解釈した方が妥当な感じだった。

「ユキヒコはああいう人だからね、駄目なんだ。私とつきあってるのに、しょっちゅう別の子に声かけてるの。私たち一緒にいても、私が傷つくだけだし」

　少し、いい気味だ、と祥子は思った。だからと言って、宝田が最低の男であるという事実に違いはなかった。その宝田と一度、校内の階段ですれ違ったとき、「いつかの約束」を果たすために「メシ食いに」行こうと誘われたが、祥子は取り合わなかった。たとえいっときでも、こんな男に気を惹《ひ》かれかけていた自分が信じられなかった。

「私がこんなこと言うのも何だなと思って、今まで黙ってたんだけどさ」

　いつまでも傷心から立ち直れない榛菜が少しうっとうしくなってきた頃、祥子はしびれを切らしてこう言った。

「宝田さんって、最低の男だと思うな。そんな男のために榛菜が泣くの、もったいないよ」

「祥子は……桜川とうまく行ってるからそういうことが言えるんだよ」

恩を仇《あだ》で返すようなその物言いに祥子は内心穏やかでなかったが、辛抱強く笑顔を作って言った。

「うまくいって……ないよ。最初から別にそういう関係じゃなかったし、最近ではもうおたがい連絡も取り合ってないから」

「え？　じゃあ……」

榛菜はそう言いかけたきり、しばらく無言で歩いていた。飛行機雲が長く尾を引いていた。自衛隊の基地が遠くないからだ。

「祥子はさ、私が桜川と……」

「え、何？」

「桜川に私、コクってもいいかな」

「何、何何何、そうだったの？　だったらどうして今まで……」

榛菜が言うには、自分が祥子に紹介した手前、「遠慮していた」とのことだった。紹介した時点では「自分の気持ちに気づいていなかった」のだが、その後、宝田幸彦との関係についてちょくちょく相談に乗ってもらっているうちに……という王道のパターンだったらしい。

「思えば中学のときから、あいつっていつも私の話、親身に聞いてくれててさあ、ああ、こういう人と一緒の方が、私きっと幸せになれるんだなって思ったんだ」

虫のいい話だ、と思った。それに、その間、自分にほとんどひとことも相談してくれなかったのは、同性相手に見栄《みえ》を張ってでもいるつもりだったのだろうか。

でも不思議と、腹は立たなかった。腹が立つほど、すでに榛菜に対して友情を感じていなかった。この子とは高校を出たらもう会わなくなるんじゃないか、と醒《さ》めた気持ちで考えながら、隣を歩く胸の大きい榛菜の姿を見ていた。

それよりも祥子は、桜川衛が榛菜の「恋の相談」に応じていた、という事実の方に驚きを感じた。いったいそんなことが、あの人にできたのだろうか。

でもそれは、祥子がなにかの相談を彼に持ちかけるということをしたことがなく、またそんな発想を持ったこともなかったからこそ感じる疑問なのかもしれなかった。祥子だって悩みを打ち明ければ、彼はじっくりとそれを聞いてくれたのかもしれない。悩みなんて、だれかが親身なポーズを取って聞いてくれさえすればあらかた解消されるものだ。その点、常に穏やかで、気が長く、喋《しゃべ》るに際して決して焦《あせ》らない、深みのある声の持ち主である衛は、ひょっとしたら最高の聞き役としての資質を持っているのかもしれない。

　榛菜が衛と本質的な意味で「うまくいく」とは祥子には思えなかったが、一度くらいそんなことがあってもいいんじゃないか、と思った。祥子はまるで、母親か姉のような気持ちで衛のことを考えていた。いつかあの人は、ダイヤモンドが原石の中から本来の輝かしい姿を現すように、体を覆《おお》うその抗体の殻を突き破って、隠されていた真価を発揮するときが来るだろう。それまでに彼が経験することは、彼が自信を築いていく礎《いしずえ》になればいいのだ。

　ただ私には、少し荷が重すぎた。たぶん、出会うのが早すぎたのだ。

　榛菜の「告白宣言」を聞いて日も浅い頃、祥子は高校からの帰り道に駅前で桜川衛を見かけた。高校の制服を着たままの姿で、なにかを探すような目で自転車を押していた。一瞬だけ目が合って、そして逸《そ》らされたような気がしたが、気のせいかもしれなかった。

In Pluto ×月×日

ここはどこなのだろう？ どうして私は、こんなところにいるのだろう？ そう問いかけてみる。答えはない。私一人しかいない部屋に、私の声がうつろに響く。

窓からは、枯れた樹々《きぎ》が枝を広げているさまだけが覗《のぞ》いている。節くれ立った枝は幾重にもからまりあって、私を閉じこめているみたいに見える。それが私を守っているのか、単に私をここから出すまいとしているのか、私にはわからない。

一人きりのこの部屋で、今も鼓膜に蘇《よみがえ》ってくるのは、カーロイの甘い声だ。すべてを奪い、すべてを壊した男なのに、不思議と憎しみは感じない。ただ悲しいだけだ。カーロイの瞳《ひとみ》の色。常に深い哀《かな》しみをたたえているみたいに見えた、鳶色《とびいろ》のあの瞳。

私たちの人生には最初から意味なんかないんだって、彼は言っていた。だから意味をでっちあげるんだと。それができない人間は役立たずなんだと。どうすれば「役立たず」にならずにいられるのか。いまいましいことに、私は今でもそれを考えつづけている。脳の中に小さなカーロイが棲《す》んでいる。その小さいカーロイが、考えろ、考えろと私をせっつくのだ。鍵《かぎ》のかかった部屋の中で、永遠に鳴りつづける目覚まし時計みたいに。

私は耳を塞《ふさ》ぐ。耳を塞いでも、声は消えない。だから、パソコンに向かう。今やパソコンの画面だけが、私と世界とをつなぐ本当の窓。それは、皮を剝《は》がれて筋肉組織がむき出しになった顔の上に、じかにかぶせたマスクに似ている。取ってしまえば、人がそばを通るときの空気の動きさえ、ひりひりした痛みに化けるだろう。人が、世界が怖い。でも恋しい。

でたらめにキーボードを叩《たた》いてみる。いくつものウィンドウが、ダイアログボックスが、メッセージが、画面の中に現れては折り重なる。これが私にとっての「世界」？　これも違う。こんなのはまがい物だ。

どうすればいいのだろう？　どうすれば、私が慣れ親しんできたあの懐《なつ》かしい世界に戻ることができるんだろう？

第二章　欠けた月

1

事件は、部室のキーの置き場が変わった二日後に起こった。

活動にさして熱意もなく、部室を訪れるのもせいぜい週に一、二度だった祥子は、置き場が椅子《いす》の下に変わったことを知らなかった。家庭教師のアルバイトへ向かうまでの時間つぶしのつもりで遅い時間に来て、気がついたら一人になっていたので、いつもどおりキーをソファの背に隠してから立ち去ったのだった。

翌朝一番に部室を訪れた部員が、盗難に気づいた。キーは南京錠《ナンキンじょう》に差し込んだままになっており、部室からはギターが一本消えていた。部室と言っても三、四人が入ればいっぱいになってしまう物置みたいなもので、ほかにめぼしいものもない。

二限の政治学の講義が終わって三号館から出てきた祥子を呼びとめたのは、同じ二年生の部員、鞍木《くらき》明日香《あすか》だった。前日部室に最後に残ったのが祥子であることを知っている唯一《ゆいいつ》の人間だったのだ。道々かいつまんで事情を聞いた祥子が部室に駆けつけたときには、すでに警察も事情聴取を終えて引き上げた後で、部室前にたむろしている部員たちの間に不穏な興奮の名残りが滞っていた。

「ケネス・ヒルがやられたって」

「うわ、どうすんだよ、あれ、望月《もちづき》先輩のだろ?」

「だから南京錠、ダイヤル式にしとけっつったのに!」

部員たちが囁《ささや》き交わす中、祥子は場違いなうすら笑いを浮かべているように見える部長の天沼《あまぬま》のもとに向かい、たしかに施錠《せじよう》して帰った旨《むね》を説明した。天沼はそこでキーの隠し場所についての連絡不備があったことに気づき、一瞬言葉を失った。

「そっか、都築は知らなかったんだよね。マズったなあ……」

やっと口を開いた天沼は、今度は阿呆《あほう》のように口を開けっぱなしにしている。大きく隙間《すきま》の開いた前歯が覗《のぞ》いているさまはますますその場の緊迫感を失わせたが、事の重大さは祥子にもわかっているつもりだった。

盗まれたギターは、アメリカのケネス・ヒル工房の製作による、スプルース材を使用したハウザー・モデルだ。ハウザー製品そのものよりははるかに格安とはいえ、普通に買えば五十万円は下らない代物《しろもの》だと聞いた覚えがある。しかもその所有者である望月は留年中の六年生、めったに部室には顔を出さないが、凄腕《すごうで》の持ち主としてなかば伝説的な近寄りがたい存在だ。

「そんな……私、どうしたらいいんでしょう？」

弁償？　とっさにその考えが頭に浮かび、薬局の経営不振に意気消沈している父の顔が脳裏をよぎる。

からかうような調子で「弁償もんだな」と言う者もいれば、置き場の変更を知らなかったのだから不可抗力だと祥子を弁護する者もいる。いつのまにか三年の吉永《よしなが》が会話の輪に入ってきていて、こう言い添えた。

「だいたいさあ、そんな盗《と》られて困るようなもんを無防備に部室に置きっぱなしにしてる方が悪いよね」

クラシックギターと言うよりはロックギターの方が似合いそうな、ヴィジュアル系バンドのメンバー風の髪型を誇らしげになびかせている長身の男だ。いつもなにかクスリでもやっているのではないかと疑われるふらふらした足取りでやって来る。

「大学なんて、誰が出入りしてるかわかんないんだしさ。公道にダイヤの指輪転がしとくようなもんだろ。盗まれても文句言えた義理じゃないって」

そう言って祥子に向き直り、気にすんなよ、と右手で何度か祥子の肩を叩《たた》いた。この三年生は、折に触れて祥子の体に触れたがる。新歓コンパのときからそうだ。その日だけで三度も、さりげなく背中や肩に手を当てられた。

問題は、望月がすでにこのことを知っているかどうかだったが、その場にいる誰も、望月の電話番号を知らなかった。部員名簿にも、住所しか載っていない。

そこへ現れたのは、先代の部長・森だった。濃紺のスーツ姿のまま、学食で買った丼《どんぶり》ものをトレーに載せて運んでいる。もう秋も深まりつつあるというのに、いまだに内定がひとつも出ていないという。長引く就職活動の合間に、こうしてちょくちょく部室に顔を出しているのだ。

「都築さんに非はないよね。むしろ天沼、決定事項を部員全員に行き渡らせなかったおまえが悪い」

事情をあらかた聞き取った森は、大岡裁きを思わせる決然とした口調で裁定を下し、天沼がスッポンのように首を竦《すく》めた。

ただ、非があるかどうかは別として、責任者として天沼が、そして当事者として祥子が、連れ立って望月の家を訪れ、きちんと頭を下げておくべきだというのが森の見解だった。

「あの人は、とにかく適当にごまかされることを嫌うんだよ。でもきっちり筋を通せば、弁償しろなんて言わないと思う。いや、大丈夫だって！ 愛想がないから怖そうに見えるけど、ちゃんと話は通じる人だから」

望月のことを「望月さん」と呼ぶのは、ぎりぎり森の代までだ。三年生以下は全員、「望月先輩」と言っている。上級生のことを「～先輩」と呼ぶ風習がないにもかかわらず、望月だけが「望月先輩」なのは、この謎《なぞ》めいた人物に下級生たちが畏敬《いけい》と敬遠両面の思いを抱いていることの現れだ。

「じゃあ、あの、都築、一緒に……行く？」

天沼が、先生に叱《しか》られた小学生みたいにおどおどしながらそう言った。部長なのだから「一緒に行こう」と命じてほしいと思いながら、祥子は無言でうなずいた。

「俺はほっときゃいいと思うけどね」

吉永が、森に聞こえない程度の声で耳打ちした。甘いガムの匂《にお》いが鼻先に漂った。

祥子が「ゼクス・ザイテン」に入部したのは、かなり安直な理由からだった。

ドイツ語で「六弦」を意味する「ゼクス・ザイテン」は十年ほど前から使われてい

る愛称で、正式には「クラシックギター部」、大学の文化会に属する歴史の古いクラブだ。弦楽器がまったく未経験の祥子にとっては敷居が高かったはずだが、ためらいは感じなかった。

「たまたま最初に声かけてきたのがそこだったから」

父に不思議がられたときにとっさにそう答えて以来、祥子は部外者には入部の動機をそう説明することにしていた。あながち嘘《うそ》ではなかったが、正確に言えばこうだ。

「入学当初、私に声をかけてきたクラブやサークルの中で、最初にまともそうだと感じたところだったから」。

男女の出会いの場を提供することを影の主目的としているようなオールシーズン・スポーツ系サークルのノリには、生理的に受けつけないものを感じていた。そこへ持ってきて、祥子を誘ったのがたまたま、笑顔が魅力的な品のいい女子学生だったのだ。

「初心者が肩身の狭い思いをするような雰囲気はゼロだから」と彼女はしきりと強調した。

「村治佳織《むらじかおり》とか出てきたおかげもあって、女の子でもギター弾いてみようって人、増えてきたしね」

祥子はその時点で「村治佳織」を知らなかったにもかかわらず、その女子学生のひとことには妙な説得力を感じた。後から思えば、言葉の内容ではなく声の調子に、「大丈夫なのだ」と相手を安心させる響きがあったということなのだ。祥子はあいかわらず、声に弱かった。

彼女の役目は祥子を部室に連れていくところまでだったようで、当時の部長だった森に引き合わせると、「よろしく」と言うなり風のように去っていってしまった。そしてその後、祥子が部室の近辺で彼女の姿を見ることは二度となかった。後に知ったところによれば彼女は森のひとつ歳上《としうえ》の恋人で、もともと幽霊部員に近い存在だったという。

熱心な部員であるかどうかということと新入部員の勧誘がうまいかどうかということとは別の問題なのだ、と知って祥子は驚いたが、二年生に進級する頃には祥子自身が彼女と近いスタンスに立ちつつあった。日頃ろくに活動に参加しないせめてもの埋め合わせにと、新歓シーズンには率先して動いた。祥子が連れてきた新入生は不思議にそのまま入部する確率が高く、「ハンター」と呼ばれるようになった。

聞いていたとおり、ゼクス・ザイテンは初心者にとっても居心地の悪い空間ではなかった。先輩たちの多くは経験者に対しても未経験者に対しても分け隔てなく、かえってうさん臭く見えるほど親切に接した。ただ、そうした「仲良しサークル」化に対して批判的な上級生のグループが存在することも知っていた。

ＯＧの一人が最近、イギリスＧ音楽院の古楽科でバロック・ギターやリュートを修めて帰国し、ＣＤデビューを果たしたことも、彼らにとっての刺激になっていた。外薗《ほかぞの》はるかというギタリストだ。

演奏家としてはほぼその世界でしか知られていない地味な存在だが、外薗はるかの生家は世田谷に昔からある巨大な屋敷だったので、音楽に関心がなくてもなんとなく存在を知っているという学生はいた。姉のように遠回りせず最初から音大に進んだ妹ののしのぶとセットにして「外薗姉妹」と呼び、セレブ扱いしてもてはやしているのだ。

祥子も、彼女が卒業生として学内のホールで開いた無料コンサートには足を運んだ。見ようによっては美人だが、狐《きつね》のような目をしているし、あらわにした二の腕がやけに太くて、自分もギターをきわめるとあのような腕になってしまうのだろうか、と不安になった。

それが原因というわけではないが、祥子自身はギターの演奏から、そして部の活動から日々ますます遠ざかっていた。いまだに十六分音符のフレーズが来ると指が止まってしまうありさまではアンサンブルに参加するのも気が引けたし、先輩から間に合わせに譲り受けた安物のギターも、そのうち自分で欲しいものを買って持ち替えようと思いながらそのままになっている。

そんな状態になって初めて祥子は、自分がクラシックギター部を選んだときに抱いていた「下心」に気づいた。

当時はそれも漠然としたもので、はっきりと自覚していたわけではなかったが、クラシックギターという楽器は、祥子の中でどこか遠くツィンバロムと共鳴しあうものがあったのだ。コダーイの「ハーリ・ヤーノシュ」で使われている打弦楽器だ。

桜川衛とは完全に音信不通になっていたが、それでも祥子は衛に教えられたコダーイに耳を傾けることをやめなかった。それはもはや、衛についての思い出とは無関係に祥子の中に根を張る寄生体のようなものになっていた。コダーイだけではない。ツィンバロムを使った楽曲、ロマ族の伝統音楽を専門に演奏するバンドなどのCDを、機会があるたびに少しずつ買い揃《そろ》えていた。

安室奈美恵《あむろなみえ》やスピッツも人並みに聴いたが、ツィンバロムを聴くことは、祥子にとってそれとはまったく別の位相に属する体験でありつづけた。それはなにか、自分の魂の秘密に関係があることなのだと祥子自身は感じていた。

ただ、クラシックギターに触れることや、それを演奏する人々の集団に属することが、ツィンバロムに近づくことに貢献したかどうかと言うと、それははなはだ怪しかった。部員の中にはその楽器を知っている者もいたが、「ああ、なんかジプシーっぽいやつでしょ？」のひとことで片づけられるのが落ちだったからだ。

　そんないきさつもあって、ゼクス・ザイテンの部室からはますます足が遠のいている祥子だったが、たまに来たときにこんなトラブルに巻き込まれるなんてよくよくついていないのだ、と思わずにはいられなかった。まともに面識を持ったことさえない六年生の家に、自分に責任があるとも思えない盗難について謝りに行くわけだ。学食に行くことも忘れてげんなりした顔で部室の外壁に凭《もた》れかかっていた祥子に、天沼がおずおずと声をかけてきた。

「それで、都築、俺は今日はもうこの後予定なしなんだけど、どうする？　都築のこの後の予定は？」

　なにごとにも優柔不断な天沼が、こうして望月宅への謝罪訪問を即日行なおうとしているのは、前部長である森に面と向かって助言されてしまったからにちがいなかった。そうでなければこの男は、ぐずぐずと先延ばしにしてすべてがうやむやになるのを待つという戦法を取るだろう。

「三限がありましたけど……いいです。授業に出る気分じゃありませんから。天沼さんがよければさっさと済ませちゃいましょう。で、どこなんですか、望月先輩の家は？」

「あ、今、名簿を……」

そう言いながら天沼は、部室の中に置いてある名簿に手を伸ばそうとして、入口の段差に蹴《け》つまずいている。どこまでも頼りにならない部長だ。祥子はますます気が重くなった。


祥子が望月慎吾《しんご》を「見た」とはっきり言えるのは、一度きりだった。

一年生のとき、秋の定期演奏会の会場にふらりと現れ、後輩たちに乞《こ》われて飛び入りで「スペイン舞曲第五番」を独奏している姿を、遠目に見た。ギターに造詣《ぞうけい》が深いとは言いがたい祥子にも、その演奏が抜きん出てうまいことだけはわかった。万雷の拍手を浴びても、笑みひとつ浮かべるでもなく軽く一礼してステージを立ち去るその姿は、どこか神秘的でさえあった。

鋭角的な顔。額にかぶさる藁《わら》の束のような強《こわ》い髪。飄々《ひょうひょう》とした立ち居振る舞い。女子部員の中には、そんな彼を偶像視して一方的に憧《あこが》れる者もいた。

モッチー様。

一部の女子部員たちから、望月がそう呼ばれていることは祥子も知っていた。才能もあり、外見も優れているのに、自分で自分のカッコよさにまるで関心を払っていないように見えるところがカッコいいのだという。芸能人を愛《め》でるようなそういった心理は、祥子には理解しがたいものだったが、望月に対して関心がないわけでもなかった。ただそれは微弱な、そして自分でも意味合いがよくわからない関心だった。

人が他人に対して抱く興味というものは、たいていの場合、好意か悪意のどちらかに根ざしているものだ。少なくとも、そのどちらかに発展する可能性を秘めたものとして、その興味はぼんやりと方向づけられている。祥子が望月に対して抱く関心には、その方向性が見えなかった。興味を持って近づいたとき、結果として自分が望月に好感情と悪感情のどちらを抱くことになるのか、まるで予測がつかない。そのせいで、祥子は望月慎吾という存在を意識するたびに、なにか落ち着かない気持ちになった。

そのきっかけが何であったか、祥子自身にはわかっていた。ゼクス・ザイテンの誰にも話していないことだが、定期演奏会の舞台上で見たとき以外にも一度、祥子はたぶん、望月慎吾を目撃している。演奏会から三ヶ月ほど過ぎた頃だ。

その日は、六時から家庭教師の約束が入っていた。週二回、中学二年生の女の子に英語と数学を教えていた。用賀《ようが》の高級住宅街にある腰が引けるほどの豪邸で、父親は中小企業の二代目社長、祥子が通う大学のＯＢだった。用賀駅からバスに乗ることを勧められていたが、歩いても十分程度なので、タイミングが悪いときは歩きで往復してしまうこともあった。

その日は夕方から雪が降り出していたが、雪の中を歩くのはむしろ好きだった。いったん溶けかかって凍結した道は最悪だ。でも積もりはじめ程度の雪の上に足跡をつけていくのは、楽しかった。雪が降るたびに父が外出を嫌がる気持ちが幼い頃は理解できず、でもそれは自分が子供だからなのだろうか、と祥子は思っていたが、成人を前にしてもやはりその気持ちは変わらなかった。自分は子供っぽいのかな、と思いながら、それでも祥子は好んで雪の上を歩いた。

途中で、いつもなら素通りする曲り角の先が、変に気にかかった。車なら一方通行になってしまう狭い路地だ。

路地のなかほど、外灯が地面を照らしているあたりに、なにか石像のようなものが立っている。あんなものがあっただろうか。いやそもそも、こんな住宅街の路地にあんなものが存在しうるのだろうか。思わず足を止めて路地を覗《のぞ》き込んでいると、その石像の頭部がゆらりと傾《かし》いで、上に積もっていた雪の塊が地面にすべり落ちるのが見えた。

雪の下から現れたのは、黒い頭髪だった。遠目にも、針金みたいに強《こわ》い質のものとわかる、黒い髪。あきらかに人間の髪だ。祥子はぎょっとして身を竦《すく》ませたが、その重たく垂れかかる前髪の下から覗く目と視線が合ってしまった気がして、かえって身動きが取れなくなった。

しかし石像は、妙に大儀そうな緩慢な動作で腕時計に目をやっただけで、すぐにまたもとの姿勢に戻って前方を凝視しはじめた。ナイフで彫ったような輪郭。堅く閉じ合わされた唇。どこかで見た顔だ、と思い、一瞬の間を置いてから、それが定期演奏会の舞台で見た「望月先輩」の顔と酷似していることに気づいた。

ただ祥子には、その望月慎吾が、雪が降る用賀の住宅街でそうして傘もささず直立不動の姿勢で立っているという事実を、いかなる想像によっても自分の中で説明することができなかった。望月でなかったとしても、理解しがたい行動だ。だからこそかえって、あれは望月先輩にちがいない、と思った。奇妙な理屈だったが、日が経《た》つにつれ、それはいっそう確信に近づいていった。

あれはきっと、見てはいけないものだったのだ。

祥子は、本能的にそう感じていた。寝室における両親の営みを偶然垣間見《かいまみ》てしまった小さな子供のように。だから祥子は、再び同じ光景を見てしまうのが怖くて、その後はその路地の前を通るのを避けるようになった。それからもう半年あまりが過ぎ、祥子もふだんはそのことを忘れていた。高校受験を控えている教え子のもとには今でも通っているが、例の路地を避けるのはすでに習慣になっていて、なぜそうしなければならないかをいちいち意識しているわけでもない。

それでも「望月先輩」の名がだれかの口に上《のぼ》れば、否応《いやおう》なくあの晩のことを思い出す。あきらかになにかが尋常でなかった望月慎吾の姿を。


埼玉方面に向かうJR線の中で、祥子は部長の天沼と二人、言葉少なに窓外の風景を見つめていた。さっきまでごみごみした町工場がひしめきあっていたと思ったら、今は見渡すかぎりの田んぼや畑だ。収穫にはまだ少し早く、稲は茎にも穂先にも緑色を留めている。その向こうに広がる雑木林も、依然青々としたままだ。

ほんの数年前までは、祥子の家の周囲にも、自転車に乗って五分も走れば、これと似たような景色が広がっていた。今はその多くが住宅地に転じた。地域住民は確実に増えているのに、ツヅキ薬局の客は減っている。

父は何も言わずに私立大の学費を出してくれているが、それだけの財力が本当にあの家にあるのだろうか。もしも望月が、前部長・森の見解とは違って強硬にケネス・ヒルの弁償を要求するような人間であったとしたら？　父にはとても頼れない。アルバイトで細々と払っていったとして何年かかるだろう。

祥子がそうして現実的な算段をしている間にも、天沼は妙にそわそわと落ち着きなく何度も頭を窓の方に向けたりまた戻したりを繰り返している。シートに並んで座っているせいで、そのたびに天沼の顔が不必要に接近して、口臭が漂ってきそうな気がする。祥子は、天沼の頭の位置との間に少しでも距離を稼ごうとうつむいた。

まもなく電車は、新幹線も停まる大きな駅に到着した。

「ここから先は、地図を見ないとわからないんだ」

天沼はそう言いながら駅ビル内の本屋に入り、埼玉県の道路地図のページをめくって一人で望月邸の場所を探しはじめた。祥子がそれを覗き込む隙《すき》も与えずに、天沼はつかつかとレジに進んでその地図を買った。

「なにも、買わなくてもいいんじゃないですか、これだけのために」

「いや……」

天沼は店から出ると、黒いビニール袋の中から買ったばかりの地図帳を取り出し、さっき見ていたページを開くと、ある番地にライトグリーンのマーカーで丸印をつけた。

「この地図、あげるから」

「え？」

「わかるよね？　これ見ながらだったら」

「いや……一緒に行くんですよね？」

「悪いんだけどさ」

天沼はなにかを覆《おお》い隠すかのように早口に言った。

「都築、一人で行ってくんない？　おまえに責任があるって言ってるわけじゃないんだけどさ、俺、どうしてもあの人、望月先輩、苦手で……」

「そんな……」

「悪いね。今度、おごるからさ」

おもねるように笑った形になった唇の間から覗く歯の隙間が、いつもより開いて見えた。

しかし祥子の驚きが怒りに転じる頃には、天沼の姿は人ごみの中に消えていた。どう考えてもほかに使い道がなさそうな埼玉県の地図だけを祥子の手の中に残して。

いっそ自分もこのまま帰ってしまおうか。一瞬そういう考えが頭をよぎったが、結局、思い直した。信じがたい無責任さを臆面《おくめん》もなくあらわにした名ばかりの「部長」

への怒りはおさまりそうになかったが、一人になることでかえって肝が据わったような気もした。あんなあてにならない人物と同行しているよりよっぽどましだ。

駅の構内を出たところから空中楼閣のように続く立体的な歩道をしばらく歩いた後、地図に従って一般道に降りた。意外とごみごみしている。比較的最近になって再開発されたらしい駅前の、近未来的とも言える様子とは打って変わって、この街の隠されていた古い層がだしぬけに地表に現れたかのようだ。

何度か通行人に地図を見せて訊《たず》ねながら歩くうちに、少なく見積もっても築二十年は過ぎているだろうと思われる家ばかりが並んだ一郭に、祥子は「望月」の表札を見つけた。さほど大きな家でもなかったが、ガレージには車が優に三台は入れられるスペースがあり、うち二台分は埋まっている。

ただ、本人が家にいたとしても、自分のことを認識しているとはとても思えなかった。天沼が同行していれば、ゼクス・ザイテンの関係者だろうという程度の察しは最初の瞬間につけられるだろうが、それすらない。

話をどう切り出せばいいのか。第一声、何と言えばいいのか。何をどういう順序で説明すればいいのか。考えておくべきことはたくさんあったはずだが、祥子は駅からここへ向かう道すがら、そういったことにあえて心を巡らさずにいた。たくさん考えたからと言って、よりよい対応ができるとは限らないのだ。子供の頃から祥子は、ぶっつけ本番に強いタイプだった。

ベルを鳴らした。ベルと言うより、ブザーだ。今どき珍しい、そしていくぶんぎょっとさせる「ブーッ」という音が、格子窓《こうしまど》風に装飾された焦茶色《こげちゃいろ》の重々しいドアの向こうに鳴り渡る。

はい、という事務的な女の声がして、ドアが開かれた。ブティックの経営者かなにかかと見紛うばかりの、妙に気取った感じの中年女性が現れ、判断を保留にしたような表情で黙って祥子を見つめた。名前と身分を告げようとしたとき、女性の背後に続く廊下の数メートル先に、望月慎吾本人が現れた。

「ああ、何？」

望月慎吾は、旧知の仲ででもあるかのようにそう言いながら、玄関先に立ちすくむ祥子に向かってまっすぐに歩み寄ってきた。

2

まあ座ってよ、と手で示されたのは、望月本人が使っていると思われるベッドだった。祥子は一瞬躊躇したが、デスクの前の椅子から射すくめる望月の瞳になにか抵抗しがたいものを感じて、おとなしく腰を落とした。スプリングが軋《きし》んでマットが深く沈み込み、スカートの裾《すそ》が太ももまでずり上がる。浅く座り直そうとするとさらに事態が悪化しそうなので、なんとなく両手を膝《ひざ》に当てて居住まいを正した。

望月の目が射すくめているように見えたのは、単にそれが思っていたよりも大きな目だったからかもしれない。前髪が垂れかかるうつむきがちの顔を遠目に見ただけで、正面切って目を視界にとらえたことはなかった。そうなると、あの雪の夜、路地に石像のように立っていたのが本当に望月だったのかどうかも、にわかに確信が持てなくなる。

息子の知り合いらしいとわかった時点で望月慎吾の母親は警戒を解き、ごゆっくりと言いながら奥に消えた。望月はそのまま当然のように祥子を二階の自室に案内したのだったが、祥子はまだ自分の名も告げていないことに気づいて慌《あわ》てて口を開いた。

「あの……私、ゼクス・ザイテンの二年生で……」

「都築さん……でしょ？　知ってるよ」

望月は笑顔ひとつ浮かべず、こともなげにそう言った。

「さいわい記憶力はいい方でね。特に人の顔や名前は、一度聞いたらだいたい忘れないんだ」

「でも、どこで……」

「君たちの代の新歓コンパのとき、俺、ちょっとだけいたの、気づかなかった？」

大学の近くの安居酒屋で催された新入生歓迎コンパについて覚えているのは、同年の男子学生が勝手にイッキ飲みをして床に吐いてしまったことと、一年先輩の吉永がべったりとガードするように自分に寄り添っていたことだけだ。そのとき紹介されたのを祥子が覚えていないだけなのか、望月の方が別の部員から一方的に祥子の名前を教えられていたのか、いずれにしても一年半も前のことだ。

「それで、今日はなんで来たの？」

望月はそう言いながら手を伸ばして窓を少しだけ開き、煙草《たばこ》に火をつけて煙をそこから外に吐き出した。

祥子がおずおずと盗難事件について述べはじめると、望月はそれを遮るようにして、

「やっぱりその件か」と無感動な調子で言った。

「さっき、警察からも電話があって、被害届を作成するから来いって言われたんだけど、断っちゃったんだよね」

「なんでですか？」

「いらないんだよ、あれ。ゼクスの連中には騒がせちゃって悪かったけど。部室に寄贈したつもりだったんだ。だから被害届出すんなら、ゼクス・ザイテンとして出せばいいいんじゃやない？」

強がりで言っているような調子ではなかった。望月の中では、それはすでに「終わった話」になっているようだった。

「でも、高いものなんですよね？」

「たいしたことないよ、五十五万円かそこらだった」

五十五万といえば大金だ。学生である祥子にとってはもちろんのこと、薬局経営者である父にとっても。その口ぶりには反感を抱いて当然だったが、あまりにあっさりと口にするので、冗談で言っているのではないかと疑いたくなる。

「こっちは、けっこうする」

望月はそう言って、くわえ煙草のまま手を伸ばして近くのスタンドにむき出しで立てかけてあったギターを手に取り、流麗なアルペジオを奏《かな》でてみせた。

「ポール・フィッシャー。中古でも百五十万くらいしたかな」

「それ……ご自分で買われたんですか？」

「いや、もともと父親の趣味でね。弾けないのに買うんだよね。でも買うとすぐ興味なくして、そのまま俺に下ろすんだよ。でも俺自身、ギターはもういいや」

望月は急に子供じみた口調になってそう言い、初めて笑顔を見せた。意外にも人なつこそうな、可愛《かわい》らしい笑顔だった。

「もういいって……」

「これ、いる？」

望月はポール・フィッシャーのギターを片手で無造作に掲げ、ベッドに腰かける祥子の方に押しやった。

「よかったらあげるよ、けっこう深みのあるいい音するから」

「……冗談ですよね？」

「いや。ケースもあるんだ。別の部屋の押し入れに入れてあるんだけど、今持ってくるから……」

そう言って望月が腰を上げかけたところに、軽いノック音が聞こえた。どうぞ、と望月が変に間延びのする声をかけると、望月の母親が盆を手に入ってきた。湯気の立つティーカップが二つと、小皿に盛ったクッキーが載っている。

「大学の方かしら？　慎吾もねぇ、いつまで学生やってるつもりなんだか。今年六年目だけど、自主延長なんですよ、わざと単位落として。あなた、信じられる？」

そう言ってティーカップを差し出す母親の手の爪《つめ》には、入念なネイルアートが施されている。

祥子はティーカップを受け取って礼を言いながら、この家ではそういう息子に学費を出しつづけているのだろうかと思い、だとしたらそのことの方が「信じられない」と思った。「モッチー様」といえば一種神秘的な存在と見なされているが、こうして見るとただのすねかじりではないか。

「いやあ、うちなんて貧乏ですからそんなぜいたくはとても……」

「うちだって別にお金に余裕があるわけじゃないんですけどねえ」

祥子と母親の間でそうしたやりとりが交わされている間、望月はただ嵐《あらし》が通り過ぎるのを待つような顔で沈黙を守っていた。ほどなく母親は姿を消し、望月は辟易《へきえき》したような笑いを洩《も》らしてこう言った。

「まあ、おふくろはああいう人だから」

ああいう人、というのがどういうニュアンスなのか祥子にはわからなかったが、調子を合わせてあいまいに笑っておいた。いずれにしても、高価なギターをいわれもなく贈呈されかねない雰囲気が、母親の登場でうやむやになったことを祥子は歓迎していた。

ソーサーには、三分の一ほどが銀紙でくるまれたシナモンスティックが添えてある。亡《な》くなった祖母が「ニッキ」と呼んでいたやつだ。それを紅茶に浸していると、望月がクッキーの皿を祥子の前に差し出した。礼を言ってひとつ取ると、望月自身も無造作にいくつか取って立てつづけに口に放り込んだ。

しばらく、二人がクッキーをかじるボリボリいう音だけが部屋にこだました。祥子は、自分がここに何をしにきたかを忘れかけていた。そもそも、ここがどこなのかも一瞬わからなくなって、慌てて部屋の中を見まわした。不意に目に入ってきたのは、壁一面を覆い尽くす大小さまざまなポスターの類《たぐ》いだった。緊張していて気づかなかったが、部屋に入った当初、なにか圧迫感のようなものを感じたのはこれが原因だったのだと気づく。

多くは自動車を描いたもので、どちらかというと無個性な絵柄だ。背景のあるものもあれば、ただ車だけが白地の中に描かれているものもある。一見、スポーツカーの写真かと思えたものが、よく見ると写真並みに精緻《せいち》な筆使いで描かれた絵画であったりした。

祥子はしばし無言でそれらのポスターを見渡し、その視線を落としていった先で望月と目が合ってあらためて、自分がどこにいたかを思い出した。

「車が好きでね」

望月は祥子の内心の疑問を聞き取ったかのようにそう言った。

「子供っぽいと思うかもしれないけど」

「そんなことありません」

そんなことはない、と思う。父もときどき、精巧に作られた乗用車の模型などを買ってきて休みの日に眺めたりしている。でも、それ自体が父の子供っぽさなのだろうか。

祥子はふと、高校二年の夏、ただ一度だけ足を踏み入れた桜川衛の部屋の情景を思い出し、それとこの部屋とを比べてみた。彼の部屋には、そうしたいわば「男の子っぽい」ものがひとつもなかった。ただ、おびただしい数の本だけがあった。そしてあの、見られるべきではなかったのであろう密《ひそ》かな日記が。

あのとき、衛が「ざくろジュース」を買いに行っている間に、もしもあの日記を読まなければ、あのまま自分はあの部屋で朝まで過ごしたのだろうか。そしてもしそうしていたとしたら、未来は別のものになっていたのだろうか。

だれか異性の部屋に入って、その部屋の主と二人きりになるというシチュエーションは、これが生涯で二度目だ。祥子は、まだ処女だった。後生大事に守るつもりもないが、早く捨ててしまおうと自分から積極的に機会を作る気にもなれない。性的なことがらに対してどこか及び腰な部分があると自覚してはいるが、その理由はよくわからない。

「そう言えばさあ、どうして君が来たの？」

望月が祥子の黙想を破るように、二本目の煙草に火をつけながら言った。

「天沼とかが来るんだったらわかるけど」

「ああ、ほんとは二人で来ることになってたんですけど……」

いきさつを簡単に述べると、大まじめな顔で黙ってそれに耳を傾けていた望月は、祥子の話が終わったところでうつむいたままにやりと笑った。

「部長の風上にも置けない奴《やつ》だね。もともとわざわざ来る必要なんかないんだけど、もし来るんだったら天沼が一人で来るべきだよ。君は関係ない。何の責任もない。森がそう言ったんだとしたら、あいつもおかしいんだ。気を回しすぎるんだよ、奴は」

とてもまっとうなことを言っている、と祥子は思い、そのことを意外に感じた。飄々《ひょうひょう》とした物腰や、下級生たちが恐れ敬う様子から、もっとエキセントリックな人間と決めつけていた。それに、あの偶然見かけた雪の日の行動……。いや、やっぱりあれは変だった。なにか本能に近い部分がそれを「異常だ」と感じていた。

あの晩、望月は、路地を覗《のぞ》き込んだのが祥子だったことを認識していただろうか。この記憶力のよさなら、見ていれば祥子だとわかっていただろう。わかっていてとぼけているのか。わざわざ話題に出す必要もないことだから黙っているのか。それとも、やはり気づいていなかったのか。

祥子は雪の日の記憶を頭から振り払うようにして、望月の言を受けた。

「でも、盗難は私がきっかけだったのは事実なんです。私だってもっとちょくちょく部室に顔出してれば、鍵《かぎ》の場所が変わったことを聞いていたはずで……」

「君は幽霊部員なの？」

望月に真顔でそう訊《き》かれた祥子は、叱《しか》られたような気持ちになって思わず口から出任せに弁明を吐いた。

「すみません、もっと頑張らなくちゃなって思ってはいるんですけど」

「だったらやっぱり、これは君にあげよう」

望月はそう言って、一度スタンドに戻していたポール・フィッシャーを再び掲げた。

「ごめんなさい、嘘《うそ》です」

「何が？」

「もっと頑張ろうと思ってるって、嘘なんです。もう、ギターなんてほとんど触ってないんですよ。だからそんなものを頂くわけには……。そうじゃなくたって、私が頂く理由はありません。だって、変じゃないですか？　私のせいで望月先輩のケネス・ヒルが……」

望月は唇の端を片方だけ釣り上げるような口の形で短く笑い、ハカランダ材でできたギターをスタンドに戻した。その瞬間のゴリッという音が、ボディの内部で反響して長い不明瞭《ふめいりよう》な尾を引く。それを聞き届けるかのように心持ち首を傾けてこの楽器を見つめていた望月は、ふと顔を起こして軽いため息をついた。

「いや、本当にもう、ギターはいいんだ」

祥子はそれを、ギターは余っているからそのうちの一個や二個は手放してもいいのだ、という意味に取ったが、望月が言おうとしているのはそれではなかった。

「もう飽きた。俺にとってはもともと余技でしかなかった」

「余技って……あんなにうまいのにですか？」

「たいしたことないよ、って言ったらかえって嫌味なのかな。でも実際、俺なんかよりうまい人間はいくらでもいるし、それに俺自身の情熱が持続しなきゃもうどうしようもないんだ。俺にはギターよりもっと大事なものがある。自分では昔からそう思ってる。今は、もっと本腰を入れてそっちに向かっていこうとしてる」

祥子が目で問いかけると、望月はやおら椅子から立ち上がり、ベッドに座る祥子の方に身を乗り出した。思わず身構える祥子のかたわら数センチのところをすり抜けて、望月はベッド脇《わき》の黒いスクリーンに手を伸ばした。東洋風の刺繍《ししゅう》が施されたそれは、紐《ひも》を引っ張るとするすると上に巻き上がる仕組みになっていた。その背後に忽然《こつぜん》と現れたものに、祥子は目を奪われた。

絵、それも巨大な一幅の絵だとわかるまでに少し時間がかかった。ラスコー洞窟《どうくつ》の壁画を初めて見た人は、きっとこれと似たような驚きを感じたのではないか。祥子は視界に飛び込んできたものの迫力に圧倒されながらそう思った。ただ、描かれているものは野牛ではなくて、疾走するトラックだ。

アメリカの中西部あたりを思わせる、草ひとつ生えていない黄土色の大地。もうもうと埃《ほこり》が舞い上がる一本道を、夕陽に染まるトラックが疾駆する。ハンドルを繰っているのは、くわえ煙草でミラーグラスをかけた白人の男だ。窓枠からぞんざいに突き出した左腕に生い茂る金色の体毛一本一本までが、信じがたいばかりの執念深さで細密に描きこまれている。

絵画方面には不案内な祥子にも、それが壁一面に張りめぐらしてあるポスターと基本的には同じ技法を使った絵であることはわかった。遠目にはほとんど写真と区別がつかないほどのリアルさ。デフォルメや独創的な色づかいを極力排除し、現物にいかに近づけるかという点に何よりも力を注いでいる。

たしか、スーパーリアリズム、とかいうやつだ。高校のとき、選択した美術の教科書に簡単な説明があったことを思い出した。

そして、もうひとつわかったのは、それが複製や印刷ではなく、そこに直接手で描かれたものだということだ。なぜなら、カンバスにあたるものはフスマだったからだ。押し入れのフスマ二枚分を丸まる使って、その絵は描かれていた。合わせ目の部分の取っ手も外され、板の木目があらわになった上にも絵の具が乗せられている。

「これ……誰が描いたんですか?」

しばしの絶句の後に祥子が訊くと、望月は手を挙げて「あ、俺」と言いながら、はにかんだような表情を浮かべた。その仕種《しぐさ》が少年じみていておかしかったのと、事実自体に対する驚きから、祥子は思わず声を上げて笑ってしまった。

「すごいじゃないですか、絵も描けるなんて!　しかも、すごく上手……」

「おふくろには叱られたけどね。高校三年のとき。描きはじめる時点で、ばれないようにと思ってこのスクリーンをかけたんだけど、途中でばれた。でももうどうしようもないから、あきらめて全部描かせてくれたんだけど」

そう言って望月は、いとおしそうに自分の絵を見つめた。

「画家になりたかったんだ。ギター始めるよりもっと前からそう思ってた。いや、今もなりたい、なろうとしてる、と言っていいかな」

祥子はあらためてフスマの絵を眺めながら、神の不公平さを思った。何をしても人並み以下の人物もいれば、こうして一種類にとどまらない才能に恵まれた人物もいる。天は時として二物を与えるのだ。望月慎吾の場合、容貌《ようぼう》も数に入れれば少なくとも三物。それはいったい、どんな気分なのだろう?

しかも望月は、一般に恐れられているよりはずっと気さくなタイプに見えた。それでいて溢《あふ》れんばかりの才能を持っている。

もっと絵を見たいと言うと、望月は巨大なカンバスと化したフスマを開けて、下の段に詰め込んであった作品をひとつひとつ取り出して見せた。ギターの演奏が拍手喝《かっ》采《さい》を浴びても表情ひとつ変えなかった望月が、少年のように無邪気で得意げな顔をして。

油彩もあれば水彩もあり、プラスチックボードにアクリル塗料で描いたと思われるものもある。多くは自動車をスーパーリアリズムの手法で描いたもので、祥子はいちいち歓声を上げたが、いくつか見ていると飽きが出てきた。技術の高さには目をみはるものがあっても、車そのものに関心がなかったからだ。

そんな中でひときわ目を引いたのは、見渡したところではただひとつの、肖像画だった。紙のボードに水彩で描かれたそれだけは、ほかの車の絵のような写真的な硬質さを持たない、自然な筆づかいで描かれていた。強いて言うなら、ソフトフォーカスの写真に近い感じだ。

モデルは若い女性、祥子よりは歳《とし》かさに見えるが、まだ娘と言っていい年頃の女だ。気が強そうな尻上《しりあ》がりの太い眉《まゆ》と切れ長の目の持ち主らしいが、目もとと口もとは優しげで、それが顔の造作全体に柔らかい印象を与えている。

陽射《ひざ》しが降り注ぐ白いテーブル、グラスに挿した一輪の小さなヒマワリ。それを前にして頬杖《ほおづえ》をついた女の顔が、フレームの外にあると思われるパラソルの作った影になかば覆《おお》われている。女はノースリーブで、白い腕はむき出しだ。ほっそりしているとは言えないにしても、女らしい曲線を帯びている柔らかそうな腕。

だれかを思い出させる。会ったことがある、あるいは見たことがあるだれかを。

もうひと息で明瞭な形を取りそうだったその感覚は、その絵をなんとなくきまりが悪そうに脇によけた望月の手ぶりによって、寝入りばなの幻のように遠ざかってしまった。

「最近はね、人物画にも興味があるんだ。人物を描きたい。物ではなくて、人を」

「それだけ、ほかとタッチが違うんですね」

「え？　ああ……。物を見るときと違うんだ、自分の視覚が。車とか、物を描こうと思って見るときは、素材そのものの質感とか、光線の反射の仕方とかに関心が向かう。いわば、顕微鏡で分子の構造をつぶさに観察するようにね。対象が人のときはそうじゃない。その人を包み込むオーラみたいなものを写し取ろうとするんだ」

たしかに、その女を描いた絵には、写実性だけでは説明のつかない体温のようなものが感じられた。愛、と言ってもいい。描かれている女の持つ愛ではなく、彼女に向けられた描き手の愛。望月の言う「オーラ」は、モデルの女性に属するのではなく、望月自身が投影しているものなのではないか。

「素敵です。素敵な絵」

実際に祥子の唇に昇ってきた言葉は、それだけだった。望月はただ、「ありがとう」と言って満足そうにうなずいた。

彼女ですか？　からかい半分にそう訊いてもよかったはずだが、できなかった。望月がなじみのない人物だったからではない。その絵に込められているように見えるモデルの女への思いが、気安いひやかしと相容《あいい》れない重みを持っていたからだ。

気がつくと祥子は、作品に見入りながら、ベッドの上で望月と額を寄せ合うようにしていた。そのことが急に恥ずかしくなって身を起こすと、望月はそれを引き止めようとでもするかのように、急《せ》き込んだ様子で口を開いた。

「どうだろう」

望月はベッドの上に広がった大小さまざまな絵を押し入れの下の段に戻しながら続けた。

「俺はもっと人物を描きたいんだ。それも、女性がいい。君、モデルになってくれないかな」

「私がですか?」

祥子は思わず素頓狂《すっとんきょう》な声を上げて望月を見つめ返した。

望月の大きな二つの瞳《ひとみ》に、冗談の色はみじんもなかった。

3

榛菜がエントランスのところから、鼻に皺《しわ》を寄せた笑顔で祥子に手を振った。榛菜のその顔を見るたびに、祥子にはわからなくなる。この子はどういうつもりで私とつきあっているのか。私のことを本当に好きなのだろうか。

「じゃあ、ごはん、食べていくよね？」

そう言って榛菜は当然のように祥子を誘い、アカデミーから御茶ノ水駅までの間にあるパスタ屋に二人は入る。その店のパスタは、ソースにちょっとオリーブオイルを使い過ぎているように祥子には思える。しかしそれを「おいしい」と信じて疑わない様子の榛菜には、何も言えない。

一度「これがいい」と思い込むと、その認識を修正するのは容易なことではないのだ。榛菜は高校生のときからそうだった。そのわりに、つきあっている男はしょっちゅう変わっているけれど。最近はアンディとかいうアメリカ人とつきあっている。なにかのエンジニアだとかいう話だったが、よく覚えていない。

榛菜は都内のあまり名の知られていない大学に入り、祥子には興味の持てないオールシーズン・スポーツのサークルに名を連ねていたが、この四月からは英会話に熱意を燃やしている。もっとも、榛菜が本当に入れ込んでいるのが英会話なのか、それとも欧米人と親しくなることなのか、祥子にはよくわからない。

この女友達とはもう、距離ができたと思っていた。縁が切れたとまでは言わないにせよ、せいぜい年賀状を交わすときに思い出す程度の間柄になっていた。

榛菜は高校時代の後半、桜川衛とつきあいはじめてから、再び祥子と一緒に帰ることをやめていた。予想したとおり、衛との仲もそう長くは続かなかったようだが、そうなっても今度は、また一緒に帰ろうとは言い出さなかった。高校を卒業した後、一度電話で今度遊びに行こうねと期限を定めない約束をしたきり、交渉もほぼ途絶えていたのだ。

その榛菜が、この夏あたりからまたときどき電話を寄越すようになった。

アンディにも一度会わされたことがある。いつかの宝田幸彦よりはまだ誠実そうに見えたが、白人を間近に見ることもそうそうない祥子には、正直なところその人となりが判断できなかったし、どのみち何も論評するつもりはなかった。

そもそも、榛菜がそうやって自分のつきあうことになった男をいちいち紹介する真意が、祥子には理解できなかった。何を言ってほしいのか。ここが気になると言えばまた猛然と反論されそうだったし、よさそうだと勧めて結果として傷つくようなことがあっても、責任は取りかねる。

榛菜はなんら所見を述べない祥子に対してどことなく不満そうだったが、それでも祥子から遠ざかることはなく、自分が通っている英会話学校に一緒に通わないかと勧めはじめた。生返事でのらりくらりとかわしていた祥子だったが、「スタンリー外語アカデミー」と書かれたそのパンフレットに、ハンガリー語のコースがあるのにふと目を留めた。

「ハンガリー」の文字には、つい反応してしまう。ゼクス・ザイテンに入部して一年あまりが過ぎ、ツィンバロムという楽器に一歩でも近づけるのではという期待が肩透かしにあった矢先のことでもあった。

ハンガリー語を学んだからといってそれが補われるとはもちろん思っていなかったが、いつかツィンバロムの謎《なぞ》を、いや、自分がその音色にどうしてここまで惹《ひ》かれるのかという謎を解くために、ハンガリーの地に赴くこともあるかもしれない。そのときに備えて、現地の言葉を少しでも覚えておいて損はないのではないか。祥子はそう考えた。

それはたわいのない夢のようなものに過ぎなかったが、一度それを頭に思い描くと、それが将来、間違いなく実現できることであるような気がしてならなかった。それに、調べてみると、ハンガリー語を教えている学校は驚くほど少ない。予算や通いやすさなどを考えると、「スタンリー外語アカデミー」が最も適当だった。

学費はバイト代から自分で捻出《ねんしゅつ》することにして、十月開講の初級コースを選んだ。毎週木曜日にグループレッスン形式で行なわれる、半年間のコースだ。その曜日なら、榛菜が通っている一年間の英会話コースとかちあうこともないと安心していた。ところがいざ講座が始まると、なぜか榛菜も同じ日にアカデミーに来ていた。英会話コースは講師の数も多く、木曜にもコースがあったのだ。榛菜はバイトの都合で後期から曜日を変更させてもらったのだと言っていたが、本当は自分と合わせるためだったのではないかという疑いを、祥子は今もって拭《ぬぐ》えずにいる。

また榛菜と一緒に帰らなければならないのだ。あたりまえのように。今日で三週目。これがあと半年近く続くのだろうか。祥子はそれを思うと気が重くなり、パスタソースにたっぷりと入ったオリーブオイルと一緒に、その事実が胃にもたれてくるような気がした。

「で、ハンガリー語の方はどう？」

榛菜がルッコラをパスタの中に器用に巻き込んで口に運びながら言った。

「そうだねえ、日本語に似てるって聞いてたけど、難しいよ。すごい難しい」

「日本語に似てるって？」

「助詞があるんだよ。〝て・に・を・は〟に当たる言葉が。でもそれが、接続する単語の母音の種類に応じて変わったりするから……」

「でもさぁ、あの講師の先生、けっこうカッコよくない？」

担当講師のフィシェル先生は、言われてみればたしかに端整な顔立ちだった。涼しげな瞳とでもいうのだろうか。ただ、白人の造作にあまり魅力を感じたことのない祥子には、今ひとつピンとこない。一般的な「ハンガリー人」が「白人」なのかどうかはよくわからないが、祥子の中では同じカテゴリーだった。

それに何より、フィシェル先生は声が気に食わなかった。容貌から想像されるより甲高くて、ときどき裏返るのが耳障《みみざわ》りなのだ。

「そう言えば、アンディは元気？」

特に訊《き》きたくもないのに、訊いてみる。ほかにこれといって話題も思いつかないからだ。いや、本当は、榛菜に訊いてみたいことはほかにもあった。ただ、それを口にするのが適切なことなのかどうか、判断がつかずにいた。

「うん、元気だよ。もうすぐ冬になるじゃん？　楽しみなんだって。雪が降るから。彼、フロリダの方の出身だから、故郷では雪なんて見たことないんだってさ。日本だって、東京あたりじゃそうそう降らないんだけどねぇ」

雪、と聞いて、またあの用賀でのできごとを思い出す。

しかしそれは今や、不安な気持ちを呼び起こすただの異常な光景ではなく、期待に近いものとして方向づけし直されていた。望月慎吾という捉《とら》えどころのない人物への興味を掻《か》き立てる謎のひとつとして。いつか解けるであろう、そして解けるまでの間が楽しみでもある疑問のひとつとして。

「祥子の方はあいかわらず、浮いた話のひとつもないわけ？」

前の週にも榛菜は同じことを訊いた。一週間でそう状況が変わるはずもない。普通ならそうだ。しかし祥子は、先週とはなにかが違っていると感じる。望月のことを思うと、心がどこかしら華やいだ感じになる。下級生たちから偶像視されている男。天才的なギターの腕を持つばかりか、絵筆を握らせてもなまじっかなプロにひけを取らないであろう、才能に恵まれた男。その男に、直々にモデルに指名されたのだ。

そのことをふと、榛菜に言って聞かせてみたくなる。皆が知らない望月を知っているのだという優越感に、心が浮き立つ。その端から、モッチー様などと言って騒いでいる手合いと同じレベルのあさましさにいつのまにか染まってしまっている気がして、祥子は自分で自分に鼻白んだ。

「ないよ」

祥子はただそれだけ言って、話題を逸《そ》らした。

榛菜に訊きたいことがあるとすれば、それは桜川衛のことだけだった。いわゆる未練があったわけではない。今会ってみたいかと言われても、たぶん会いたくないと答えるだろう。ただ、気にはなっていた。その後どうしているのか。榛菜とどのように、どれくらいの間つきあったのか。その結果どう変わったのか。彼は変わっていく人間だと思っていた。できることなら、その変化を見届けたかった。かたわらに寄り添ってではなく、遠くから、望遠鏡で観察するように。

しかし榛菜は、自分からは衛について何も語らなかった。現役でK大の経済学部に進んだらしいということを、なにかの折についでのように洩《も》らしただけだ。

なんだって経済学部に？　祥子は心の中でそう問いかけながら、それを言うなら自分が法学部に進んだことについてだって説得力のある説明をすることはできない、と思い直した。ツヅキ薬局は自分の代で終わりにすると早くから明言していた父の言葉を受けて薬学部を考えなかったのはいいとして、なぜ法学だったのか。弁護士や司法書士を目指すつもりもさらさらない。ただ、同性同士で「ツルむ」自分の姿がしっくりこないという理由から、女子学生の比率が高い学部をなんとなく避けた結果に過ぎない。

衛は今でも、「首相になりたい」というあの夢を捨ててはいないのだろうか。あれだけの文学好きでありながらあえて経済学部を選んだのは、彼なりの「人生プラン」のようなものがあってのことなのだろうか。

しかしそれを本人から訊きだすことは、もうかなわないのだ。

「女性なら誰でもいいってわけじゃないんだ」

望月邸を訪れたあの日、望月はベッドの上で祥子の方に身を乗り出して言った。

「女性を描きたい、と俺は言った。でもそれは、〝俺が描きたい女性〟って意味なんだ。〝俺が描きたい女性〟じゃなきゃ意味がないんだよ」

「でも、それがどうして私なんですか？」

「直感」

望月の大きな目が、当然だろうと言わんばかりに祥子を見据えた。

「君ならいい絵になるって気がする。自信がある。俺の直感は当たるんだよ。俺は君を描きたい。今、そう確信した。ほかの女の子じゃ駄目だと思う。少なくとも、俺が今知ってる中では」

望月は、異性としてくどかれているのではないかと祥子が錯覚を起こしそうな調子で熱っぽく語った。熱っぽく、と言っても、それまでと比べて目に見えて口調が変わったわけではない。声の大きさやしゃべるペースは一定不変だが、語られている内容それ自体から熱意が伝わってくるような語り口。

聞いていて不快ではない。なんとなく言いくるめられてしまう感じがする。なにかに似ている、と思う。過去にもなにかこういうことがあったはずだ。なにかこう、声の調子に気持ちよく聞き入っているうちにまんまと相手のペースに乗せられてしまったようなことが。

「どうしてもモスのスライストマト入りバーガーが食べたいと思ったときに、マックのテリヤキバーガーをたとえ三つ食べたって満足できないだろ？　腹はいっぱいになるからなにかごまかされたような感じにはなるかもしれないけどさ。それと同じことだよ」

「え？」

祥子は話の飛躍についていけず思わず訊き返した。望月は一瞬黙ってから真顔で続けた。

「いや……君がモスバーガーと同じレベルだ、と言ってるわけじゃない。これはあくまで比喩《ひゆ》だから」

祥子は吹き出し、笑いがおさまってから、モデルになることを承諾した。別に断らなければならない積極的な理由があるわけではなかったし、断りつづけてもったいをつける方がかえっておこがましいような気がしたからだ。ただ、望月はその場でいきなり画材を揃《そろ》えて描き出そうとしたので、それはかんべんしてほしいと言った。

「私、今日、とても適当な恰好《かっこう》だし」

よく見るところどころに毛玉の浮いているニットに、穿《は》き古したコットンのスカート。髪も二週間くらい前から美容院に行きたいのに果たせていない。とうてい絵のモデルになるのにふさわしいコンディションとは言えなかった。

「別に〝適当〟じゃないと思うけど。俺はそれでいいよ」

「いえ、私が嫌なんです」

陽だまりの中で頬杖《ほおづえ》をつくノースリーブの女。望月が自分との関係を明かさないその絵の中の女は、とても素敵だった。絵に描かれるのにふさわしく、身ぎれいにしていた。張り合うつもりもなかったが、同じ人物に描かれていながら自分の方が見るからに見劣りがするようなら、みじめだと思った。

望月には、どうせ描くなら自分でも納得のできるベストの状態のときに描いてほしい、女にとってはそれは男性が考える以上に重要なポイントなのだ、と言って納得してもらった。

モデルになるのは、次の日曜日と決まった。

もちろん、一日で完成するようなものではないので、実際にはまず構図を決めて写真を撮る。そしてその場でモデルを前におおまかなデッサンだけ取って、あとは写真を見ながら細部を描き込んでいくのだという。

「仕上げのときにもう一回だけ、実際にモデルになってもらうかもしれないけどね」

「さっきの絵の女の人のときも、そのように？」

ノースリーブの女性について一言くらいうっかり口を滑らせはしまいか。かすかにそう期待しながら訊いてみたが、まあ、そうだね、というそつのない返答しか戻ってこない。

望月は、「モデルになってくれるお礼に」ポール・フィッシャーを譲ると言って聞かず、しばらく押し問答が続いた。

「本当に、私なんかそれを受け取る資格がないですから。もういらないっておっしゃるなら、ゼクスのほかの部員に譲られたらどうです？」

「いや、これを大事に弾いてくれとは言わない。転売しちゃってもいいよ。保存状態は悪くないから、ちゃんとした中古屋に売れば百万は堅い。とにかく受け取ってくれよ」

物腰や口調は柔らかだったが、梃子《てこ》でも引かなそうな構えだった。祥子は根負けして受け取ることにした。すると今度は、「荷物を増やしてしまったから」という理由で、車で家まで送ると言い出した。祥子はそれも最初は断ろうとしたが、不意に徒労感に襲われ、黙って好意を受けることにした。

　車に揺られる三十分かそこらの間、おたがいあまり口もきかなかったが、沈黙は気にならなかった。ひとつには、恐ろしく音質のいいカーステレオのスピーカーから音楽が流れっぱなしになっていたからだ。よく耳にするR＆Bやソウル。ラジオではなくてCDだということは、望月自身の趣味なのだろう。進行方向を見据えたまま、ときどき曲に合わせてハミングしたりしている。意外に俗っぽい好みなのだな、と祥子は思った。

　国道十六号線は仕事帰りの車で混みはじめてはいたが、たびたびの停車にストレスを感じるほどではなかった。望月の運転は驚くほど安定しており、まるで車との間に揺るぎない信頼関係が築き上げられてでもいるかのようで、ハンドルを操る手さばきがどこか官能的にさえ見えた。

　窓の外を過ぎる群青色《ぐんじょういろ》の風景を眺めながら、いったい今日、自分は何をしに来たのだったか、と祥子はあらためて自問した。ふと、「ミイラ取りがミイラになった」という成句が頭をよぎった。不適切な用法なのはわかっていたが、なぜかそれがぴったりはまるような気がして、祥子は望月に気づかれないように笑った。

4

出がけに父が、ダイニングのテーブルから、親のかたきにでも会ったみたいな顔で祥子をじろじろと眺めまわした。

「何？」

「いや、どうしちゃったのかなと思って。おめかしして」

「ふだん汚いかっこしてるみたいな言い方しないでよね」

襟元がドレープ風になっているダークブラウンのセーターと、タイトな黒のロングスカート。祥子が持っている服の中では一番エレガントに見える組み合わせだ。いつもはファンデーションを塗って眉《まゆ》を描き、薄く口紅を引く程度で済ませている化粧も、今回は入念にやった。かえって年増《としま》に見えない程度に。絵のモデルになるのに何がふさわしい恰好なのかもわからなかったが、特に指定もなかったので、とにかく身ぎれいにまとめることを心がけたのだ。

かたや父の方は、もう正午近いというのに起き抜けのパジャマ姿で、頭もぼさぼさだ。定休日でもきちんと朝から起きて庭先を掃いたり換気扇の掃除をしたりしていた父が、ここ数年、起きなくてもいい朝は起きてこなくなった。

もう陽もすっかり高くなった頃にくすんだ顔でダイニングに出てきて、コップに入れた牛乳を片手にぼんやりと新聞に目を落としている。近寄ると、加齢臭なのか、前夜の焼酎《しょうちゅう》の名残なのか、饐《す》えたような嫌な臭《にお》いがすることもある。出入りの激しかった女性関係も、このところ急速に尻《しり》すぼみになってきた気配がある。人生の盛りを過ぎ、影が薄くなっている父親の姿はあわれで、少しばかり腹立たしかった。

「じゃあ私、ちょっと出かけるから。帰りはちょっとわからないから、ご飯は一人で食べちゃってて」

「ああ……デートか？」

「お父さん、それ、セクハラだよ」

祥子は冗談めかしてそう言ったが、その実、女として値踏みするような目でちらちらと自分を見ている父親の視線に、身の毛がよだつような不快感を感じてもいた。身辺の女たちが去ってしまったことで、ひとつ屋根の下にもう一人の成熟した女がいることに初めて気づいたとでも言わんばかりの目つき。それは父親が男であることを祥子に意識させ、男としてのいやらしさが父親にもあることを意識させた。

洗面所の鏡で最終チェックをしている間に電話が鳴り、玄関に腰を降ろしてブーツを履きながらダイニングの方を見ると、父が受話器を耳に押し当て、首を竦《すく》めるようなポーズを取りながら、不明瞭《ふめいりよう》な声でしきりになにかを言い募っていた。

待ち合わせ場所である国道沿いのコンビニ前に、望月はすでに車を停めて待っていた。前回送られたときに降ろしてもらった場所でもあったが、車で一度立ち寄っただけのその没個性な風景を、望月がどうして記憶していられたのかが祥子には不思議だった。この人にとって「記憶する」とは、コンピュータにデータを保存するようなものなのだろうか。

望月は運転席側のドアに腰を乗せるようなポーズで煙草《たばこ》をふかしていたが、祥子を視界に捉《とら》えると、きびきびした身ぶりでコンビニの入口に歩み寄って灰皿に煙草を落とし、祥子に向かって軽く手を上げた。

長過ぎるほど長い、細くてきれいな指であることに初めて気づく。立ち居振る舞いにもどこか貴族的な優美さを感じさせる望月は、やはり目立った。面識がなかったとしても、たまたま通りかかったところに立っていたら、思わず誰だろうと目を向けずにはいられないだろう。

望月は小走りに近づいてくる祥子の姿をろくに見もしないまま、運転席に戻ってキーを回した。祥子は、出合い頭にまず自分の服装についてこんな感じでいいかどうかを訊《き》こうと身構えていたが、望月がまるで無反応なのでかえって気後れして、挨拶《あいさつ》の後に言葉が続かなかった。

愛想に欠けていても、そういう人なのだとわかっていればそこは別に気にならないが、服装にちらりと視線を走らせる気配さえないのはどうしたわけなのか。しかし「おめかし」してきたことを変に指摘されるのも癪《しゃく》な気がしたので、祥子は黙って助手席に着いた。

車は一路、望月の家の近くにある県立公園を目指した。博物館や、結婚式を行なう神社なども併設された広い公園で、祥子も子供の頃父に連れられて何度か行ったことがある。望月はここ数日でその園内を歩いて、祥子を描くに際してふさわしいと思われる背景をいくつかロケハンしておいたのだと言う。正午前という中途半端《はんぱ》な時間に待ち合わせたのも、陽射《ひざ》しの加減がちょうどよくなる時間帯に現地に到着できるよう計算した上でのことだ。

さいわいにも、天気は良好だ。前の晩に降った雨が大気中の塵《ちり》をぬぐい去ったのか、空気の粒子ひとつひとつが透明度を増しているみたいに見える。カーステレオから流れてくるのは、あいかわらず毒にも薬にもならないような耳当たりのよいR&B。

「ドライブ」という言葉を聞いたとき無条件に頭に思い浮かべる心象風景をそのまま現実にスライドさせたかのようだ。

「小春日和《びより》って感じですね」

祥子は口に出してそう言ってから、その言葉はもっと季節が冬に近づいてから使うものだっただろうか、と思い返して赤面した。しかし望月はそのことに特に意を払った様子もなく、インディアン・サマー、とひとことだけ言った。それも、カタカナ式にではなく、かなり正確な英語の発音で、Indian Summer と。祥子の耳にはそう聞こえた。

「え？」

「いや、小春日和のことを英語で〝インディアン・サマー〟と言うだろ。詩的な表現だと思わない？」

「そんな言い方があったんですか」

「〝インディアン・サマー〟って曲、聴いたことない？　ジョー・パスが弾いてるやつは絶品だよ」

ジョー・パスと言えばジャズ・ギターの大御所で、祥子も名前くらいは知っていた。ただそれは、ゼクス・ザイテンのだれかが興奮してしきりにその名を口にしていたからに過ぎず、自分でＣＤを聴いてみようという発想には至らずにいた。

「聴いたことないと思います、すみません」

「どうして謝るの？」

「私、なんにも知らないなって思って……」

祥子はそう言いながら、ひそかに恥じ入った。自分が急にひどく冴えない人間に思えてきたからだ。人並み以上のギターの腕と絵画の技術をあわせ持った望月のような人間と隣り合わせていると、いっそう自分がみすぼらしく思える。

「つまらない人間ですよね、私なんか」

「知識なんてものは……」

望月は一定のトーンを保ちながらゆっくりと言った。

「後からどうにでもなる。大事なのは知識じゃない、進もうとする意志だよ。自分がどこかに向かってるっていう感覚、ただ立ち止まってるだけじゃなくて、ここではないどこかに行こうとしてるっていうその感覚が常にあるかどうかが大事なんだよ」

「ここではないどこか……」

祥子はぼんやりした口調でそれを復唱した。ここではないどこか。私はそこに向かっているのだろうか。昨日より一歩でもそこに近づいているのだろうか。

「君はギターを弾くことにはあまり関心がないと言ってたよね。それ以外に、なにか意識してやってることがある？」

「……強いて言えばハンガリー語かな。あ、でもまだ始めたばかりだし」

「ハンガリー語かあ」

望月は、恐れ入った、とでも言わんばかりに首を横に振った。横顔をうかがうと、かすかに口元が笑っている。この日初めて見る笑顔だった。

「どうしてまた、ハンガリー語なの？」

「いえ……ただなんとなく、です」

こういう答え方は嫌いだ、と祥子はわがことながら思う。しかし、ハンガリー語をやってみようと思うに至った経緯は、ただでさえ人に説明しづらいものだ。ましてまだまともに顔を合わせるのが二度目の相手に、それを話す気にはなれなかった。「夢」とすら呼べない、夢として形を結ぶ以前の、輪郭さえ定まらないなにか。言葉にした途端にそれは、取るに足らない子供の空想に成り下がってしまいそうな気がした。

「きっと、〝なんとなく〟じゃないんだよ、それは」

望月は大まじめな口調でそう言った。フロントガラスから差し込む光線の加減か、大きな目の虹彩《こうさい》がほとんど金色と言っていいまでに色素を薄めて輝いている。

「それはなにか……君を動かす大きな原動力みたいなものとどこかでつながってるんだ。君が選んだものが、英語でもフランス語でもなく、カンボジア語でもなく、ほかならぬハンガリー語だったってことには、絶対なにか意味があるんだ、君にとって大きな意味がね」

「そうでしょうか……」

「たとえば、ハンガリーにしばらく住んでみるとか、そういうことを当面の目標にするのはどうかな。外国に、旅行ではなくて一定期間住むっていうのは、それだけでもいい経験になるよ」

「経験、あるんですか?」

望月はうなずいた。

「両親の仕事の都合で小学生の頃、何年かニューヨークに住んでた。だから、当然かもしれないけど、英語の発音にはちょっと自信があるよ」

「あ、だからさっき、〝インディアン・サマー〟って……」

「そう、Indian Summer」

祥子は思わず吹き出した。

「じゃあ、これ読んでください」

祥子はたまたまシフトレバーの手前に差し込んであったCDケースを手に取り、収録されている曲のうち、長めのタイトルを選んで指差してみた。望月は横目でちらっとそれを見て、前に向き直ってから言った。

“You should of pumped it, when I rocked it”

それは祥子の耳には、こう聞こえた。イェシュダッポンテッ、ウェナラクテッ。

「上手です……。ネイティブの人みたい」

「だろ?」

望月はそう言って、心底自慢げな顔で笑った。神業と讃《たた》えられるギターの実力を「たいしたことない」と言い切っておきながら、こんなたわいもないことで子供みたいに得意になる。不思議な人だと祥子は思う。


「あのさあ、こないだと、感じが違うね」

駐車場に車を停めて運転席を離れる間際《まぎわ》になって、望月がふと、ひとりごとのようにそう言った。その視線の先には緑色のフェンスと、木漏れ日が降り注ぐ木立しかない。何のことを言われているのかわからず、祥子は無言で望月の横顔を窺《うかが》った。

「いや、その服装とか—

「あ、これ……一応、モデルになるわけだし、汚いかっこじゃなんだなと思って」

ちゃんと気づいてくれていたのだ、と思って祥子は思わず笑顔になったが、望月は複雑な表情を浮かべている。

「どこか……変ですか？」

「いや、変じゃないよ。きれいなんだけど、でもこないだと感じが違うなって」

「それは、よくないって意味ですよね？」

望月はハンドルに乗せていた両手を浮かかせて、それでリズムを取るようにしながら続けた。

「いいとかよくないとかいうことじゃないんだ。ただ俺がこないだ君を絵に描きたいって思ったのは、君の飾り気のない、自然体で清楚《せいそ》な感じがいいと思ったからなんだよね。いや、今日は清楚じゃないって言ってるわけじゃないんだけど」

「……だったら」

祥子は言いかけて、途中で言葉を失った。最初は当惑からだったが、やがてそれは腹の底から沸き上がる怒りに変じた。望月も黙っていたが、それは単に祥子が続きを言うのを待っているだけのようでもあり、こともなげなその様子がいっそう怒りを昂《こう》じさせた。

「だったら、どうしてさっき会ったときにすぐそう言ってくれなかったんですか？」

「いや……」

「こうしてほしいっていうのがあるなら、事前に指定してくれればよかったじゃないですか」

そもそも、望月が「その恰好《かっこう》のままでいい」と言ったところ、自分がこれでは嫌なのだと言って機会と服装をあらためたわけだから、その意味ではこれは言いがかりだ。それに、「この服装でいいか」と最初に確認するつもりでしそびれたのも自分の手落ちだった。祥子は言いながらそれに気づいたが、もう引っ込みがつかなくなっていた。

「うん、それは、悪かったと思う。でも、気づいてなかったんだ、ついさっきまで」

やっぱり気づいてなかったのか。祥子は心にそう呟《つぶや》きながら、泣き笑いしたいような気持ちになってため息をついた。

「あの、参考までに訊《き》きますけど、この前見せていただいた絵、あのときはどうだったんですか？　あの女の人には、服装の指定とかされたんですか？」

「ああ、あのときは……あれはちょっと特別で、俺が用意したんだ」

「用意したって？」

「買ったんだよ、彼女に合わせて。いや、俺が描きたいと思う彼女のイメージに合わせて」

祥子は一瞬、言葉に詰まった。絵に描くためにモデルにわざわざ服を買い与えるというのが、なにか尋常でないことに思えたからだ。それともそれは、ごく普通のことなのだろうか？　肖像画を描く人は、プロアマ問わず、そういうことをするものなのだろうか？

望月は祥子の沈黙を別の意味に取ったのか、早口につけ加えた。

「君のことを軽視してるわけじゃないんだ。こないだ会ったとき、こんな感じがいい、このままがいいって俺なりに判断したわけだよ、君の場合は。だけど……」

「いえ、それはいいんです。いいんですけど……あの絵の人は、つきあってる人なんですか？」

それならわかる。恋人にそうするなら、理解できる。しかし望月は、いや、とひとこと言ったきり、堅い表情で押し黙ったままだ。

そのとき祥子が抱いた感情は、一種の苛立《いらだ》ちだった。自分ではそう思っていた。こんがらがった糸を一本一本ほどくのももどかしく、いっそ力任せに引きちぎってしまいたくなるような思い。ただ同時に、心の反対側の極から、「負けたくない」という声が叫ばれてもいた。

負けたくない？　誰に？　絵の中のノースリーブの女に？　祥子は自分でもその意味合いを理解しないまま、しかし絵の中の女を自分が凌駕《りょうが》できるかもしれない唯一《ゆいいつ》の可能性を本能的に見定めてこう言った。

「この服じゃ駄目なんだったら、いっそ服なんて着ない方がいいってことはないですか？」

望月は、外国人に未知の言語で語りかけられた人間のような顔で祥子を見返した。

「ヌード、描いてみません？」

「誰の？」

「私のですよ、もちろん」

いったい何を口走っているのか。言い切ってから祥子は青ざめたが、狼狽《ろうばい》する望月の様子を見た時点で、すでに自分の「勝利」は確定したのだ、と心のどこかで感じてもいた。

5

約束の午後六時より五分早くゼクス・ザイテンの部室前に行くと、部長の天沼はもうくたくたのショルダーバッグを肩にかけて所在なげに待機していた。なんとなく帰りそびれている部員が二人、雨ざらしのソファにだらしなく腰かけて無駄話をしているが、部室のドアそのものはすでに閉じられ、真新しいダイヤル式の南京錠《ナンキンじょう》でロックされている。

祥子はまだその番号を聞いていないことに気づいたが、必要になることももうないだろうと思っていた。望月邸に謝罪に行く途上で祥子を一人放置した天沼の仕打ちに、とどめを刺されたところがあったからだ。ギターに対する情熱もないし、もうこの部にとどまる理由が見つからなかった。これきりゆるやかに関わりを絶って、「フェードアウト」する心積もりでいた。

だから今日の誘いも、できれば断りたかったところだ。外薗はるかのプライベート・ライブ。セレブ扱いされている「外薗姉妹」の姉の方、イギリス帰りの女性ギタリストが、ときどき知り合いなどを集めてやっている催しだ。毎回、OGとしてゼクス・ザイテンにも三枚、チケットを送ってくる。普段は部の幹部連中に割り振ってしまうところだが、今回は、天沼と副部長の中山に加えて、一人だけ二年生の祥子を特別に連れて行こうというのだ。

置き去りにした件を天沼なりに悔いていて、ご機嫌取りをしようとしているのはあきらかだ。そんなことであのときの罪が帳消しになるとは思えなかったが、誘いに応じることで天沼が許された気持ちになるのならそれでいいのかもしれない、と祥子は考えた。

「じゃあ、行こうか」

近づいてくる祥子の姿を見るなり、天沼は待ちかねたように歩き出した。

「あれ、中山さんは？」

「あ、なんか急に都合がつかなくなったとかで、代わりに吉永に声かけたんだ。で、吉永はバイト終えてからチョクで向かうってさ」

吉永、と聞いて祥子は、もともと気が進まなかったところに駄目押しをされたような気持ちになった。吉永のことは必ずしも嫌いなわけではなかったが、向こうはあきらかに祥子に対して普通以上の好意を抱いており、それをさりげなくかわすのが億劫《おっくう》なときがあるからだ。

ライブは軽食とワンドリンクつき、高田馬場で六時半からの予定だった。山手線の中は微妙に座れない程度の混み具合だったので、祥子はそれとなく天沼との間に距離を設けて立った。なぜか、天沼の口から覗《のぞ》く前歯の隙間《すきま》を見ると、息が臭いのではないかという強迫観念に囚《とら》われてしまうのだ。

「こないだは、ほんと、悪かったね」

電車に揺られている間に、天沼は遠慮がちに話を蒸し返した。

「でも望月先輩、怖い人じゃなかっただろ?」

「ええ、まあ、怖くはありませんでした」

「な? 怖い人じゃないんだよ。話せばわかってくれるんだ」

だったらなぜあのとき、「俺はどうしても苦手」なんて言って逃げたのか。その言葉が喉元《のどもと》まで出かかったが、こんななさけない、こんにゃくみたいに芯《しん》のない人間に食ってかかってもこっちが消耗するだけだ、と思いとどまった。

かわりに祥子は、窓の外をぼんやりと眺めながら、半月ほど前、望月に「描かれた」ときのことを思い出していた。それは強いて言えば、初めてキスをした翌日、目覚めてしばらくしてからベッドの中でそれを思い出して、夢じゃなかったんだと思ったその気持ちに似ていた。

大学一年のとき参加した合コンで、二次会会場への移動中にはぐれて二人きりになってしまったW大の学生に、物陰でキスをされたことがあった。後から思えば、二人が「はぐれた」背景にはなんらかの作為があったようだし、酔いが引いてしまえばさして魅力も感じられない男だったので、しばらくしつこくかかってきた電話にもつれない返事しかせずに終わらせてしまった。

ただ、キスされた瞬間には、まちがいなく恍惚《こうこつ》となっている自分がいた。友達には言えなかったが、実はそれが祥子にとって初めてのキスだったからだ。翌朝それを思い出したときの、あの感じ。この自分がほんとにそんなことをしたんだと驚きながら、なにか恥ずかしくていたたまれないような、それでいて嬉《うれ》しさが込み上げてくるような落ち着かない感じ。

祥子のヌードを描くことを提案された望月は、直後に示した狼狽をゆっくりと束ねて回収していくような沈黙を数秒間保った後、思ったよりもあっさりと、やってみよう、と請け合った。

それからの二人は、長年共に仕事をこなしてきたパートナーであるかのように、てきぱきと事務的にことを進めた。望月の部屋に行ってそこで裸になるのはさすがに憚《はばか》られたので、ホテルの部屋を取ることにした。「自然体」にこだわる望月の求めに応じて化粧も落とす必要があったので、ドラッグストアに立ち寄ってクレンジング・フォームも買った。

駅前であてずっぽうに選んだビジネスホテルで、セミダブルの部屋にチェックインした。望月は金の心配はいっさいしていないようだったし、祥子も気にしなかった。

密室に二人で入ることにも、抵抗はなかった。彼は画家で、自分はモデルで、これは仕事なのだ、というプロ意識に似たものに衝《つ》き動かされていた。

その張りつめた気分は、洗面台で化粧をすっかり洗い流し、その場で一糸まとわぬ姿になるまで持続していた。セミダブルのベッドとテレビ台であらかた埋まってしまっている手狭な部屋の中に出て行き、持参したイーゼルをセットしている望月の背後に立った瞬間に初めて、恥じらいを覚えた。

しかし振り向いた望月は、右手で胸を、左手で下腹の陰毛を隠す恰好で立っている祥子をほとんど無感動と言っていい視線で一瞥《いちべつ》したきり、臆《おく》するそぶりもなくベッドの上に移動するよう指示を下した。祥子は望月のその態度に挑むような思いで両手を解き放ち、無造作にベッドの上に飛び乗った。スプリングが軋《きし》んで、小動物の鳴き声のような音を立てた。

望月は祥子を仰向けに寝させ、片膝《かたひざ》を立てさせた。それから思い直してうつぶせにさせ、結局横座りに近い形で顔だけ心持ち窓の方に向ける姿勢に定めた。望月の方から見ると、祥子の顔は左向きの横顔に近い状態になっているはずだった。

イーゼルの前でおおまかな構図を思い定めた望月は、手にしていたコンパクトカメラで黙って祥子の姿を撮影しはじめた。フラッシュをオンにしたりオフにしたり、ズームを使ったり、角度を微妙に変えたりして、計十二枚。祥子は窓の方に目を向けながら、シャッターが押される音を一回ずつ正確に数えていた。最も羞恥《しゅうち》を感じたのは、その間のことだ。写真に残ってしまうことが、そしてそれが望月慎吾という男の所有物になってしまうということが、たとえようもなく恥ずかしかった。

やがて望月は、鏡のついた机の前から椅子《いす》を引っぱり出してきてイーゼルの前に据え、そこに座ってデッサンを取りはじめた。化粧さえ落とした、まるっきり裸の祥子の輪郭が、シャッ、シャッ、という音とともに紙の上に写し取られてゆく。首の角度は変えないまま、目だけを動かして望月の方を盗み見ると、大きな二つの眼窩《がんか》から覗く色素の薄い瞳《ひとみ》が、透明な輝きを放ちながらイーゼルの上と祥子の素肌との間を往復している。

爬虫類《はちゅうるい》の目のようだ、と祥子は思った。感情的な要素がゼロの、温度というものをまるで感じさせない目。しかし、そういう目で隅から隅までなぞるように射すくめられることは、見るからに好色そうな目つきで眺めまわされるよりもかえって官能的で、祥子は次第に下腹の奥から湧《わ》き起こる昂《たかぶ》りに全身を食い荒らされていくような気持ちになった。

時間にしてわずか十分か十五分に過ぎなかったはずだが、祥子には半日もの時間が過ぎ去ったように思われた。その間、虫ピンで壁に固定された昆虫の標本みたいに、徹底的に「所有」しつくされたという感覚だけが残った。

「もういいよ」という望月のかけ声が、呪縛《じゅばく》を解いた。その瞬間に「画家とモデル」は、密室で二人きりになっている着衣の男と裸の女に切り替わった。潮のように引いていく昂りと反比例して羞恥が再び浮上し、祥子は逃げるようにバスルームに駆け込んだ。

服を着て、簡単に化粧を済ませて出てくると、望月はすでにデッサンの描かれた紙を黒いビニールのケースに収めてしまっていた。

望月がチェックアウトの手続きを取っているとき、黒いベストを着たフロントの従業員が、一瞬、窺《うかが》うような目で、数歩分離れて立っている祥子の顔をちらっと見た。入ってからわずか数十分で部屋を出て行く若い男女。日曜日の昼日中から「がまんができなくなって」ホテルに部屋を取り、即物的な交わりだけ済ませて出て行くのだと取っているにちがいない。

かまわない、と思った。そういう邪推をされることが、むしろ誇らしくさえあった。

「馬場だよ、降りるよ」

天沼に声をかけられて祥子はわれに返り、「描かれた」ときの追想を頭の中から散らした。

高田馬場駅からW大学方面に向かって十分ほど歩いたところに、そのライブスペースはあった。全面ガラス張りのフロントに、素人《しろうと》っぽい「スタジオR」のロゴが吹きつけられている。日中は軽食屋として営業しており、夜だけ不定期になにがしかのライブを催しているようなタイプの店だ。

外薗はるか自身の意向なのか、入口に立て看板の類《たぐい》はなく、「本日貸切」の札だけがかかっていた。店内はすでに満杯に近く、立ち見客用の丈の高いテーブルの前にもぎっしりと人が並んでいる。プライベートライブだけに、同業者や業界関係者と思《おぼ》しい者が目立つ。天沼がそっと指差しながらやや興奮した口ぶりで祥子に耳打ちした名前の中には、バロックギターの大御所として世界的な名声を博している風間芳夫《かざまよしお》の名もあった。

「天沼、都築、こっちこっち！」

先に来て三人がけの丸テーブルを占拠していた吉永が、コロナビールの瓶を握った手を子供みたいに振っている。立っている客もいる中でのそのあつかましいふるまいに祥子は閉口し、呼ばれるままその椅子に座るのを恥ずかしく思ったが、無邪気な笑顔に毒気も抜かれてしまった。

吉永の隣は避けたいところだったが、三人がけなのでどう座っても隣になってしまう。観念して左隣に腰かけると、メニューを見れば誰でもわかるこの店でのオーダーのシステムについて、睦言《むつごと》を囁《ささや》くように身を寄せてことさらに説明しはじめた。

「で、望月先輩、どうだった？　怒ってた？」

ポテトフライと小さなサラダが盛りつけられたプレートとジントニックが祥子の前に置かれると、吉永はからかうような調子でそう訊《たず》ねてきた。あれから部室にはほとんど立ち寄っていないので、吉永と顔を合わせるのもあれ以来だったのだ。天沼が結局同行しなかったいきさつを知ってか知らずか、祥子に直接訊いてくる。天沼は居心地が悪そうな顔で、目を逸《そ》らして聞こえないふりをしている。

「別に怒ってなかったですよ、まったく。もうちょっと怒ってもよさそうなもんだと思ったくらいです」

「だろ？　変なんだよ、あの人。感情がないって言うかさ。人間としてなにかが欠けてんだよ」

一方的に決めつけるその物言いに反感を覚え、なにか言い返そうとした瞬間、おしゃべりにざわついていた会場が一気に静まり返った。控え室から外薗はるかが出てきたのだ。

ノースリーブの黒いドレス姿で現れた外薗はるかは、出入口に近い側に設置された狭い仮設ステージに上がって一礼すると、スタンドに立てかけてあったギターをややぞんざいな手ぶりで持ち上げ、軽くチューニングするなり前置きもなく演奏を開始した。チケットと引き換えに手渡されたプログラムによれば、バッハの「無伴奏チェロ組曲第一番」だ。

祥子たちのテーブルはステージから見て二列目あたりに位置していたため、ほとんど至近距離と言ってよかった。大学の講堂で行なった無料コンサートのとき遠巻きに見たかぎりでは「狐《きつね》のよう」としか思わなかった風貌《ふうぼう》も、こうして間近に見るともっと女性的な柔らかさに溢《あふ》れた魅力的なものに見えるのが不思議だ。ドレスから突き出したむき出しのたくましい腕さえ、なまめかしい妖婉《ようえん》さを湛《たた》えているように見える。

ステージと正反対に近い向きに置かれた椅子に座っていた天沼は、体を無理に捻《ひね》ってステージの方に向け、外薗はるかの運指《うんし》を食い入るように見つめている。部長としては頼りない人物だが、ギターへの情熱はそれなりに持っているようだ。吉永は顎《あご》に指を当てて神妙な面持ちで演奏に耳を傾けているが、そっと盗み見るとすぐにその視線に気づいて笑顔でうなずき返すので、慌《あわ》てて目を逸らした。

祥子は演奏と言うよりむしろ、外薗はるかの顔に気を奪われていた。思っていたより魅力的だという事実のほかにも、なにか祥子の注意を惹《ひ》きつけてやまないものがある。祥子の心の深部を、なにかざらついた手触りのものがかすめていくような感じだ。落ち着かない思いで何度もそのうつむきがちな顔を見返しているうちに、一曲目が終わってしまった。

「みなさん、こんばんは。外薗はるかです。今日はお忙しい中、わざわざお越しくださってありがとうございます」

思いのほか初々《ういうい》しい、やや舌足らずでさえある声で、はるかが口上を述べた。今どきの若い女にはめずらしく染めてもいない真っ黒な長い髪を片手でかき上げ、はにかんだような笑みを浮かべたはるかの顔を見た瞬間、祥子は「ざらついた手触り」の理由に思い当たった。

ノースリーブの女。望月の絵の中の女に似ているのだ。

同一人物ではない。絵の中の女はもっと寸の詰まった顔だし、短かめの茶色がかった髪を外ハネにしている。しかし、笑った口元や目尻《めじり》の感じがそっくりだ。そのことの意味に思いを馳《は》せている間に、はるかがなにか軽い冗談を言って客席の間に笑いのさざめきが起き、やがて二曲目の演奏が始まった。ジョン・ダウランドのリュート曲をギター向けに編曲したものだ。

はるかの指が、明快で物悲しい調べを几帳面《きちょうめん》に刻んでゆく間、祥子は絵の中の女のことを思い、やはり自分は彼女に嫉妬《しっと》しているのだろうか、と思っていた。

望月に対して抱いている気持ちが恋愛感情なのかどうかは、祥子自身にもよくわからなかった。ただ、望月から電話がかかってくる瞬間に感じるときめきのようなものは、かぎりなくそれに近いものだと思っていた。

モデルになった日に教えたPHSの番号に、その後望月は三度にわたって電話をかけてきた。一度目は絵の進捗《しんちょく》状況についての報告、二度目は今ひとつ感じが摑《つか》めないからもう一度会えないかという話。ヌードになってくれなくてもいいから、顔を直接見たいと言う。たまたま都合がつかず、返事を先延ばしにしていたら、もう一度かかってきた。

「なんとなく、どうしてるかなと思って」

それはもはや、モデルに対する画家という立場を逸脱していた。そして、そうであっていけない理由は何もなかった。ただひとつ気がかりがあるとすれば、絵のモデルになったノースリーブの女と望月との、現在の関係だ。恋人なのかという祥子の問いに対する、望月のあの煮え切らない返答。そのときの望月の表情と、目の前の、モデルの女とよく似たはるかの面立ちが、悩ましく重なった。

6

「あら、女の子？　心強いな」

天沼に祥子を紹介された外薗はるかが、そう言って笑顔を向けた。

小一時間の演奏が終わってからは、はるかと客たちが談笑を楽しむ時間に充《あ》てられているようだった。ワイングラスを片手に各テーブルを回りはじめたはるかが、ようやく祥子たちのところに辿《たど》り着いたのだ。

「今、女の子の部員ってどれくらいいるのかしら。私の頃なんて私含めて三人くらいしかいなくて、ずいぶん心細かったけど」

「今は十人くらいいますよ。それでも全体の三分の一ですけどね」

天沼が現部長としての威厳を示そうと精一杯胸を張ってそう言ったが、もともとそれほど体格がいい方ではない上に前歯の間には隙間《すきま》があるし、対するはるかは女性にしてはかなり長身で、セレブ呼ばわりされるだけの持って生まれた気品に満ち溢れているため、天沼の方は子供が背伸びして大人の真似《まね》ごとをしているようにしか見えない。

「都築はなかなかセンスがいいんですよ」

吉永がさりげなく祥子の肩に触れながらそう言う。態度があつかましい分だけ、天沼よりかえってもっともらしく聞こえてしまうのが困りものだ。

「吉永さん、やめてくださいよ、出まかせは」

「なんで？　ほんとじゃん。おまえ、センスいいって。前にヴィラ＝ロボスのなんか弾いてるとき、すげえいい感じって俺なんかは思ったよ」

話題が望まぬ方向に進んでいくのをどう食い止めればいいかと祥子が策を練りはじめたところで、天沼が別のテーブルにいるだれかに呼ばれ、その天沼が吉永を呼び寄せた。はるかとテーブルに二人きり取り残された祥子は当惑し、いたたまれない思いで口を開いた。

「あの、ほんとに私、センスいいも何もないんです。ぜんぜん駄目な部員で……」

「うん、失礼ながら、それはすぐにわかったわよ」

はるかはそう言って、優雅な微笑を口元に浮かべた。

「だってあなた、指先が丸くてきれいなんだもの。柔らかそう」

「あ……」

祥子も入部した当初、まだせっせと練習していた頃は、弦を押さえる左手の指先がカチカチに角質化し、指紋も消えて、カッターで削れるほどの硬さになっていたが、今ではすっかり元に戻ってしまっている。

ただ、十何年もギターを弾きつづけているはるかの指先がカチカチかと言うと、そうではない。いったん硬くなった指先も、練習を続けていればやがて再び軟化してくるのだが、形が変わってしまうのだ。ギタリストの指は、先端がまるで刀で垂直に削《そ》ぎ落としたように平らになっている。はるかの指は、まさにそれだった。

「すみません……。私、ここに来る資格ないですよね」

「ううん、後輩が聴きに来てくれるのはいつでも、どんな人でも大歓迎。ただ、天沼君はどうしてあなたを選んだのかしら？」

聞きようによっては意地悪な発言と取れなくもなかったが、表情を見ていると悪気はまったくないようだった。祥子はやむなく、自分がここに呼ばれた経緯をかいつまんで語った。話が望月に触れると、はるかはどういうわけか顔を微妙に曇らせた。

「そうだったの。だらしない部長さんね、天沼君も。望月慎吾なんて恐るるに足らない人物なのに……」

「あの、望月さんとは、もちろん面識おありになるんですよね？」

祥子は自然に、「望月先輩」ではなく「望月さん」と呼んでいた。

「ええ、彼は私の二つ下だから、ゼクスでも先輩後輩の関係でね」

そう言ってはるかは、どうして？　と問いたげな顔で祥子を見つめた。

「それじゃ、望月さんが絵を描いてることは……」

「ああ、もしかしてあれ、見たの？　まだ持ってたのね」

はるかは鼻から息を洩《も》らすような笑い方をしながら、眉《まゆ》をひそめた。「あれ」というのが例のノースリーブの女を描いた絵を指しているということが、なぜか祥子には直感的に確信できた。

「似てらっしゃるなって思ったんですけど……」

「そう思う？　妹よ、私じゃなくて」

どうりで、と祥子は思った。

はるかの年子の妹・しのぶはピアノ講師、職業としてはぱっとしないにもかかわらず、はるかと並べてセレブ姉妹扱いされている。音大卒なのでゼクス・ザイテンとは縁もゆかりもないが、ひょんなことからモデルを引き受けることになったと言う。

「それがね、えらい目にあったのよ、あの子。大変だったんだから。今日だってね、望月が来ないとも限らないからって、暇なくせに来てくれなかったんだから。向こうだってもうこっちには会いたくないだろうから、仮に声かかったって来るわけないよって言ったんだけど……。あ、ごめんね、あなたにこんな話」

聞かない方がいい。聞いたら後悔すると思った。しかし祥子は、好奇心に抗《あらが》いきれなかった。

「いえ、教えてください。ほかの人には言いませんから」

はるかのCDデビューを祝う有志によるパーティの席に、神出鬼没と言われる望月がふらりと現れた。絵を描いていると知ったのははるかにとってもこのときが初めてだったが、たまたまその場に居合わせた妹のしのぶが、だったら自分をモデルにして描いてくださいと言った。

驚いたことに、望月はその場で具体的な日取りの相談まで始めた。ほぼ社交辞令のつもりだったしのぶは少々当惑したが、引っ込みもつかず、言われるままに日程を決めた。約束の日、望月は用賀の外薗邸に画材を持って現れた。

「用賀……?」

祥子は思わず訊《き》き返した。「用賀」と聞いて、あの雪の晩に見た望月の姿が蘇《よみがえ》ってきたからだ。

「そのお家ってもしかして……」

祥子が例の路地の位置を説明すると、はるかはそこ以外にどこがあるのかと言わんばかりにうなずいた。自分たち姉妹が有名人であるという自覚を持っているため、初対面の相手が自分の家の場所を知っていても別段不思議には思わなかったようだ。

あれが外薗邸だったとすると、あのとき望月が取っていた行動にはどんな意味がありうるだろう。祥子が混乱する頭でその点に思いをめぐらしている間に、はるかは勢い込んで話を先に進めてしまった。

「絵のできはね、悪くなかった。ちょっと本人よりやさしすぎる感じだったけど、もらって嬉《うれ》しくない絵じゃなかった。でもその後が大変で、あの子結局、もう持っていたくないって言って本人に突き返しちゃったのよね」

そのとき、背後からだれかがはるかの名前を呼んだ。口ひげをたくわえ、長髪を後ろで縛った革のベストの男が片手を挙げている。はるかは、ご無沙汰《ぶさた》しておりますと言いながら男に向かって深々とおじぎをして、祥子のもとを離れていった。ごめんなさい、続きはまた後でね、と去り際《ぎわ》に言い残していったが、再び戻ってくることはなかった。

話はいかにも尻切れとんぼで、一番肝腎な部分が抜け落ちている。しかし残りは、聞かなくても想像できるような気がした。

グラスの中の水を意味もなく揺らしていると、よう、と言いながら吉永が後ろから祥子の背中を叩《たた》いた。祥子はかろうじて口元に笑みを浮かべた。

「なんかさぁ、もう俺たちがいてもおもしろくない雰囲気になってきちゃったし、そろそろ帰らない？ あ、天沼はもうちょっとあっちで話していくって」

見ると天沼は、風間芳夫の取り巻きの中に紛れ込んで、前歯の隙間を覗《のぞ》かせながら嬉しそうに笑っている。

「そうですね……」

吉永は自分と二人になりたいだけなのではないか、という考えがちらりと頭をよぎったが、それならそれでかまわない。早くこの場を離れたかった。

「けっこう寒いね」

外に出ると、吉永はトレードマークであるジージャンの前を合わせて声を震わせた。そろそろ晩秋と言っていい季節だ。祥子も、羽織って来た薄手のハーフコートの襟元を押さえる。

「バロックってさ、なんか地味だよね、いや、別に悪くはないんだけどさ」

吉永がそんな風に話しかけてくるのに適当に相づちを打ちながら、祥子ははるかから聞いた話と自分が持っている情報とを突き合わせ、ひとつのストーリーを組み立てようとしていた。予断や臆測《おくそく》でものごとを決めつけるのはよくないことだ。でも……。

「お、まだ早いじゃん。九時前だよ」

高田馬場の駅前から続く繁華街の灯りが視界に入ってくると、吉永がわざとらしいほどの動作で腕時計に目をやった。

「どっかで一杯だけどう？　たしかそのへんにねぇ、安くて雰囲気のいい店があるんだよ」

「あ、ごめんなさい、実はちょっと、気分がすぐれなくて……」

口から出まかせにそう言って誘いを断ると、吉永は大げさなほど心配して、タクシーで送った方がいいのではないかとまで言いはじめたので、別の言い訳にすればよかったと祥子は少し後悔した。普通に帰ることはできる程度なので大丈夫だと言いくるめ、池袋まで一緒に電車に乗った。

酔っ払いで混み合った山手線の中で、吉永はドアの脇《わき》の手すりのあたりに祥子を寄りかからせ、自分は腕を突っ張ってドアに押し当てる形にして、人込みから祥子をガードするような姿勢で立っていた。「気分がすぐれない」という言葉を頭から信じているのか、よけいなことを話しかけてくることもなく、押し黙って窓の外を見つめている。

薄っぺらな感じはするけれど、優しいといえば優しい男だ、と祥子は思う。池袋でそれぞれ別の私鉄に乗り換えるために別れるとき、心配そうに見つめる吉永に対してちょっと気が咎《とが》めた祥子は、今度元気なときに飲みましょう、とひとこと言って背を向けた。

駅から家までは数分、商店街の外れあたりに、ツヅキ薬局の看板が見えてくる。夜も八時を過ぎてしまえば、通りで灯りをともしている店は居酒屋かコンビニかカラオケルームだけだ。ツヅキ薬局の隣にある小さなビルも、今は二階の串焼き屋がひっそりと照明を洩らしているばかりで、一階は暗く静まり返っている。

ひところ流行《はや》った、ファッションビルなどと呼ばれる形態の建物だ。一階部分に美容院やファミコンショップなど、通りから奥へ向かって三軒の店舗が入り、その前に短い廊下状の通路がしつらえられている。

最近になって、ときどき夜遅くそのあたりに座り込んでタバコを吸ったりしている地元の柄の悪い少年のグループがいて、近所で苦情の元になっていた。別に通行人にちょっかいを出すわけでもなく、見た目よりは無害だということは祥子にもわかっていたが、その前を通って家に入るのは気分のいいものではない。夜遅く帰宅する際には、なるべくそっちを見ないようにしながら、できるだけ足早に通り過ぎるのが常だった。

ビルの前にさしかかったとき、いつもどおりさっさと通過しようと足を早めたら、通路のある暗がりから人影がぬっと飛び出してきて、祥子の前に立ちふさがった。

ひっ、と声にならない声を上げる。本当にぎょっとしたときには、声など出ないのだと知った。しかも、踵《きびす》を返して逃げるといった行動に移る余裕もない。ただ、すべての動きが止まってしまうだけだ。

硬直したまま一瞬置いて、自分の家がすぐ目の前だということに思い至った祥子が、ここからお父さんと叫べばきっと聞こえるはずだ、と考えたとき、正面の黒っぽい人型の影が、二つの大きな、悪意のない目でこちらを見つめていることがわかった。

「望月さん……ですか?」

「やあ」

まるで緊迫感に欠けた声でそう言いながら、闇《やみ》の中から望月慎吾が右手を挙げた。

7

「いや、絵の進み具合がイマイチでさ、どうしても顔を見て確認したくなって……」

ようやくこわばりが解けた祥子を前に、望月は普段となんら変わらない平坦《へいたん》なトーンでそう言った。特に言い訳がましい調子でもない。ただ単に、自分がここに居合わせた理由を説明している感じだ。

「はぁ、でも……」

でも、それは日程を調整して、会う機会を別に設けようという話ではなかったのか。そう詰問《きつもん》してもよかった。しかし、このようなあきらかに常軌を逸した行動を目の当《ま》たりにしては、あいまいな笑顔を作って真意を探ろうとするのが精一杯だ。普通に話しかけても、その言葉が通じないのではないかと疑ってしまう。雪の夜に、外薗邸の前の路地で望月が傘もささずにじっと立っていたその姿が、いやおうなく二重写しになって浮かんでくる。

だいたい、望月はなぜ、祥子の家を知っているのか。近くの国道沿いのコンビニまで送り迎えしてもらったことはあっても、家まで来てもらったことはないし、家までの道を教えたこともないはずだ。

「どうかな、ここだと暗くてよく見えないから、そこの〝つぼ八〟でも行って……」

「あ、でも、もう遅いし……。ごめんなさい。あの、スケジュール、近々詰めて電話しますから。失礼します」

「いや、ほんとにちょっとでいいんだよ。君は別に何も注文しなくていいし。ただ……」

「ごめんなさい、ほんとに今日は……。また電話しますから。おやすみなさい」

祥子はそう言って強引に会話を打ち切り、そのまま振り返らずに、店舗脇の小さな門扉《もんぴ》を抜け、その奥にある住居部分へのドアから中に入ってしまった。一刻も早く父の顔を見て安心したかったのだ。

ただ、あいにく当人は入浴中らしかった。玄関の上がり口から見える位置にある脱衣所のドアが半開きになっていて、灯りがうっすらと漏れていることから、それがわかった。父はそのドアを閉め切らないで入浴する癖があるからだ。

祥子はいったん自室に上がってハーフコートをクローゼットにかけ、深いため息をついた。そして、父が出てこない間に脱衣所の洗面台で顔を洗ってしまおうとしたとき、異変に気づいた。

脱衣所と引き戸一枚隔てた向こうは、祥子が入ってきたときからずっと、まったくの無音だった。しかもよく見れば、緑色がかった曇りガラスを透かして、床になにか巨大なものが横たわっているのが窺える。

「お父さん！」

祥子は思わず叫んで、ノックもなしに引き戸を開いた。全裸の父が、タイルの床が形作る長方形に無骨な対角線を描くような姿勢で、あおむけに伸びている。横ざまに倒れたプラスチックの椅子。濡《ぬ》れた床に力なく押しつけられた頭部と、ぽっかり開いた口。

死んでいる、と思った。そうとしか見えなかった。なぜそうなったのか原因を考える前に、これからどうやって暮らしていけばいいのか、店はだれかに売るべきなのか、大学にはもう行けなくなるのか、父の預金通帳や届出印の場所がわかるだろうか、といったことをでたらめな順序で考えた。気が動転しているせいで、かえって異常なスピードで頭が回転するのだ。

やがてそのうつろな口から小さい鼾《いびき》が洩れ、それにつれて、歳《とし》のわりに無駄な脂肪をあまりつけていない腹部がゆっくりと上下していることに気づいた。

祥子はタイツが濡れるのもかまわず脇にしゃがみこみ、お父さん、と何度も呼びながら裸の肩をつかんで揺らした。それから、鼾をかくのは脳卒中ではなかったかと思い、その場合は頭を揺らしてはいけなかったのではないかと考えた。しかし、それにしては鼾の音が控えめなような気がする。しかも、ときどきむにゃむにゃと口を動かしてさえいる。

息が焼酎《しょうちゅう》臭い。頭から何リットル分もの焼酎シャワーを浴びたかのような強烈な臭《にお》いだ。

「なんだ、祥子、今日、大学じゃなかったのか?」

突然、頭部が動いて、開いたままだった口がしゃべりはじめた。

「いいから、もう行きなさい。ダイオキシンとか、問題ないから。だいじょぶだいじょぶ。カツウラさんは、アレだけどな」

寝ぼけているらしく、意味不明のことを口走っている。目が開いているようには見えないが、そばにいるのが祥子だということだけはわかっているようだ。

「もう、何やってんの、お父さん。起きてよ!」

後ろから羽交い締めにするように引っ張り上げようとするが、びくともしない。不意に、見ないようにしていた黒ずんだくたくたの陰茎が視界に入る。父がそれを使って幾多の女たちと交わってきたことを一瞬生々しく想像してしまい、思わずバスタオルをぞんざいに放って腰のあたりを覆《おお》った。

「ちょっと、頭とか打ってないよね?」

「ん……ああ、肘《ひじ》……」

見ると、左肘に赤紫の斑点《はんてん》が浮かび上がっている。転倒してからけっこう時間が経《た》っているようだ。浴槽からの湯気も消えている。むしろ風邪をひいていはしないかとそっちが心配だったが、一応、頭を打った形跡がないかどうか、探ってみる。濡れて水増しされた髪の脂《あぶら》がべっとりと指につくのがなんとも不快だが、それ以上に、いつのまにか地肌が見えるほど毛が薄くなってしまっていることに気づいて、物悲しくなる。

歳を取ってもあまりおじさんっぽくならないシャレ者の父が、祥子はちょっと自慢だった。

ポロシャツの裾《すそ》をズボンにたくしこみ、でっぷりしたお腹をベルトで縛って、肉がつきすぎているせいでうまく閉じない腿《もも》をだらしなく広げて座るような近所の商店主たち。日曜の夜に駅前の「つぼ八」に集い、下品な大声でつまらない冗談を言い交わしている彼らとは、父はあきらかに一線を画していた。

それが今では、酒に呑《の》まれ、打ちしおれて、へらへらと笑いながら娘の前で恥ずかしげもなく陰茎をさらしている。みっともなくて、なさけなくて、あわれすぎる。

「さあ、立ってよ。風邪引いちゃうよ」

「うん、わかった」

次第に状況が理解できてきたのか、父は意外にあっさりと自分の足で立ち上がり、たたらを踏みながらも下着とパジャマを身につけた。祥子が蒲団《ふとん》をしいてやろうとして寝室に入ると、寝床はすでに完璧《かんぺき》にセットされている。入浴前に軽く寝酒を呷《あお》るつもりが、度を越してしまったのか。

父は倒れ込むように蒲団に潜り込むと、悪かったな、とひとことだけ言って、すぐに規則的な鼾をかきはじめた。自室に戻る前にキッチンを見やると、底に一合分ほど残した「いいちこ」の一升瓶が、蓋《ふた》も締めないまま放置されていた。

あらためて洗面台に向かい、顔を洗って、すっかり冷めてしまっている浴槽の湯を沸かしなおしながら自室に引き上げた祥子は、まだ望月が店の前に佇《たたず》んでいるような気がして、背筋を震わせた。

東向きの窓を覆う萌葱色《もえぎいろ》のカーテンをめくって見下ろせば、商店街の通りが見える。そこにもう望月がいないことを確認したかった。しかし、もしまだいたら、どうすればいいのか。あの雪の夜に見たように、外灯の下で石像のように直立不動の姿勢を取る望月の姿が、もしそこにあったとしたら？　迷ったあげく通りは見ないことに決めて、父の救出劇で足の裏と膝の部分が不快に湿ったままのタイツを脱ぎ捨て、そのままベッドに無造作に横たわった。

急場しのぎで、「電話します」と望月に約束してしまったことを悔やみはじめた瞬間、ベッドの上にぞんざいに放ったままだったバッグの中で、ＰＨＳが震えた。常時マナーモードにしているが、静かな中ではかえってその震動音が暴力的に響きわたる。ぎょっとして身を起こし、少し迷ってからそれを取り出すと、祥子自身が登録した「望月さん」の文字が、ディスプレイに表示されている。

祥子は通話ボタンを押さないまま、息を詰めてそれを見守った。ＰＨＳは、ほぼ一秒間隔で十回震えてから、完全に沈黙した。

ガラス越しにおだやかな朝の陽射《ひざ》しを浴びると、心が洗われたような気分になる。夜の思考と昼の思考は違うのだ。眩《まぶ》しい陽の光のもとでは、すべてが取るに足らないことに思われてくる。一夜明けてみれば、昨夜の自分のふるまいは一種の過剰反応だったのではないかという気がしてくる。

「あ、望月です。今、車の中。もうちょっとで家に着くとこなんだけど、さっきは……あの、なんかもし誤解されてたら嫌だなと思って。あの、根詰めて絵描いてるとね、どうしても、今すぐに解決したいっていうかね、あるんだよね、そういうときが。頭がオーバーヒートしちゃうんだよね。それで……でも、もし迷惑だったんなら謝る。

……ごめんなさい。それだけ。……じゃあ」
ＰＨＳにはそのメッセージだけが残されていて、その後着信した形跡もなかった。
この言葉どおりなのかもしれない。約束もなく、本人から教えられたわけでもない
自宅の前で帰りを待ち伏せるなんて非常識だが、ただ単に彼が「ちょっと非常識な
人」であるというだけのことなのかもしれない。
そう思い直した祥子だったが、照れくさそうに寝室から出てきた父の「証言」によ
って、それもあっけなく覆《くつがえ》された。
「いやぁ、昨夜《ゆうべ》は、ほんとに迷惑かけたな」
父はそう言いながらダイニングの椅子《いす》に腰かけ、いつも以上にひどい寝癖のついた
脂っぽい頭をバリバリとかいた。
「ほんとだよ。一瞬、死んでるのかと思ってうろたえちゃったよ。でも、覚えてる
の？」
「まあ……だいたいな」
そうすると、娘の目に陰部をさらしたことも覚えているのだろうか。伸び切った瀕《ひん》
死《し》の亀《かめ》の首みたいだったそれを思い出すまいとして、祥子はあえて詳細には触れない
ことにした。

「もう、ほんとに気をつけてよね。飲み過ぎだよ、最近、お酒」

「うん、ちょっと、昨夜はな。それより祥子、昨日はあんなだったから言いそびれてたんだけど、大学のだれかがおまえを訪ねて来てたぞ。男で、モチヅキ、とか言ったかな」

その点にまで頭が回っていなかった。家の前まで来たのなら、まずは呼び鈴を押したと考える方が順当ではないか。不在とわかっていたからこそ、ああして待っていたのだ。

「ああ……結局、帰り際《ぎわ》に会えたから」

待ち伏せされていたことはなんとなく言わない方がいいような気がしてそれだけ言うと、父は怪訝《けげん》そうな顔をしている。

「いや、来たのは夕方だよ、六時かそこらだったと思うけど」

「六時？」

「ああ。店の方に入ってきてな。最初、お客さんかと思ったんだけど。出かけてるって言ったら、わかりました、じゃあいいですって」

祥子が帰宅したのは、十時より前ではなかったはずだ。だったら、四時間？　四時間もの間、ただ家の近辺で待っていたというのか？

やはり、どう考えても常軌を逸している。

もし、どうしても昨日のうちに祥子に会いたかったのなら、家にいないとわかった時点でPHSに電話するなり何なりほかの手が打てたはずだ。ライブの間の小一時間以外は電源も入れていたが、望月からの着信履歴は、その時間帯にはなかった。いつ帰るとも知れない相手をただ愚直に待つという行動の意味が、理解できない。

その日祥子は、いくつかの講義を受けながら半日考えた結果、とにかくすでにしてしまった約束だけは守ることにした。最低、あと一度だけは会おう。その後のことはわからない。望月のストーカーじみたふるまいも今回限りかもしれない。遠くない将来完成するのであろう絵にはまだ興味があったし、少し距離を置いて様子を見るつもりだった。

昼休みに、PHSから望月に電話をした。返事を急いだのは、間を置くとまた向こうからかかってきてしまうような気がして、そうすると自分はそれに出たくないと思ってしまいそうだったからだ。コール一回で望月本人が出て、「あ、もしもし？」とまるで自分からかけた電話であるかのように応じた。

待ち合わせ場所には、大学からいくらも離れていない「柊《ひいらぎ》」という喫茶店を指定した。コーヒー一杯で七百円取る、少し格の高い「喫茶店」だ。スターバックスのような「カフェ」を避けたのは、そこだとゼクス・ザイテンのだれかに会ってしまいそうだったから。たまたま休講になった講義の合間、一時間ほどの約束だった。祥子が十分ほど早く「柊」に着いた時点で、望月はすでに窓際の席でタバコをくゆらせていた。

どうやら好んで着用するものらしいベルベット地のタートルネックに、コーデュロイの細身のパンツ。色合いはどちらも落ち着いた暗色系だ。サンルーフから降り注ぐ昼下がりの柔らかな陽射しが、その針金のような前髪を輝かせ、ややうつむいた顔に鋭角的な影を刻んでいる。

絵になる姿だ、とあらためて祥子は感嘆し、ゼクス・ザイテンの女子部員たちが「モッチー様」と騒ぎ立てるのも無理はない、と思った。ただそれは、あくまで突き放したところから容貌《ようぼう》だけを客観的に見た上での醒《さ》めた感想だ。ちょっと前まで彼に対して抱いていた恋情に近い気持ちは、自分でもいささか不当ではないかと思うほど、今やきれいに拭《ぬぐ》い去られていた。

「やあ、来たね」

望月はそう言って、自分の隣の椅子を指し示した。ダリが描く時計のような形をした広いテーブルで、まわりを飛び飛びに椅子が取り囲んでいる。混み合う時間帯にはこのテーブルも何組もの客でいっぱいになるが、今は二人に貸切の状態だ。テーブルの中央に聳《そび》える観葉植物の葉を透かして、反対側の奥の方に教授や院生風の客が散り散りに腰かけているのが見える。飲み物の単価が高いため、学部学生はほとんど寄りつかない。

こうして明るい陽射しの中で見れば、望月はどこをどう取ってもまっとうな人間に見えた。家の前で待ち伏せしていたという記憶自体が自分の錯覚だったのではないかと一瞬疑ったほどだ。当たり障《さわ》りのない話題が穏やかに続き、祥子は、まるでもっともらしく無実を主張する被疑者の弁説に、信じていいものかどうか迷いながら耳を傾けている雑誌記者のような心境になる。

そんな中で、不意に望月が、どこか恍惚《こうこつ》とした表情になって呟《つぶや》いた。

「それにしても、俺はさあ、今回、すごくいいことを学んだ気がするんだ」

「何ですか？」

「いや、知らなかったんだよね、女性の裸があんなに美しいものだったなんて。この世界にこれほど美しいものがほかにあるだろうかって思った」

そう言って望月は、脳裏に再現されているのであろう祥子の裸体と重ね合わせるような目で、目の前の祥子を眺めた。ユニクロで買った二千円もしないフリースに穿《は》き古したジーンズという、わざとらしいほど気の抜けた出《い》で立《た》ちが、その視線によって残らず剝《は》ぎ取られたような気がした。

猥褻《わいせつ》な目つきではないし、誉められてもいるのに、少しも嬉《うれ》しくなく、むしろ背筋に悪寒《おかん》が走る。自分の体が「美しい」なんて言葉で形容されるのが、気色悪くさえ感じられた。

「大げさですね、もっとほかにいくらでもあるんじゃないですか、美しいものなんて?」

「いや、あれはね、特別だよ。神のあらゆる創造の中で……」

「それで、絵の方はどうです?　これで仕上げられそうですか?」

祥子は強引に話題を逸《そ》らしてカプチーノのカップに手を伸ばしたが、もう、底に残ったベージュ色の泡が上唇にまとわりつくだけだ。

「う〜ん……」

望月は腕を組んでしかつめらしくもう一度祥子の全身に目を遣《や》った。

「俺はね、完璧なものを描きたいんだよ。君の裸体の美しさを、完璧にトレースしたいんだ。俺が目指すのは完璧さなんだよ」

祥子は唇に残る甘ったるい泡を苛立《いらだ》たしく舌で舐《な》め取りながら、完成した絵に対する興味そのものが、自分の中で急速に薄れていくのを感じていた。ヌードを描いてくれとこの男に迫ったのは、本当に自分だったのだろうか？　裸になってこの男の爬虫《はちゅう》類《るい》めいた目に見つめられている間に感じた気持ちの昂《たかぶ》りは、いったい何だったのだろう？

8

疲れきっていた。ノイローゼにならない方が不思議だったし、事実すでになってい るのかもしれない。食欲は減退し、夜もあまり眠れない。ＰＨＳの番号も変えてしまったが、そのことを友人や知り合いに連絡する気力も持てないまま放置している。

講義やゼミに出て、アルバイトやハンガリー語のレッスンに精を出している間だけ、気が紛れる。しかし何であれその終わりの時間が近づいてくると憂鬱《ゆううつ》になる。移動中は鬼門だ。どの物陰に望月が潜んでいるかわからない。実際にそれとわかる形で待ち伏せをされたのは数えるほどだったが、つけまわされているという恐怖を感じるには、二回同じことがあれば十分だ。

絵がどうしても完成させられない、と訴えられたこともあるし、未完成だが一度見にきてほしい、と迫られたこともある。見たところ思いつめた様子でもなく、そうするのが当然だろうとでも言わんばかりの顔で待ち伏せているのが薄気味悪く、恐ろしい。その都度、かろうじて浮かべた笑顔で「今は忙しいから」とあしらっていると、昼夜問わずＰＨＳに電話がかかってくる。

最初の二、三回はしかたなく出たが、度重なるとそれ自体が恐怖になってくる。バッグの中でＰＨＳが振動するたびに、びくりと身を竦《すく》ませてしまう。出るのをやめてもかかりつづけ、何件もメッセージが入っている。着信拒否で狙《ねら》い撃ちするのも露骨な気がして番号そのものを変えると、電話が通じなかったから、と言ってまた現れる。

「もう、ほんとにやめてください、こういうの！　負担なんですよ、こうやって、約束もしてないのに待たれてるのって。迷惑なんです、はっきり言って。家の前とか、ほんとに困るんです。絵のことも……私はもういいですから」

カラオケルームでのアルバイトを終えて夜中に帰ってきたとき、またしてもファッションビルの暗がりから出てきた望月に、祥子はついに怒鳴りつけた。ひるんだ望月は、その後自宅の近辺にはさすがに出没しなくなったが、今度は「誤解されている」と言い張り、先週、長い手紙を送りつけてきた。今どきパソコンも使わず、偏執的に粒を揃《そろ》えた手書き文字で便箋《びんせん》何枚にもわたって書かれたそれを読む気にはとてもなれず、返事もせずにいた。

建物から外に出るのが怖い。いつしか祥子は、まるで警察から追われている犯罪者のように、戸外に出る前に周囲の様子を窺《うかが》う癖がついてしまっていた。なるべくだれかと行動を共にしようと思うが、女同士でツルむのをうっとうしがって避けてきたことがあだになり、いざとなるとその相手をほとんど思い浮かべられない。

アルバイトも何もない日だった。まっすぐ帰れば、少なくとも暗くならないうちに家に辿《たど》り着ける。しかし、家に帰るのも気が進まなかった。

父が、どこかから借金をしている。

ここのところ、受話器を手で覆《おお》うようにして耳に押し当て、だれかと不明瞭《ふめいりょう》な声で長々と話し込んでいる姿をよく見かけていた。来客だから頼む、と突然店番を祥子に頼み、自分は奥の部屋でだれかと話していることもあった。

「奥さんですか？　ああ、お嬢さんですか。私、カツウラと申しますけどね、お父さんは、いらっしゃらない、ああそうですか。いえね、お嬢さんを疑うわけじゃないんですけどね、お父さんときどき、いらっしゃるのにいらっしゃらないふりをなさることがあるもんだから」

そんな風に、不自然なほどもの柔らかな、しかし紙がこすれ合うような不快な声でしゃべる男からの電話を、直接取ったこともある。

　事情はあらかた察しがついていたが、祥子自身、望月のことで手一杯で、問題を直視したくなかった。しかし昨晩、音声ばかりがけたたましい深夜番組をつけっぱなしにして、そのくせ画面などろくに見ずに「いいちこ」をコップで呷《あお》っている父の背中を見ていたら、無性に腹立たしくなった。

「いくらなの？」

　前置きもなしにそう切り出したら、父は何がだと大儀そうに言いながら振り向きもせずに焼酎《しょうちゅう》を飲みつづけたが、借金、と祥子が続けると、ゴクリ、と喉《のど》を鳴らしたまま黙り込んだ。

「どこから借りてるの？　返せるあてはあるの？」

　父とテレビ画面の間に入り込むようにして正座した祥子が、ひとことずつ核心に迫りながらにじり寄ると、父は虚脱した顔でぼんやりと畳を見つめ、やがてふてくされたように呟いた。

「八十万。とりあえず、八十万だ」

「とりあえず？」

「今週末までに、とりあえず八十万必要ってことだ。それで急場はしのげる。後はどうにかなる。今、友達連中にかけあってるところだ。……なんとかなる」

父の声は、ろれつも回っていなかった。

「なんとかならなかったら？」

父はそれには答えず、唇を伸ばして吸いつくようにしながらコップの中の焼酎を啜《すす》った。卑《いや》しい飲み方だ。こんな飲み方を、以前の父なら決してしなかった。

祥子はため息をひとつついて、自室に引き上げた。借金の総額がいくらなのか、訊《き》き出す勇気がなかった。これ以上、何も抱え込めそうになかった。

大学も、やめなければならなくなるかもしれない。この家に住みつづけることはできるのだろうか。それよりも何よりも、「とりあえず」の八十万だ。「今週末」というのが土曜日を指すのだとしても、あと三日しかない。いったいどうするつもりなのか。そこはどうにかやり過ごせたとしても、その後どうなるのか。

考えて答えが出るものでもないのに、気がつくとそのことを考えている。祥子はくりかえし襲ってくるその出口の見えない考えを頭から振り払うようにして、学食から中庭に出ていった。

そのまままっすぐ進んで時計台の下をくぐり、正門に向かうと、両側に一本ずつ植えられたヒマラヤ杉の巨木が、もう色とりどりの電飾を灯している。祥子はそれを見て初めて、クリスマスが近いことを知った。通りからも観賞できるこのイルミネーシヨンは名物で、この大学の学生ではない若いカップルがわざわざ観《み》に来ることもある。

しかし今の祥子には、クリスマスなどまるで人ごとだった。

目下の問題は、ここから駅に着くまでの間のどこかに潜んでいるかもしれない望月をどうかわすか。裏道らしい裏道もない。逆にそういう道は、学生にはおなじみのルートだから、かえって危険でさえある。遠回りをしようかと思って正門を出たところで、後ろから肩を叩《たた》かれた。

反射的に三歩分も跳びすさり、歩道を走ってきた自転車と衝突しそうになる。

「危ない危ない！」

そう言いながら腕を摑《つか》んで引き寄せる人間が、望月ではなかったことにかえって驚いてしまう。

「なんだ、吉永さんですか」

「そんな驚かなくてもいいじゃん」

吉永が能天気な顔で祥子を見つめながら、頭を振って前髪を払う仕種《しぐさ》を二、三度繰り返した。ほとんど癖になっている動作だ。ヴィジュアル系バンドのメンバー風に伸ばした前髪が、目を通り越して鼻の上までかかっているのだ。

「もう、やめてくださいよ、後ろから肩叩いたりするの。嫌いなんですよ、こわいんです！」

「いや……呼んだんだけどさ、都築って、最初。気づかなかったから。悪い、そんなびっくりするとは思わなかったんだよ」

吉永は気圧《けお》されたように口ごもり、突然叱《しか》られて傷ついたときの仔猫《こねこ》のような顔になっている。祥子自身、ヒステリックに怒鳴りつけてしまったことは不当だったとすぐに思い直して、髪をかき上げながらごめんなさいと謝った。

「最近、部室に全然来ないよね。前からあんまり来ないけど」

「ああ、ちょっと……。もうゼクスやめようかなって思ってて」

「なんで？　原因は望月先輩？」

祥子は驚いて、無言のまま吉永の顔をまじまじと見つめ返した。その沈黙が、もっともらしい間《ま》になってしまう。

「いやさ、望月先輩、このごろしょっちゅう部室来て都築のこと探してるみたいだけど、あきらかに変なんだよね、態度が。なんか、つきまとわれたりしてんのかなって思って……」

この男は気づいている。呑気《のんき》に気ままに日々を過ごしているだけのように見えるこの男が、祥子の陥っている事態を正確に見抜いている。それを知った瞬間、祥子の中でなにかがプッンと音を立てて切れた。

「吉永さん」

吉永は「ん？」と言うような表情を浮かべた顔を、頭ひとつ分ほども低い祥子の顔に近づけた。

「これから、飲みに行きません？ 前にそういう約束、しましたよね。元気なときにって。今の私、ぜんぜん元気じゃないですけど、それでもよかったら」

「おう、ぜんぜんいいよ、全部話しちゃってよ。俺、全部聞くから」


それから後のことは、あまりよく覚えていない。駅の反対側にある、吉永いわく「いい店」に連れていかれて、帷《とばり》を垂らして個室風にあつらえてあるカップル仕様の席に横並びに座った。無国籍風の創作料理をつまみながらピンク色のオリジナルカクテルをたてつづけに三杯飲んだあたりから、記憶が怪しくなる。

祥子はとりたててアルコールに弱い方ではないが、連日の睡眠不足と最悪の精神状態が酔いを加速させていた。かなり口汚く望月のことを罵《ののし》ってしまったような気がする。自分に気があるとわかっている吉永相手にそれをすることのいやらしさを心のどこかで意識しながら、吉永がシートの背に回した手をときどき肩の方に伸ばしてきても、好きにさせていた。

そして気がつくと、吉永の部屋にいた。浴室から水の流れる音がして、それを聞いているうちにしらじらと酔いが引いていく。長崎から上京して一人暮らしをしている学生にしては、広々としたアパートだ。十畳はあるかと思われるフローリングの部屋の隅にセミダブルのベッドがあって、祥子はそこに丸くなって寝ていた。服は着たままだが、コートはちゃんとハンガーにかけてドア枠のところに吊《つ》ってある。

壁にジミ・ヘンドリクスの大きなポスターが貼《は》ってあるのが目に止まる。この人はなぜ軽音楽部ではなくてクラシックギター部にいるのだろうと思うとおかしかった。

やがて吉永が濡《ぬ》れた髪から雫《しずく》を垂らしながらスウェット姿で現れ、なにか飲みたくないか、寒くはないかとかいがいしくホスト役を務めようとした。祥子はただ、自分もシャワーを使わせてほしいとだけ言って、浴室を借りた。

酔いはもうあらかた醒《さ》めていたが、浴室を出た後に繰り広げられるであろうなりゆきのことを考えても、不思議に抵抗はなかった。吉永は優しく、それだけでも条件は十分に満たされているような気がした。こんなものなのだ、こんななりゆきの方がいいのだ、と思っていた。その気持ちにどこか投げやりなものが含まれていることに、祥子は気づかないふりをした。

吉永は祥子を貴金属のようにていねいに扱った。鼻息荒くのしかかってきたりは決してせず、体中にキスして、そこが十分に湿るまで待った。右手の中指がためらいがちに入口をまさぐり、やがて一気に付け根のところまで入ってきた。自分のその部分がなぜそれほどまでに濡れているのかわからず、体のどこかが壊れてしまったような気がした。こんなにやすやすと他人の指が入るのに、自分は本当に処女なのだろうか。一瞬、そんなことを本気で考えた。

初めてなのだということをわざわざ言いはしなかったが、吉永はそれがわかっているかのように慎重に入ってきた。指とは、やはり違う。裂かれるような痛みに顔が歪《ゆが》み、吉永の裸の肩に思わず爪《つめ》を立ててしまう。気が遠くなるような快感の芯《しん》に鋭い痛みがあり、吉永の律動に応じてその二つが目まぐるしく入れ替わる。そんな感じだった。

「痛いよね、今日はもうやめよう」

そう言って吉永は、射精まで至らずに途中でやめた。しかし、祥子の中から引き抜いた瞬間にも、その後も、それは痛ましいまでに張りつめていた。祥子は勃起《ぼっき》したままのそれをいやらしいと思い、可愛《かわ》いらしいと思った。手で続きをやって、射精させてやりたかった。しかし吉永はなぜか「それは悪い」と言って遠慮し、ただ祥子の隣に横たわって優しく肩を抱いてきた。吉永の肌はすべすべしていて温かく、祥子は満たされた気持ちになった。

　やがて吉永はそっとベッドから降り、トイレに入ってしばらく出てこなかった。鎮《しず》まらないそれを、自分の手で処理してきたのかもしれなかった。祥子は寝たふりをしていたが、いつしか本当の眠りに落ちていった。

　朝方目覚めたとき、吉永はまだ隣で胎児のように体を丸めて眠っていた。長い睫毛《まつげ》の生えた瞼《まぶた》を堅く閉じ、口を半開きにしているさまは、少年のようだ。そのくせ茶褐色の乳首から、一本のちぢれた毛が、なにかの間違いのように伸びている。それを抜いてやりたくなる衝動を抑えて、祥子はそっとベッドから降り、身を切るような冷気に鳥肌を立てながら手早く服を身につけた。

　無断外泊というやつを初めてやってしまった。祥子はその事実に思い至り、心配した父からPHSに着信があったのではないかとバッグをまさぐりはじめたが、考えてみたら父にさえ、新しい番号を教えていなかったことに気づいた。

　カーテンの隙間《すきま》から差し込む朝の光のおかげで、部屋の中が取り散らかっている様子が、夜よりもつぶさに観察できた。隅の方に追いやられた衣服の山、束ねて丸めたままの古い弦、床に直接置いてあるミニコンポの脇《わき》に現代美術のように積み上げられたCDケース。愛用のアランフェスのギターだけは恭《うやうや》しくスタンドに立てかけてあるが、そのすぐ脇には、あまり清潔そうには見えない毛布がつくねられている。

その毛布の、どこか不自然な盛り上がり方がふと気にかかった。ちょうど、下に小さな子供の死体でも隠されていそうな感じだ。その不穏な想像を打ち消したいばかりに、祥子はそこに歩み寄ってこわごわと毛布をめくり上げ、そして息を飲んだ。

ケネス・ヒル。

どう見ても、ゼクス・ザイテンの部室から「盗難」にあったそれと同じものにしか見えない。手に取ってみると、側板にある三センチほどの傷にも、見覚えがある。だれかそこつな部員が不注意でつけてしまったものだ。それは間違いなく、望月が部室に置きっぱなしにしていたケネス・ヒルそのものだった。

祥子は一瞬、なぜそれがそこにあるのかまったく理解できず、いたずらに推測の網を広げていったが、やがて最も単純な説明に行き着いた。

吉永だったのだ。吉永が部室から盗んだのだ。

どうして誰も、内部の犯行かもしれないと考えてみなかったのだろう。あるいは天沼あたりはうすうす勘ぐっていたのかもしれない。ただ、そんな風に内輪を疑うことで雰囲気が悪くなることを恐れ、その可能性に気づいていないふりをしていただけなのかもしれない。あの腰抜けの天沼ならありそうなことだ。

ただ、盗難があったのは鍵《かぎ》の隠し場所を変えた直後で、しかもそれを知らなかった祥子がたまたま鍵を隠す役目を負ったその晩のことだ。それが偶然であるとは思えなかった。祥子以外の人間なら変更後の「正しい」場所に隠しただろうし、その鍵を使って盗みを働いたりしたら内部の犯行だと自ら明かしているようなものではないか。

部外者の犯行と思わせるために、隠し場所の変更を知らない部員のだれかがたまたま最後になるタイミングを見計らっていたのだろうか。最悪の場合、その鍵をしまった張本人が疑われるかもしれなかったのに？

祥子は軽いめまいを感じて、ケネス・ヒルから手を離した。その拍子に開放弦が小さく鳴り、その音で目覚めたらしい吉永が、あっ、と言いながら転げ落ちるようにベッドから出てきた。

「いや、それはさあ……ちょっと、何て言うの？　悪ふざけって言うかね」

吉永は寝ぐせのついた髪をかきむしりながら、しどろもどろに弁解した。

「まあ、出来心みたいなもん？　いや、あんな、警察呼ぶほどの騒ぎになると思わなくてさぁ。いや、別に必ずしもそれが欲しかったってわけじゃないんだよ、喉から手が出るほど欲しかったってわけじゃね。ただ、昨日も言ったけど、俺は望月先輩が嫌いでさ……」

「で、私が呼び出されて、結局望月さんのとこに天沼さんと……って結局あの人は途中で逃げたけど、とにかく望月さんのとこに謝りに行かされるのを、黙って見てたわけですね」

「いや……ほんと、それは悪かったって思ってる。都築に迷惑かかるなんて思ってなかったんだ。鍵の場所が変わる前からなんとなくいつか盗んでやろうとか思っててさ、でもあの日の夜、部室行ったら、鍵が見つかんなくて、探したら元のまま、ソファの裏に入れてあって、ああ、だれかがうっかり場所変わったこと忘れてここに入れてったんだなって思って、あ、ラッキー、みたいな……」

　怒ってもよかったはずなのに、祥子は知らず知らずのうちに声を立てて笑いはじめていた。怒る前にあきれてしまい、そうなるとなんだか無性におかしくて、笑いを止めることができなかった。いまいましいケネス・ヒル。これがなければ望月と近づくこともなかったはずなのに。そのケネス・ヒルが、なぜか今ここにある。その事実が、ひどくおかしい。

「でもこれ、吉永さん、盗んだ後どうするつもりだったんですか？　少なくともゼクスの人の前じゃ絶対弾けないですよね？」

祥子が笑いながらそう言うと、吉永はようやく勇気を得たように笑顔を浮かべた。

「そうなんだよね。だから、折を見ていっそ売っ払っちまおうかと思ってたんだけど」

「売っ払う……？」

祥子の頭に突如、名案がひらめいた。どうしてこんな簡単なことに今まで気づかなかったのかと歯がみする思いだった。吉永は非難されたと思ったのか、金が欲しいわけじゃない、などと取り繕いはじめていたが、祥子は勢いよく立ち上がりながらそれを遮った。

「それ、名案ですよ、吉永さん！　売っ払っちゃいましょうよ、今すぐ！」

「え？」

「どこかいい中古屋さんとか、知りませんか？　私にも〝売っ払〟いたいものがあるんです。百万くらいにはなるはずなんです！」

9

望月からなかばむりやり贈呈されたポール・フィッシャーは、八十五万で売れた。

思ったより安くなってしまったのは、即金で払うという条件を飲ませた代償だ。どうしても今日中にお金が必要なのだと言い募る二十歳の娘と、その一歩後ろに遠慮がちに控える同年代の若者を、お茶の水の楽器商はうさんくさげに眺めまわしたが、最後にはわかったとうなずいて、従業員の一人を近くの銀行に走らせた。

吉永が盗んだケネス・ヒルは、最初の店では手持ちの不足を理由に断られ、続く二つの店でも、側板についた傷が目立つという理由で引き取りを拒否された。四軒目の、見るからにやる気のなさそうな店主が一人で経営する小さな中古楽器店でようやく売れたが、八万にしかならなかった。それでも濡れ手に粟《あわ》だと言って吉永はほくほくしていた。

吉永は、ほぼ一日の間不平ひとつ言わず、女王に付き従う忠実な従者のように、言われるがままに祥子について回った。祥子がなぜそうまでして望月から譲渡されたギターを即刻換金することにこだわるのか、その理由を詮索《せんさく》することもなかった。ただ少し気後れした様子で、次に祥子が何を命ずるのかと待機していただけだ。

祥子にとっては、「望月除《よ》け」の護符でもあった。家の前までついて来させ、ポール・フィッシャーを持ってくる間も外に待たせていた。

祥子は店舗に立つ父に一瞬だけ姿を見せ、父がなにか言う暇《いとま》を与えずに「また行ってくる」とだけ言い残して、吉永とともに都心にトンボ帰りした。そして、夕方遅く、吉永と別れて再び帰宅したときには、八十五枚の一万円札を手にしていた。

「お父さん、これ使って」

店じまいをして戻ってきた父に、祥子は封筒に入れたそれをやぶから棒に手渡した。

「言ったよね、八十万あればとりあえずなんとかなるって？」

中身を見た父は、札束と祥子の顔を交互に何度も見比べながら、震える声で言った。

「おまえ、ゆうべ帰ってこなかったけど、まさか……この金、まさか……」

「ちょっと、なにバカなこと想像してんの？　第一、仮にそうだったとしてもひと晩でそんなに稼げるわけないでしょ？」

父の安心のために、祥子は高価なギターを望月に譲られたいきさつを包み隠さず打ち明け、しかしそれがもう「いらなくなった」のでお金に換えたのだと根気強く説明した。父は必ずしも納得したようには見えなかったが、背に腹は替えられない状況だけに、それ以上深く追及はせず、ていねいに札束の枚数を数えはじめた。そして、四枚だけそこから抜き取って祥子に返し、これで足りる、と呟《つぶや》いた。「八十万」というのは、ほんの少し割り引いた額だったわけだ。

「すまん、娘のおまえにこんな世話かけて、ほんとにすまん。でもこれはあくまで、借りだから。必ず返すから」

「いいって。どうせ自分で稼いだお金でもないし」

「返すから。しばらくだけ貸しといてくれ。今度、必ず返すから」

父は祥子の債権放棄宣言を無視して、うわごとのようにそれを言いつづけた。そう言いつづけることが、今の父にとっては最後の支えになっているのだと思って、祥子はただ、わかったと言ってうなずいた。おかげで初めての無断外泊のことは、なんとなくうやむやになった。

「後はどうにかなる」という父の言葉に嘘《うそ》はなかったようで、年明けからは不穏な訪問者の影が消え、父自身の飲酒量もたしなむ程度に戻った。

一度、「イサワさん」だと言って、五十の坂はとうに越えているだろう大柄な女性を紹介された。化粧気もなく、着古したアノラックを無造作に羽織っただけの野暮ったい風体だが、父の口ぶりからすると、それが新しい「融資元」らしかった。筋張った腕に巻かれた時計だけが不釣り合いに優美な見かけで、後に女性用のロレックスだとわかった。

「イサワさん」がどこの篤志家《とくしか》で、どんないきさつで父のちっぽけな薬局に「融資」

することになったのか、祥子はあえて問い質《ただ》さなかった。もともと店の経営についてそ娘に多くを語るタイプではなかったし、今回のことに関しては、訊《き》いてほしくなさそうな雰囲気がいつも以上に強く感じられたからだ。

この新しい「融資元」の助言によるものなのか、商品のラインナップや陳列の仕方などがドラッグストア風に変わり、安売りの栄養ドリンクが店頭の一番目立つところに置かれるようになった。そうした小手先の努力が売り上げアップにどれだけ貢献しているかは怪しかったが、ともかくも借金に追われる状態から抜け出せたのならそれに越したことはないと祥子は思っていた。

三月ぐらいからは、借りている八十一万円を、毎月二万、三万ずつでも返していくつもりだと宣言した。返す必要はないと言っても聞かないので、祥子は銀行に口座をひとつ余分に開き、月々返されるお金をそこにストックしていくことにした。いずれ学費の足しにでもしてもらおうと思っていたが、驚いたことに父は、祥子の学費に充《あ》てる分の貯金だけは手つかずのまま守り通していた。

吉永とはその後、年明けの後期試験を挟む形で、二度寝た。一度はクリスマス・イブの晩だったが、吉永がそこに見出《みいだ》しているであろうほど大きな意味を、祥子は感じることができなかった。誘われて、その日ほかに予定もなかったから応じたのに近かった。

もっとも、イブの晩を榛菜と二人で不毛に過ごさなくてよくなった点だけは、心底ありがたいと思った。クリスマス休暇中はアンディがフロリダの家族のもとに帰ってしまうので、もし予定がほかになかったら二人で遊ばないかと声をかけられていたのだ。祥子にほかに予定がないと決めてかかっている口調が癪《しゃく》だったし、そうでなくとも榛菜と向かい合ってクリスマスのディナーを楽しむ気分からはほど遠かったので、「予定」を口にできることは胸のすく思いだった。

「彼氏、できたんだ？　どんな人？」

榛菜は予想どおり好奇心もあらわに訊いてきたが、祥子は「つきあうかどうかまだわからない」とあいまいに濁しておいた。そして結局、二人が「つきあっている」状態になることはなかった。

吉永はやさしかったし、見てくれも悪くなかった。それに、彼と行動をともにしていれば、望月を遠ざけておくこともできた。ただ、祥子が吉永に対して抱く好意は、言ってみれば一種の共犯者意識のような思いに根ざしたものだった。

吉永の顔を見るたびに、ケネス・ヒルを盗んだのが彼であったという拍子抜けさせられるような舞台裏や、それぞれの方法で望月から奪取した高価なギターを二人で

「売っ払」ったいきさつなどを思い出して、吹き出しそうになってしまう。「最初の男」である自分にすべて任せてくれればいい。そう言わんばかりの吉永の態度がうっとうしく感じられるようになるまで、長くはかからなかった。

春休みに入ったのを機に、祥子は吉永にも距離を置くようになった。場数を踏んでいた吉永は、意外にあっさりと祥子の真意を汲《く》み、まもなく関係は自然消滅した。もともと異性関係の噂《うわさ》が絶えない男で、祥子と寝ているときでさえ、ほかに誰もいないという保証はなかった。

一方、ほんのいっときとは言え、そうしてしばしば吉永と連れ立って歩いていた姿を、望月はきっとどこかから見ていたに違いないと祥子は思っていた。そのことをどう捉《とら》えたかまではわからなかったが、望月からはその後、何の働きかけもなかった。吉永とそういうことになるちょっと前に長い手紙を送ってきたのが最後だ。

読まずに捨てるのもなにか恐ろしい気がして机の引き出しにそっとしまってあったそれを、ある晩、あらためて開いてみた。ざっと目を走らせると、いくつかのフレーズが目に止まった。

「俺にとっての美が何であるかが遂《つい》に分かった」

「美はここではない何処《どこ》かからやって来るもので、それは君を通じて具現されるのだ」

「写真を幾ら見ていてもオーラが伝わって来ない」

「真の美に到達しようとする俺のあがきを君は卑賤《ひせん》な欲望と取り違えている」

吐き気を催すような、心の底からうんざりさせられる気分だった。それは四年前のあの夏の晩、桜川の部屋で、祥子についてのみ書かれた日記を読んでしまったときの気持ちと、似通っていた。

ここに来て初めて祥子は、自分が同じ過《あやま》ちを繰り返してしまったらしいことを自覚した。

よく言えば純粋な、悪く言えば、なにか大事なものに対する免疫《めんえき》が絶望的に欠けている男たち。そういう男たちに、なぜ自分はくりかえし惹《ひ》かれてしまうのだろう。結局は、まさにその「純粋さ」に対する気後れや嫌悪《けんお》から、逃げるようにして身を引くことになるのに。

なんとなく、わかっている。彼らは、父の倒立像なのだ。女慣れした、如才ない、やさしいが軽薄な父とは対極の存在。しかしそのことを深く考えると、頭が痛くなりそうだった。結果としてやけくそのようにむしろ父に似たタイプである吉永と関係を持ってしまったという事実についても、あまり思いをめぐらせたくなかった。

祥子はため息をつき、五、六枚はあるかと思われる手書きの便箋《びんせん》の束を、丸ごと棒状によじってごみ箱に放り込んだ。

やがて四月が来た。新歓要員として駆り出される前に、天沼には電話でゼクス・ザイテン退部の意志を正式に伝えてあった。天沼は新入部員ハンターとしての祥子を失うことを惜しんだが、望月や吉永をめぐっていろいろとあったことはそれとなく察していたようで、新部長に伝えておくと短く応じただけだった。

家庭教師として通っていた用賀の家の女生徒は希望どおりの私立女子高に合格し、祥子は謝礼として五万円のボーナスを支給された。望月が雪の晩に外薗邸の裏で佇《たたず》んでいたのを目撃したあの用賀とも、これで縁が切れた。

スタンリー外語アカデミーでのハンガリー語講座は、三月で修了した初級コースに引き続き基礎コースを受講することにしたが、今回は榛菜もうまく曜日を合わせることができなかったようで、週一回、ともにパスタを食べる習慣はなくなった。

こうして身のまわりが着々と整理され、新しい生活のパターンに慣れてきた矢先に、その宅配便は届いた。

差出人は望月慎吾。外装になっている黒いビニールケースには見覚えがあった。六十センチ×四十センチはあろうかという大きなものだ。二人でビジネスホテルに入ったとき、望月がデッサンだけ取った紙のボードを収めたのと同じものだ。それに直接、配達票《ちようふ》が貼付してある。

五ヶ月の沈黙を挟んで届いたそれは無気味で、不吉なものが詰まった、開けてはいけないパンドラの匣《はこ》のように見えた。祥子は自分の部屋のカーペットの中央にそれを寝かせ、その前に跪《ひざまず》いた姿勢のまま、長いこと迷っていた。開けずにケースごと捨ててしまうこともできたし、いっそそうすべきなのではないかという思いもあった。しかしそのうち、迷っていること自体が面倒くさくなって、祥子は手荒にファスナーを半周させた。

緩衝材にくるまれたボードらしきものが出てきたが、手紙やメッセージの類《たぐい》は入っていなかった。几帳面《きちようめん》にセロハンテープで何箇所も留めてあるのを今やもどかしく思いながら中身を取り出した途端、祥子は言葉を失った。

都築祥子自身が、そこにいた。

ネコ科動物めいた姿勢でベッドに座り、強い光が差し込む窓の方に顔だけを向けた、全裸の祥子自身。産毛《うぶげ》の一本一本、肌の細胞ひとつひとつまで正確にトレースしたかのような細密な筆づかいの痕跡《こんせき》から、触覚さえもが刺激される生々しさが、匂《にお》い立つように湧《わ》き上がってくる。祥子自身よりもっと祥子らしい、なにか生命のようなものが、紙の繊維の中にたしかに息づいている。

こんなはずはない。望月は私の裸は見ても、その肌に触れたことはなかったはずだ。なのにこの絵にはなぜ、触感までもが塗り込められているのか。体中を望月の掌《てのひら》が這《は》いまわり、その長い指の腹が隅から隅まで検分しつくすように撫《な》でさすった気がした。望月本人の前で裸になったときよりも、もっと裸にされている気がした。

不可解なことに、それは嫌悪感ではなかった。

外薗しのぶがモデルとなったあの絵にやさしい色合いを添えていた素朴さのようなものと、この絵はおよそ無縁だ。かと言って、自動車を描いた一連のスーパーリアリズムの絵画とも、それはまた違っていた。この絵を描き上げることによって、望月慎吾はあきらかに、どこか新しい地平に到達していた。

そしてそれは間違いなく美しく、望月本人に味わわされた幾多の精神的苦痛を考慮に入れてもなお、感動的だった。祥子はそのことに戸惑い、ほとんど途方に暮れた。望月に描かれたときのあの昂《たかぶ》りが、再び体の中心から突き上げてくる気がして、祥子は慌《あわ》ててそれを緩衝材で覆《おお》いなおし、ケースに突っ込んだ。

その後、祥子が再びファスナーを開いてその絵を眺めることは、一度もなかった。

わざわざ見直さなくても、すべてが克明に瞼《まぶた》の裏に刻み込まれていたからだ。そしてまた、絵に心を動かされたからと言って、もう一度望月との関係を築きなおそうという気持ちになることもなかった。

押し入れの奥にそっとしまいこんだその絵は、誰にも見られることなく、そして捨て去られることもなく、いつまでもそこで息づきつづけた。

In Pluto　×月×日

今日、初めてナカグスクさんと口をきいた。

昼休みにお弁当を食べていたら、いつも一人なんですね、と言いながら近くのベンチに座った。熊《くま》みたいな体型で、ヒゲ面《づら》で、たぶん私よりいくつか歳上《としうえ》だと思うが、待遇はたしかアルバイトだ。遅刻が多くて、いつも主任に怒鳴られている。でも、仕事をしている間はとても熱心だ。

私の方から話すことは何もなかったが、それは別に相手が彼でなくても同じことだ。いても邪魔になる感じはなかったので、私は「はい」とだけ返事してほうっておいた。

栄養バランスの悪そうなコンビニの弁当をぼそぼそと食べている。豪快な体格のわりに、割りバシをていねいに使って、女の子みたいにちょっとずつ口に運んでいるのがなんだかおかしい。はじめから切り分けてあるカツを、割りバシの先でさらに細かく切り分けてから食べるのだ。それが気になって、その手さばきにしばらく見入ってしまった。

本当なら、ナカグスクという名前からして、沖縄の出身なんですか、などと話題を探して振ってみるべきだったのかもしれない。でも私は、長いこと誰とも口をきいていないから、そういうことを思いつけなくなっているのだ。後から、「こうすればよかったのかな」なんて思うこともあるが、なんだか面倒くさくてそれができない。

幸い彼は、私がろくに返事をしなくても、一人で勝手に喋《しゃべ》りつづけてくれた。小学校時代、「ツヅキ」という同じ苗字《みょうじ》の女の子がクラスにいたので、私を見るたびに、ああ、ツヅキさんなんだ、と思っていたという。彼はきっとその「ツヅキさん」のことが好きだったんだろうな、と思ったけれど、私は何も言わなかった。ナカグスクさんもすぐに、「関係ないですよね」と困ったように笑った。

私はちょっと彼が気の毒になって、そのヒゲはいつから生やしているのかと訊《き》いてみた。もともとはそういう趣味はなくて、芝居のためなのだという。今度の舞台で悪党の役を演じるので、それに合わせて伸ばしているところなのだそうだ。

割りバシでカツを小さく切り分けてちまちま食べるこの人が、どんな「悪党」を演じるのだろう？　私はちょっと興味を持って、どんなお芝居なのかと訊いてみた。彼は嬉《うれ》しそうにバッグからチラシを出して私に手渡し、よかったら観《み》にきてくださいと言った。

観に行ってみようかと思う。そういうのも、悪くないと思う。なにかに興味を持つのは、気持ちのいいことだ。そう思える自分がまだいたのだと思って、私はそれが不思議で、でもなんだか嬉しくて、一人でニヤニヤしてしまった。

ナカグスクさんには、きっと変な女だと思われただろう。それでもいい。今はそれでいい。

第三章　招待

1

「礼奈ちゃんはどう思う?」

「レナちゃんって誰?」

聞き返されてから桜川衛は、相手が礼奈でないことに気づいた。いや、礼奈でないことはわかっていたのだ。単純な言いまちがえだ。相手がこう頻繁に替わっていれば、間違えることもある。

「友達がね、いつも彼女連れててさ」

衛は、言いながら即興で続きを考えた。仕事柄、もうたいていのことでは動揺しない。動揺していても、相手にそれを悟らせないだけの技術は身についている。

「その彼女が、〝礼奈ちゃん〟って言うんだ。で、そいつ、いつもなんか言うたびに、彼女にも意見を求めるんだよ、〝礼奈ちゃんはどう思う？〟って。今、ふとそれを思い出してね」

苦しい言い訳だが、慌《あわ》てふためいて取り繕ったようには見せていない自信があった。礼奈ならぬ智美《ともみ》は、察するところがあったのかなかったのか、ただ「ふうん」とだけ言って、それ以上その話題を引っ張ろうとはしなかった。

石崎《いしざき》智美は衛と同じ虎《とら》ノ門《もん》支店の投資相談課、一方一《いち》ノ瀬《せ》礼奈は本社のエクイティ・マネジメント部、仮に接点があったとしても「レナ」という名前だけで相手を特定し、衛との関係を邪推するところまで頭は回らないだろう。ただ智美は、衛を「彼氏」か、少なくともそれに限りなく近い存在と見なしているようなそぶりを見せることがある。恋人が別にいて、衛とのことは遊びと割り切っている礼奈とは、そこが違う。

この業界での社内結婚率は高い。社自体がそれを奨励している。家庭に入る妻が社内事情に通じていた方が、転勤や残業や休日出勤について理解が得られやすいはずだという腹があるのだろう。社内のだれかと関係を持つ場合には、その点で注意が必要だった。実際、遊びのつもりで手をつけたのがいつのまにか逃げられなくなって、結婚に追い込まれた同期もいる。噂《うわさ》だが、「増資」つまり、「できちゃった婚」だったという。「増資で現引き」。信用取引の用語に引っかけたそんな言い回しが、バブル期の亡霊のようにいまだに同僚の口に上《のぼ》ることがある。

そういう種類のヘマはやらかさない。避妊は必ずするし、そのためにゴムのストックも必ず、日々持ち歩いているアタッシェケースに忍ばせてある。仕事用の資料や提案書と一緒に。特に、ラブホテルを嫌がる智美のような女が相手の場合、それは必需品となる。

腕時計を見ると、九時を回ったところだった。落ち合ってこのレストランバーに入ってから一時間半。あまり酒が入ると体が言うことを聞かなくなる。

「じゃあ、そろそろ移る？」

誰が相手でも、このひとことが符牒《ふちょう》として働く。むしろもっと飲みたい気分のときは、「次、行こうか」。そのように使い分けている。

「あ、ごめん……。今日、私アレで……」

「そうか……。じゃあ今日は、もうちょっとここに長居して帰ろうか」

二週間前に会ったときも、智美は「アレ」の最中だった。生理不順ならそういう説明を添えそうなものだ。深読みすれば、あえて衛に邪推させることでなんらかの意志を暗に示しているのだと取れなくもない。しかし、衛は深追いせず、鈍感な男を装《よそお》った。

ある部分を明確にしないことによって成り立っている関係というものもある。もしも智美が去っていこうとしているのなら、なりふりかまわずそれを追いたい気持ちもある。でもそれをしない方が、ある線から先をあいまいにしておく方が、結果として破局からは遠ざかっていられることが多いのだ。衛は経験からそれを知っていた。

智美の口元に笑みは浮かんでいるが、目は無表情で、なんとなく、これを最後に会えなくなるんじゃないかという気がする。やはり、なにか察しているのではないかと思う。それでも衛は何も言わず、訓練された笑顔で軽く手を振って、智美を見送る。

西船橋方面行きの東西線に乗って携帯電話を取り出すと、彩香《あやか》からのメールが入っている。予想していたとおり、おそろしく短いメールだ。タイトル「で」、本文「どう？」。それだけだ。極端に短いメールは、彩香が怒りや苛立《いらだ》ちを表現する際の常套《じょうとう》手段だ。

今日の夜までにメールすると昨日の時点で予告していたのに、機を逸していたのは事実だった。いや、本当は、わずか二、三のセンテンスで終わるメール一本打つ程度の時間は、いくらでも工面できた。明日、何時にどこで彩香と会うか、それを伝えるだけだ。それをするのにどうしてこんなに気が重くなるのか。

〈ごめん。仕事が長引いた。明日も午前中仕事だけど2時には解放されるから、2時半に恵比寿《えびす》のサンクでどう？〉

西葛西《にしかさい》に着くまでの間に、怒りを一応棚上げにした形の返信が来て、土曜日のデートの予定が確定した。顧客の都合で土日にも仕事が入ることは多いが、土日がきっちり休みになる彩香との約束は、その二日のうちのどちらかに入れざるをえない。

形ばかりの門限である十一時より前に、しかも金曜日の晩に寮に帰りついていることは、稀《まれ》だ。この男子独身寮は、バブル期に建てられただけあって外観は無駄に立派だが、屋内はもうだいぶくたびれてきている。一階の大浴場に通じる廊下も、あまりいい匂《にお》いがしない。垢《あか》で汚れた銭湯の残り湯めいた臭《にお》いだ。日に日に、それがひどくなるような気がする。

それでも十一時前なら、まだ温かい湯に浸《つ》かることができる。それを過ぎると、温水はシャワーからしか出なくなる。ほとんどの場合、衛の入浴はシャワーだけだった。空調も十一時には止められてしまうので、冬場は厳しい。そして今また、冬が刻々と近づいている。

手早く着替えを用意して浴場に向かうと、金曜だというのにとりたてて予定がなかったと見える若手の連中が、五、六人で雑談をしながらめいめい体を洗ったり浴槽に身を沈めたりしている。衛の姿を目に止めると、口々にお疲れさまですと挨拶《あいさつ》をよこした。メガネを取ってしまうと、湯煙でほとんど誰が誰だか判別できない。ただ、ほぼまちがいなく全員、自分より下の連中だということはわかる。この寮では、二十八歳の衛は古株に属する。

結婚したら無条件に出ていかなければならないし、そうでなくても三十歳を目安に退寮すべしという暗黙のルールがある。ただ、ここ十年ほど新卒の採用は抑制気味だったため、多少寮に長居したところで出ていけと尻《しり》を叩《たた》かれることはなかった。

それに衛は、寮生活が気に入っている。二年前の五月まで、宇都宮支店勤務だったときからの寮暮らしだ。食事もカフェテリア風の食堂で必ずだれかしらと一緒のテーブル、体を洗うのも共有の大浴場のみという集団生活。朝の六時には館内放送を使った寮長の号令で強制的に叩き起こされる。その軍隊のような規律とストイシズムに、ほとんど被虐《ひぎやく》的に酔い痴《し》れていた。

高校の頃までだったら、親しくもない他人の前で裸になること自体、苦痛以外の何ものでもなかった。修学旅行でも、大浴場に誘う同室の連中を「調子が悪い」とやりすごしておいて、部屋に備えつけの小さなバスルームでそそくさと入浴を済ませたほどだ。

しかし、今は違う。衛はすべてを克服した。神経質な自分、自意識過剰な自分、気にしすぎる自分、繊細でナイーブで弱々しい自分のすべてを。タフになったのだ。寮生活はいわば、衛がたくましく生まれ変わったことを立証する勲章のようなものだった。

湯に身を浸している間だけは、仕事のことを考えないことにしている。とりとめもなく物思いに耽《ふけ》ることがあるとすれば、このときだけだ。寝床に入ってから出口の見えない考えごとに没頭して寝つけなくなるような気質も改善した。どのみち、思いをめぐらす種もそう多くはない。時間に追われる毎日の中、のんびりと来し方を振り返ることもない。

ただこのときの衛が思い出したのは、ついさっき別れた智美のことだった。

女たちのだれかと会った後には、それがセックスを伴ったものであるにせよないにせよ、「ひとつノルマをこなした」というどこか本末転倒な感覚が必ずついて回る。それは淡い成就感《じょうじゅかん》のようなもので、さして取引額の大きくない案件を定石通りに片づけたときと同じように、過ぎてしまえばすぐに忘れてしまう種類のことがらだ。それは、今回のように相手がなにか思わしくない気配を示した場合でも変わらなかった。

それをいちいち気に病んでいたら、身がもたない。トータルとしてバランスが取れていればそれでいいのだ。

それなのになぜ、今日に限って智美の取ったふるまいのひとつひとつが気にかかるのか。改札で手を振ったときの無表情な目。見えすいた口実とも取れる、「アレの最中」だという短い説明。

築き上げてきた世界が、崩れはじめている。

湯の中で力なくゆらめいている陰茎や、最近しまりがなくなってきた下腹のあたりを眺めている間に、衛は突如、そんな不吉な思いに囚《とら》われた。仮に智美一人が去ったところで、大勢に影響はないはずだ。それが取り返しのつかない終わりの始まり、そこからすべてが朽ち、壊死《えし》していく恐ろしい最初のほころびに思えるのは、それに先立つあの一件があったからだ。

「なんか、空っぽって感じです」

ことが終わった後、脱衣所の鏡の前で放たれた言葉だ。

「何が?」

「桜川さんが。私、わかりました。空っぽなんです、桜川さんって」

先週の木曜日、それを言ったのは、智子《ともこ》だ。智美ではなくて、智子。

それこそ、言い間違えても無理はない似通った名前。それもまた、智美の微妙な態度に過敏なまでに反応してしまう原因のひとつだ。智美の下から、智子が顔を出す。その二人は根茎を通じて芋づる式にすべての女につながっていて、そこからある日突然、すべてが根腐れするのだ。

「空っぽって、どういう意味？」

取ってつけたようなこわばった笑みが顔に浮かぶのに自分で苛立ちながら問い返すと、智子はこともなげに続けた。

「今、ここに見えてるだけの存在っていうか。きちんと肉づけされてないチョイ役のキャラクターみたいな。あ、これ、侮辱じゃないですよ。ただ、そう感じただけで」

「僕には侮辱にしか聞こえないけどね」

言うに事欠いて「空っぽ」とは、何という言いぐさか。ベッドではあんなに乱れていたくせに。だいたい、ろくに口もきいたことのない自分と一度寝ただけで、何がわかると言うのか。

喉元《のどもと》でその言葉を塞《せ》き止めながら衛は、その「ろくに口もきいたことのない」智子をためらいもなくホテルに誘った自分を初めて振り返り、恥じ入るような気持ちになった。「恥じ入るような」というのは、実際に「恥じ入る」直前に、自分に対する言い逃れでその入口を塞《ふさ》いでしまったからだ。

松野《まつの》智子は、毎週火曜日と木曜日の二回、大引《おおび》け後の少し弛緩《しかん》した時間帯に、中年女性とペアで乳酸菌飲料を載せたカートを押しながら支店に現れる。その時間帯の衛は外回りに出ていることも多いが、たまに買うときにふたことみこと言葉を交わすうちに、飲みに行こうということになった。

「私、えっちするのとかぜんぜん平気なんですよ。そんなの、カラオケでデュエットするのとそんなに変わらないし」

智子は最初からそう言ってあからさまに誘いをかけているように見えた。「じゃあ、する？」と言ってそれを実現させたのは衛自身だが、そもそも安売りしたのは智子の方だ。しょせん、そんな安っぽい女が言うことだ。根拠もなく、気のきいたことでも言ったつもりになっているのだろう。一度は自分にそう言い聞かせて忘れることにした衛だったが、週が明けても智子はいつもどおり支店に乳酸菌飲料を売りに来る。そのたびに、いやでも思い出してしまう。

空っぽ。智子に投げつけられたそのひとことがなにかの不吉な予言のように鼓膜の内側で躍り出し、ふと気をゆるめるたびに衛を苛《さいな》んだ。

自分でも思い当たるところがあるからなのだろうか。そんなはずはない。大学入学とほぼ同時に始めた、そして驚くばかりの成功を収めた自己改革。それを通じて生まれ変わった自分が築き上げてきた世界には、確固たる基盤がある。その世界の住人である自分が、「空っぽ」などであるはずがない。

しかし、智子に声をかけた時点で、かすかな疑問が頭をかすめたのは事実だった。いったい自分は、何を求めているのか。加納《かのう》彩香という「彼女」がいながら、なお礼奈や智美や慶子《けいこ》や由真《ゆま》や晴美《はるみ》とも関係を持ち、その上さらに手を広げようとしている自分は、いったい何者なのか。いったい自分の中の何が、「まだ足りない」と叫んでいるのか。

よく使う渋谷のホテルに入り、透明な水色のバーがついたキーで部屋のドアを開けて、一九九〇年代風のチープでどこか寒々しい虚飾に覆《おお》われた空間に智子を招じ入れる瞬間、「ああまたか」と心底うんざりした気持ちで心に呟《つぶや》いていはしなかったか。

湯にのぼせそうになって、慌てて立ち上がろうとしたら、両足がもつれて浴槽の底に尻もちをついてしまった。疲れのためか立ちくらみのためか、体がばかに重たく感じられる。反動で大量の湯がザブンと音を立てて溢《あふ》れ出るが、めいめいおしゃべりしたり湯を流したりしている後輩たちは気づかない。そのまま浴槽で溺死《できし》する自分を、一瞬想像する。ぶざまな死。自分がなにかひどく不潔なドロドロした体液に満たされた醜い肉の袋であるかのように思えてくる。

衛は浴槽のへりに手をかけながら注意深く体を外に出し、濡《ぬ》れた片手で顔面を上から下までこするように撫《な》でた。汗と蒸気に溶けた脂《あぶら》が、いやな感触で指の腹にまといついた。


「お兄ちゃんは、その葛城《かつらぎ》って人に洗脳されちゃったんじゃないの？」

今年の正月、久々に実家で数日過ごした折に、妹の実咲にそう言われた。

新卒向けの合同研修後初めて配属された宇都宮支店勤務時代に、インストラクターとして衛の上についたのが葛城だった。営業成績は群を抜いてよく、二十七歳の時点ですでに主任の肩書きを持っていたが、一見したところ証券マンというよりは銀行員といった鋭利で線の細い印象があり、同僚にはそれがとっつきにくさと受け取られる傾向があった。衛はむしろそこに親近感を抱き、葛城の言うことなら何でもよく聞いた。

その葛城が、札幌支店への異動が決まったとき、衛をこのままで置いていくのは「不安」だとこぼした。

「おまえはまじめだし、責任感も強いけど、まじめなだけに考え過ぎる。迷ってる感じがひしひしと伝わってくる。なんというか……自分がやってることが正しいことだっていう確信を持ててないときがあるみたいな……。違うか？」

一連のスキャンダルを経て、この業界も変わった。とりわけ、スキャンダルの渦中《かちゅう》にあって対外的な信用がガタ落ちになった野原證券《のはらしょうけん》は、再起を賭《か》けて苛烈《かれつ》なまでの自己浄化を敢行した。

かつてトップダウンで割り当てられていたノルマは支店ごとの自主営業に切り換えられ、社内に設置された顧客管理委員会の周到なチェックにより、不明朗な取引を交わす社員がいればすぐさま突き上げを食らう体制が整った。無知な高齢者を口車に乗せて、仕切り玉《ぎょく》をはめこみ、国債を元本保証のない投信に乗り換えさせて、手数料を稼いでノルマ達成、という証券会社の悪《あ》しきイメージは、もはや過去のものだ。

加えて、個人投資家の大半が手数料の低いネット取引に殺到したことによる収益構造の変化や、金融自由化による銀行や保険会社との競争激化。それらを背景に、外回りの証券マンたちが携える主力商品は、もはや株ではなくなった。依然として窓口に訪れる株の買い手は投資相談課の女子社員に任せ、証券マンたちはもっぱら、会社経営者などの資産運用に関するコンサルティングに近い業務に奔走する。

事業承継、つまりオーナー企業の代替わりに伴う相続税の負担をいかに軽減するか。

増大する退職金の支払いにどう対応していくか。セミナーを開催し、コンタクトを取ってきた顧客に会いに行って社ごとの実情を取材し、そのケースに最も適合した保険商品などを紹介してゆく。

このやり方なら、相手をだます余地もない。ギブ・アンド・テイクのきわめてまっとうかつ健全な営業活動だ。それでどうしてうしろめたい気持ちを抱くのか、という。

「理屈ではわかってるんですけど、でも僕は……ときどき、やっぱり自分にこの仕事は向いてないんじゃないかって思うことがあるんですよ」

衛にとっては、「証券会社を受ける」という行動自体が、それまでのナイーブな自分に対する度外れた挑戦だった。今になって、ハードルが高すぎたのではないかと悩む瞬間がある。そんな思いを漏らすと葛城は、狭き門をくぐり抜けてきた奴《やつ》が何を言うかと豪快に笑いながら一喝した。

たしかに、衛が新卒として就職活動をしたのは、就職難がピークに達しようとしている年だった。スキャンダルの痛手からいまだ立ち直りきれず、新卒の採用も切り詰めていた野原證券がなぜ自分に内定通知を差し出したのか、衛自身が不可解に思うほどだった。

「ノハラはおまえのそのチャレンジ精神を買ったんだよ。こいつならなにかやってくれるって。俺もおまえは伸びると信じてる。最初からだ。だから、〃挑戦〃を続けろ。〃完全〃なんて目指さなくていい。ただ、いつも上を向いてろ。証券マンという職分に許された範囲で、証券マンとしての営業という形で、おまえにできることを考えつづけるんだ。それがおまえにとっての〃完全〃なんだよ」

その言葉は、不思議と衛の胃の腑《ふ》に落ちた。入社以来頭上を重たく覆っていた分厚い雲の層がさっと開けて、晴れ間が広がった気がした。もう、青臭いモラルを後生大《ごしょう》事に抱えていようとは思わなかった。モラルを放棄したのではない。より洗練され、より成熟した新しいモラルと取り替えたのだ。

葛城が札幌に去ってほどなく、甘さを切り捨てた衛は宇都宮支店内で見る間に頭角を現し、翌年の六月には副主任の肩書きとともに虎ノ門支店に転属、都心部に凱旋《がいせん》となった。きっかけを作ったのは、葛城だ。その葛城を貶《おとし》めるような発言を、実咲などに言われるのは腹立たしいことこの上なかった。いや、そもそも実咲には、そんなことを言う資格もないはずなのだ。

N大芸術学部の演劇学科を一留して卒業したものの、定職には就かず遊園地のアトラクションで着ぐるみをかぶって踊るようなアルバイトをしながら、アマチュアに毛が生えた程度の劇団の間を助っ人としてあちこち渡り歩いている。プロを目指す気かと訊《き》くとそういうわけでもないと答える。そうやっていつまでも態度を決せずにふらふらしている気持ちが、衛にはわからない。

「洗脳、と言うのは言葉の使い方が間違ってるよ。それはなにか誤った観念だとか極端に偏《かたよ》った思想だとかをテクニカルに相手の頭に刷り込むことを言うわけだから」

「偏ってるじゃん」

実咲がすかさず半畳を入れた。

「なんかさぁ、話聞いてると、証券の人ってなにかっちゃあすぐ〝仕事を通じて人間が磨かれる〟とか、〝人間的な成長〟がどうとかって言うでしょ。そういうのって、うさんくさくない？」

「仕事柄、企業の経営者とかそういう人に会うことが多いんだよ。創業者とかね」

衛は苦笑しながら言い返した。

「なにごとかを成し遂げた人っていうのは、やっぱりそれだけの人生哲学なり人間としての魅力なりを持ってるもんでね、そういう人と会うことはそれ自体が刺激になるし、勉強にもなるんだよ」

「人生哲学！　うわ、嘘《うそ》くさー。ていうかさぁ、だったら〝週刊ダイヤモンド〟とか〝フォーブス〟とか、その手の雑誌で経営者とか取材してるライターとかが一番〝人間として磨かれてる〟ってことにならない？」

「まあまあ、おかげで衛も地に足がついてしっかりしてきたわけだし」

　険悪な雰囲気になった二人の間に、母親が首を突っ込んだ。

「前はほら、将来は総理大臣を目指すとか言ってて、なにこの子は夢みたいなこと言ってんのかしらってほんとに心配だったもの。だいたい、政治家なんかできるタマじゃないでしょう」

「いつの話してんだよ」

　それを言うなら、証券マンだって「できるタマ」ではなかったのが衛だ。そのことをどう解釈しているのか。家族といると、衛は不機嫌になる。自分の「転身」が正当に評価されていない気がするからだ。古い話を折に触れ持ち出されるのも気に食わない。

　しかし現在の衛が、切り捨ててきた古い自分の延長線上にあることも、また事実だった。

　首相になろうなどと考えたことがいかにナイーブだったか、今は骨身に沁《し》みて思い知らされている。しかしそもそも大学一年の頃、意識して「自己改造」を始めたのは、首相になりたいという夢がまだ生きていたからではなかったか。政治家を目指すには自分が精神的にひ弱すぎるという自覚に基づいたふるまいだったのだ。

政治家をめざすという発想がいつしか薄れ、やがて跡形もなく消えていったのは、世間知らずな状態を脱すると同時に、「タフになること」それ自体に関心が移っていったからだ。野原證券を受けたのは、「日本経済の最前線で自分を鍛えよう」という悲壮な決意だった。そして衛は、タフになった。あらゆる意味で。


異性を惹《ひ》きつける能力は、その過程で副産物的に身につけたものだった。それは突然起きた。まるで世界中のすべての花が、自分に向かって一斉に花弁を広げたかのように衛には思えた。なぜそれが起きたのかもわからなかったし、今それが起きているならどうして今まで起きなかったのだろうと首を傾《かし》げもした。

「桜川さんって、話をうんとちゃんと聞いてくれるじゃないですか。女の子って、要するに自分の話をちゃんと聞いてくれる人が好きなんですよ」

取引先であるグローバル情報サービスの堂島《どうじま》晴美に、そう指摘されたことがある。衛自身はピンと来なかった。人が話しているときにそれに注意深く耳を傾けるのはあたりまえのことで、そんなことは物心ついてからずっとやっている。それだけで異性に好かれるなら、どうして大学に入るまでろくに浮いた話もなかったのか。

転機になったのが、小峰祐子《こみねゆうこ》の存在だということだけはわかっている。宇都宮支店時代に関係を持っていた女だ。支店採用で庶務課に配属されていた。大学四年のとき、二歳年下の彩香とつきあいはじめてから約三年、初めての「浮気」だった。

異性には縁がないと思い込んで生きてきた人生だった。「つきあっている」と自他ともに認められる関係になったのも彩香がほとんど初めてで、それ自体を奇跡のように思っていた衛にとって、自分に思いを寄せる女が彩香以外にも存在するという事実は、驚きだった。衛は祐子に溺《おぼ》れ、彩香とそうするよりも頻繁に体を合わせた。

逆に祐子の方は、初めから彩香の存在を知っていた。知った上で誘いを拒まないのだから、それはそれで需給のバランスが取れた関係なのだと衛は考えていた。ただ、「彼女がいる」ことは、知られなければ知られないに越したことはない。ほかにもだれかいるかもしれない、と匂《にお》わせる程度がちょうどいいのだ。

最終的には、祐子が衛に対する独占欲をあらわにしはじめ、それを受け止めきれなくなった衛の方から、距離を置いた。まもなく衛は虎ノ門支店に転属となり、関係はほぼ自然消滅した。一度だけ、東京に泊まりがけで遊びに来た祐子と、ホテルで寝た。不自然な痩《や》せ方をしているのが気にかかったが、何も言わなかった。翌年、衛も知っている宇都宮支店の営業マンと結婚したと風の噂《うわさ》に聞いた。

虎ノ門に来てからの衛は、無敵と言ってよかった。葛城の助言を容《い》れたことでなにかが吹っ切れ、証券マンとしての自信が確立されたことが、それに拍車をかけていた。接近する女たちが、おもしろいくらいたやすく手中に落ちてくる。サシで飲むところまで漕《こ》ぎ着ければ、多少の時間差はあっても、ほぼ落とせる自信があった。しかし、なぜこれほどの高い確率で成功するのかは、自分でも理解できない。

結局、女たちが求めているのは衛個人ではなく、衛に貼《は》られたレッテルなのだろうか。バブルは崩壊して久しく、一連のスキャンダルを経て業界イメージも地に堕《お》ちた。それでもなお、「ノハラ」のブランド力が幅を利《き》かせているというのか。

女に好感を持たれる垢抜《あかぬ》けした身のこなしを習得することなど、思いのほかたやすい。気のきいた店を嗅《か》ぎ分けたり、そうした店での適切なふるまいを覚えたりするのは、それと意識して場数さえ踏めば造作もないことだ。そこにブランドイメージさえ加われば「もてる男」ができあがるなら、女なんて「チョロい」もいいところではないか。

それを思うと衛は、女たちに対して、侮蔑《ぶべつ》に近いどす黒い思いを発作のようにたぎらせる。礼奈や智子や晴美といった個々の女に対してというより、抽象化された「女」という存在に対して。それはコールタールのように脳の一部をべっとりと覆い、しばらくは離れない。

ずっと俺を無視して、蔑《さげす》んできたおまえらが、今さら調子よく尻尾《しっぽ》を振るつもりか？

その思いに取り憑《つ》かれるとき、複数の女たちとの関係を続けることは、衛の中で「女」一般に対する復讐《ふくしゅう》の意味合いをもって定義し直される。

ただ、「女」たちに対するそんな復讐心も、加納彩香にだけは向けられることがない。それは、彩香が衛の「変身」以前から衛に真剣に好意を寄せていた、おそらくただ一人の女だからだ。レッテルが貼られる前に示された好意なら、真正なものとして手放しで信じることができた。だから彩香は、別格でありつづけているのだ。

2

泉岳寺《せんがくじ》にある高沢《たかざわ》社長の自宅を辞去した時点で、彩香との約束の時間を十分過ぎていた。ここから恵比寿の「カフェ・サンク」まで、優に三十分はかかる。携帯に着信はなかったが、もはや十分二十分の遅刻はあたりまえと考えてあきらめているのだろう。

衛は駅に向かって急ぎ足に歩きながら、手早く詫《わ》びのメールを入れた。こういうとき電話をかけずにメールで済ますようになったのは、彩香の不機嫌そうな声を聞きたくないからだ。好きで遅くなっているわけじゃない。いつでもベストを尽くしている。不可抗力をなじられるのは割に合わない気がする。

しかし、現地に向かう間に彩香から届いた返信は、〈わかった〉とそっけなかった。

カフェ・サンクは恵比寿駅のほとんど目の前にあるが、乗降客の動線から微妙にそれているせいで、スターバックスのように混み合うことがあまりなく、待ち合わせにはよくここを使っている。彩香は奥の方の席で、退屈しきったような顔で本のページをめくっていた。

「ごめんごめん、すっかり待たしちゃって」

「コーヒー、二杯目で、もう口の中が気持ち悪いよ」

彩香は笑みひとつ浮かべずにそう言って、書店のカバーをかけたままの本を閉じた。

衛は雰囲気をやわらげたいばかりに、特に興味もないのに書名を訊《たず》ねた。彩香が好んで読むような最近の小説を、最後にいつ読んだのか衛にはもう思い出せない。その点も含めて、高校時代とはもう別の人間なのだ。

彩香がハードカバーの表紙を開いて示した扉には、「なりたい自分はあなたの中にある」というタイトルがばかに大きい明朝《みんちょう》の書体で記されてある。

「何これ。自己啓発本かなにか？　珍しいもの読んでるね」

「こういうの読んどくとね、面接のときに使えるんだって。そう言って先輩が貸してくれたんだけど」

　彩香は人材派遣大手の「スタッフリソース」に勤めはじめて三年になる。十月からは登録オフィスで、派遣登録のために訪れる一般客相手にコーディネーターとして面接を行なったりしている。相手の職歴や特技、希望業種を訊ね、適性を診断してしかるべき派遣先につなぐ仕事だ。

「接客が苦手な人でも事務処理は得意だったりとか、あるでしょ？　自分でそれに気づいてない人もいるから、短所は別の角度から見れば長所にもなりうるんだってことを、面接の中で気づかせてあげる必要があるんだって。それはわかるんだけど、なんかこういう、ポジティブ・シンキングって言うの？　どうにも肌に合わなくてさ……」

　そう言う彩香の声が思ったほど不機嫌そうでないことに勇気を得た衛は、彩香から本を取り上げてページをめくり、なにか笑いを取れるネタを探そうとした。しかしその前に、彩香が真顔で問いかけてきた。

「ねえ、なんで？」

「え？」

「今日はなんでこんなに遅れたの？」

一瞬、身構えてしまう。浮気を疑っているとも取れる発言だ。

「いや、だから、仕事が長引いたって……」

「だから、どんな仕事？　どんな用件だったの？」

気圧《けお》された衛が素直に仕事内容の詳細を説明すると、彩香はあっさり表情をやわらげてうなずいた。

「それじゃ、しかたないよね」

「うん、しかたなかったんだよ」

「だったら、最初からそれを言ってよ。私が訊く前に」

衛が言葉に詰まっていると、彩香はよく見慣れた笑顔、きついことを言うときにそれを中和させようとして浮かべる笑顔になって続けた。

「前はもっと、ちゃんとわかるように説明してくれたじゃない、その都度。最近、言ってくれないよね、具体的に。なんかね、なんかそれって……どうせ言ってもわかりゃしないだろうっていうか、女に仕事の話なんかしても、とか思われてるみたいで、ちょっと不愉快なんだよね」

になっちゃうし」

「そんなつもりはないよ、それは誤解。ただ、あれこれウダウダ言っても愚痴みたい

「愚痴でもいいよ。愚痴になってもいいから、ちゃんと言って」

衛は、わかった、と神妙にうなずくよりほかになかった。

彩香との関係が、ぎくしゃくしている。ここ何ヶ月かずっとだ。

それを自分の絶えざる、そして常軌を逸して多方面にわたる浮気と結びつける発想は、衛にはほとんどなかった。彩香がそれを事実としてはっきりと知れば、決して許してはくれないだろう。詰問《きつもん》してこないということは、知らないのだ。なにか察してはいるかもしれないが、具体的に知っているわけではないのだ。

そうした異性関係の数々は、衛にとって、あくまで「イレギュラーなもの」だった。それはカッコにくくられて別の次元に存在する事実なのだ。彩香だけはそれとの交換が不可能で、その意味で特権的な位置づけにある。その事実によって、少なくとも衛の中でだけは、あらゆる浮気が免責されている。たとえそれが、救いようもなく身勝手な論理であるとしても。

カッコの中をゼロにすることはできない。まだ、できない。

彩香との関係を安定させるために、それが必要なのだと衛は感じている。いつかそ

れは解消されるかもしれないし、解消すべきものだと誰もが言うだろう。しかし、まだだ。まだ、だめだ。

二人の関係に不協和音が発生しているとすれば、それはむしろ、この関係をどう定義していいかがおたがいにわからなくなってきているからだ、と衛は考えている。

恋人としてつきあいはじめて六年、土曜か日曜にだけ顔を合わせ、ときには泊まりがけでどこかに遊びに行く。特に不満もないが、新鮮な刺激もない。相手のことはたいがいのことならおたがいにわかっている。本当なら、もうとっくに別のフェーズに移行していてもいい頃合いだ。

彩香はこの関係に、定まった形を与えたがっている。二十六歳の彩香は必ずしも結婚を望んでいるわけでもなさそうだが、結局それがいちばん手っ取り早くて確実な方法なのだと思いはじめている。そして衛が、そこから逃げつづけている。まだだ、まだだめだ、とひとりごちながら。

負債を清算しきっていない。原価を償却しきっていない。刑期を終えていない。カルマを解消していない。

どんな言い方をしても同じだ。自分の中でそのなにかにケリがついたと思えないかぎり、衛は現在の立ち位置を変えることができない。そして、カッコの中身ばかりがむやみに肥大していく。制御のきかなくなった癌《がん》細胞のように。

ガーデンシネマで彩香が観《み》たかったという映画は、もう始まってしまっていた。上映開始時間を見ると、衛が約束どおりの時間に来ていれば問題なく間に合うタイミングだった。あらためて謝ると、彩香は「そんなにすっごく観たかったわけでもないから」かまわないと言って流した。ただ、ほかにこれといって気の利いた案もなかったので、二つあるうちのもう一方のホールで別の映画を観ることにした。そっちなら、少しだけ時間をつぶせば最初から観られたからだ。

壊れかけた中年夫婦をめぐる映画だった。いかにもこの映画館が好みそうな、単館上映系の渋い作品だ。登場人物たちはやたらとしゃべりまくるか、長いこと黙っているかのどちらかで、むやみに長い。映画なら、単純なアクションやホラーがいいと衛は思う。以前はむしろそういうハリウッド的な映画を毛嫌いしていたのが、今では信じられない。

つい眠気に抗《あらが》えなくなり、彩香に悟られないように首をシートの背もたれに寝かせた。

遠のく意識の裏側から、幻のように浮かび上がってくる風景がある。

海辺。人けのない砂浜。ハマユウが点々と白い花を咲かせているから、夏だろう。夏なのに、空は白くうそ寒い感じだ。でも、気分は決して悪くない。

なんだろう、この懐《なつ》かしい感じは。

彩香がいる。絵を描く彩香が、いとおしくてならない。

流木のかけらで、砂になにか絵を描いている。衛はそれを黙って見つめている。

ふと意識が戻ったときに、それが四年前の夏に休暇を取って彩香と二人、下田に旅行に行ったときの記憶であることに気づいた。衛は野原證券に入って二年目、彩香はまだ大学生だった。なかなか就職が決まらず沈みがちだった彩香の気分転換を図って、衛の方から誘ったのだ。

あのとき彩香は、何の絵を描いていたのだったか。

それを思い出そうとしている間に、下田の思い出に引き寄せられるような形で、衛の意識は彩香とつきあいはじめた頃の記憶に取り巻かれていった。

彩香は大学入学を機に福井から上京してきて、京王井の頭線沿線の女子学生向けの寮で同郷のルームメイトとともに住んでいた。当時、埼玉の親元から三田にあるK大に通っていた衛は、少しでも彩香が楽なようにと、極力彼女の寮の近くにある街をデートの場所に選んだ。

吉祥寺《きちじょうじ》と渋谷を結ぶ井の頭線は、明大前駅で京王線と、下北沢駅で小田急線と交差している。彩香と会うときには、よく吉祥寺と下北沢を使った。どちらもひととおりのものは揃《そろ》っていて、それでいてこぢんまりとした、居心地のいい街だった。

下北沢でよく入った、ボリューム満点のステーキハウス。吉祥寺でたまに背伸びしたいときに使った、ジャズの生演奏つきのバー。あれらの店は、今でも健在なのだろうか。衛が宇都宮勤務になり、やがて彩香も就職して巣鴨《すがも》のアパートに移り住んでからは、ほとんど寄りつかなくなってしまった街だ。

思えばあの頃は単純でよかった、と衛は思う。衛はただ単純に彩香が好きで、ただ一緒にいたいと思っていた。彩香とともに過ごしているかぎり、どこで何をしていても楽しかった。自分のような、女に敬遠されつづけてきたタイプの男を好きだと言ってくれる彩香の存在を、信じがたい、またとない巡り合わせと思い、与えられた状況に百パーセント満足していた。

それに比べて、現在の自分が立っている場所はどこなのだろうか。いったい、いつのまにこんなところまで来てしまったのだろう？　いつしか築かれてきた自分の自信は、自分をどこに連れてきてしまったのか。

「衛はもともと、ちゃんとした、頭のいい、魅力のある人だったんだよ。ただ、たまたま自信が持てなくて、真価を発揮できずにいただけで。私はちゃんとそれを見抜いてたんだよ」

彩香はつきあいはじめた頃から、くりかえしそう言って聞かせることで衛の自信の裏打ちをした。自信を持っていいのだということを、衛に心から納得させた。そして衛は、多くのものを手に入れた。それはたぶん、彩香の予想をさえはるかに上回る過分な果実だった。

しかしもしも、気づかぬうちに自分が道を踏み間違えていたのだとしたら。どこかで、右に曲がるべきところを左に曲がり、その過《あやま》ちを悟ることなく、もう引き返せないところまで進んできてしまっているのだとしたら。

空っぽ。

松野智子に言われたそのひとことが、呪《のろ》いのように頭に去来する。空っぽなんです、桜川さんって。

「私はまあただと思ったけど、衛は寝てたよね」

ホールを出たところで、彩香がそう言った。実際衛は、半分寝ているか、沈思に耽《ふけ》っているかのどちらかで、筋などろくに思い出せなかった。

「ごめん……退屈ってわけでもなかったんだけど」

「いいよ、疲れてるんでしょ」

あきらめきったような口調でそう言う横顔を盗み見ながら、彩香の本当の思いはどこにあるのだろうかと衛は訝《いぶか》った。映画の感想もろくに言えない自分とこうして会いつづけていて、楽しいと感じているのだろうか。本当は彩香も、「この男は空っぽだ」とひそかに思っているのではないか。


一週間後の深夜、未開封の表示が並ぶ受信トレイの画面を前に、衛はしばし、マウスを繰る手を止めていた。

寮の部屋には一応私用のパソコンも設置しているが、立ち上げるのはたまに気が向いたときだけだ。友人たちや女たちもそれを知っているので、溜《た》まっているのはたいていプロバイダーからの連絡かセールス関係のメールだけだ。

そこに、寺田由真からのメールが届いている。普段は携帯電話のメールでやりとりしているのに。なにかいやな予感がして、開けて見る気になれない。

寺田由真とは、合コンで知り合った。パチスロの機械を扱う販売代理店に勤めていたが、同僚が年長の男性ばかりで「超セクハラ体質」なのが気に入らずにそこを辞め、最近は派遣登録して一週間から一ヶ月のスパンであちこちのオフィスを渡り歩いていると聞いている。

　恋人がいるようだが、衛の誘いにもさばさばと応じる、楽な相手だ。性的な相性もよくて、由真とするときにはたいてい二回戦に挑んでしまうし、由真自身、必ず絶頂に達する。ただ、たまたまタイミングが合わなくて、ここ二ヶ月ほどはほとんど連絡を取っていない。

　衛は、こみ上げる不吉な思いを押しとどめながら、由真からのメールを開封した。


　どーもー。

　もしかして、けっこー久しぶり？　(>_<;)

　このあっけらかんとした書き出しを見るかぎり、そう悪い内容でもなさそうだ。そう思って油断した衛は、続く文章を最後まで読み切ったところで言葉を失った。

「うわきが彼氏バレ」して（「うわき」の対象は、衛だけではなかったようだ）、「キレた」彼が由真の携帯を叩《たた》き壊してしまったのだという。その後彼はそれを詫《わ》びて新しい携帯を買ってくれたが、前の会社との契約は解除させられ、新しい携帯のメールは定期的にチェックされている。だから、パソコンからパソコンに送ってきたのだ。

しかしどのみちもうそろそろ「ネングの納め時」だと思うので、これを機会に「桜川さんともおしまいに」すると由真は一方的に宣言している。結びは「楽しかったです～(^^)」というあまりにもあっさりしたものだった。

なんだよそれ、と思わず衛は心の中で叫び声を上げた。しょせんは「うわき」だ。由真にとっても、衛にとってもそうだった。だから由真のふるまいを、身勝手となじるつもりはない。ただ、仮にも約二年にわたって、月に一度は肌を合わせていた相手に対して、もう少し感傷的な気持ちになったりすることはないのだろうか。

女の方が概して現実的で、男みたいにセンチメンタルでもなければ未練をぐすぐずともてあそんだりもしないのだ。「女々しい」という言葉は男を形容するためにあるのであって、「女々しい女」というのは実のところ、あまり見たことがない。そのことはわかっているつもりだが、それにしたって彼女たちの、この身もふたもないほどすみやかな撤収ぶりはどうだろう?

もしかして自分は、彼女たちに利用されていただけなのだろうか。

由真の能天気なメールを苦々しい思いで選択し、デリートキーを押しながら、衛は自問する。

いともあっさりと自分に身を投げ出す女たちを、心のどこかでいつも軽侮していた。彼女たちは、自分の中の埋められないなにかを補完する都合のいい道具に過ぎないのだと思っていた。でも本当は、立場が逆だったのではないか。その証拠に衛は、単に「セフレ」が一人二人減ったということ以上のダメージを受け、傷心とも屈辱ともつかない暗い思いの中に沈み込んでいる。

牙城《がじょう》が崩れてゆく。盤石《ばんじゃく》で順風満帆だと思っていた自分の世界が壊れかけているというあの不吉な思いは、やはり思い過ごしではなかったのだ。

衛はなかば茫然自失《ぼうぜんじしつ》の体で、サーチエンジンの検索語欄に「寺田由真」と入力し、検索ボタンを押した。該当なし。

何をしてるんだろう、と自分を冷笑しながら、衛は不意にばかげた好奇心に駆られて、自分が関係を持った女たちの名をかたっぱしから入力して検索にかけてみた。加納彩香、小峰祐子、一ノ瀬礼奈、堂島晴美、松野智子……。いずれも「該当なし」か、高知県の主婦、神奈川県の高校生など、たまたま同姓同名の他人と思われる人物ばかりだった。石崎智美だけは本人とわかる写真つきで登場しているが、それも学生時代所属していたサークルが立ち上げたホームページで、ここ三年ほど更新された形跡がない。

「関係を持った」といえば、と衛は思う。榛菜だってその一人だ。瀬賀榛菜。中学三年のときの同級生で、高校二年の終わり頃にちょっとだけ「つきあう」ような形になった女の子。大学に進学してからは、一度も会っていない。ただ、その名で検索してみようという気持ちにはなれない。榛菜とのことは、あまりいい思い出ではなかった。

衛にとっては、榛菜こそが初めての相手だ。いや、最後までは行っていない。何度か試みたが、結局、うまくできなかったのだ。それ以前に、交際自体がうまくいったとはおせじにも言えない状態だった。

もともと、身勝手な女だった。つきあう前から、相談ごとがあると言っては気ままに衛を呼び出し、一方的にさんざん愚痴をこぼしておいて、衛の反応が少しでも鈍いと、聞いているのかと言ってなじった。そのくせたまに衛の方が、思春期らしい悩みごとを持ちかけると、「まあ、生きてりゃいろいろあるって」の一言で片づける。

遊び人の彼氏にふられて恨み言を並べていたと思ったら、その舌の根も乾かぬうちに衛に交際を申し込み、「私たち、最初からこうするべきだったんだよ」と一人で盛り上がっている。異論の余地もない真理に到達したのだとでも言わんばかりに。

とうていそれを真に受けることはできなかったし、そんな榛菜に対して恋愛感情を抱けるとも思わなかったが、それでも衛が申し出を受けたのは、まちがいなく、面当《つらあ》てめいた気持ちに後押しされてのことだった。

その対象は、都築祥子だ。

ぎりぎりまで接近していながら、突如身を翻《ひるがえ》して逃げ出した祥子に、その事実を突きつけてやりたい気持ちがあった。そのふるまいが論理的にも正しくないことは承知の上で、せめてもの復讐《ふくしゅう》を図りたかったのだ。

高校二年の夏、両親不在の家に祥子が上がったあの晩、コンビニでざくろジュースを買って帰るまでの間に、何があったのか。だしぬけに、見えすいた口実のようなことを口走りながら「帰る」と言い出した祥子。それを言ったときの、あのおびえたような目。

あの日記を、読んでしまったのだろうか。彼女から電話がかかってくる直前までつけていたあの日記。彼女がすぐそばまで来ていると知って動揺していたばかりに、引き出しの中に隠すことさえ忘れていたあの日記を。

タクシーに乗って帰る祥子を見送った後、部屋に戻ってからその可能性に思い至った衛は、顔から火が出るほどの恥ずかしさに身悶《みもだ》えし、すぐにでも祥子に追いすがって釈明したい衝動に駆られた。しかし、日記を読んでいなかった場合はやぶへびになる。どうにかして探りを入れてみようと、その後何度か電話もした。そっけない対応に絶望したり、その翌朝にはやはり思い過ごしじゃないかと思い直したり。煩悶《はんもん》の日々が続いた。

でもやはり、つまるところ彼女は、衛から逃げたのだ。日記を読んだかどうかは、この際問題ではない。衛に対する好意が本物であれば、あの日記の記述ごときに覆《くつがえ》されることもないはずだ。好意など、初めからなかったのだ。そんなものはやはり、存在しえなかったのだ。祥子だけは違うと思っていたのは、甘い幻想に過ぎなかった。彼女もまた、蔑んだような目で衛を一瞥《いちべつ》しながら通り過ぎてゆく街の女の子たちと、結局は変わるところがなかったのだ。

高校生の衛は、そう決めつけて祥子を憎んだ。どうにかして、見返してやりたい。自分から逃げたことを、後悔させてやりたいと思った。彼女への思いを綴《つづ》った日記は、びりびりに引き裂いて近くの空き地で燃やした。大学ノートに散発的に書き溜めていた文芸批評や音楽評論のまねごとも、そのとき一緒に灰燼《かいじん》に帰した。生まれ変わりたかった。生まれ変わって、その姿を祥子に見せつけたかった。

思えばそれが、その後何年にもわたって続けられることになる衛の「自己改造」の端緒だった。

そのころ祥子に対して感じた憎しみは、今の衛にはない。それでも祥子のことを、祥子が突然帰ってしまったあの晩のことを思い出すと、今でも胸に翳《かげ》りが生じる。痛みまでは行かない、暗い熱情の名残が、胸の奥でくすぶるのだ。

その翳りの中を覗《のぞ》き込むとき、衛は、あれから十一年が過ぎた今も、都築祥子が自分の中に存在しつづけていることに気づく。いわば仮想敵のような形で、常に自分の現況を、自分の変わりようを誇示するための架空の観客として意識しながら。

さあ、見ろ。僕はここまで変わった。ここまでタフになり、ここまで女から好かれるようになった。ナイーブで、陰気で、世間知らずで、ひとりよがりで、自意識過剰で、プライドが異常に高いくせに同時に自分を病的に卑下していて、役にも立たない知識を溜め込んで、甘ったれた感傷に身を浸して悦に入っていたあの桜川衛は、もうどこにもいないのだ。

「もっと自信を持つべきだと思うの、桜川君は。うん、自信持っていいと思うよ」

祥子は、そう言った。そして衛は、自信を手にすることができた。今なら、なんら恥じることなく祥子の前に姿を見せることができる。

でも、本当にそうなのだろうか。祥子に見せたかった自分は、本当に今のような自分だったのだろうか。祥子は、今の自分を見てどう思うだろう？　セックスフレンドの数を誇示し、それによって自分の価値を計っているような今の自分を。

気がつくと衛は、サーチエンジンに「都築祥子」の名を入力していた。八件。意外に多くのヒットがあった。

ただ、実際には同じサイトの重複が目立っているし、ほかの女たちの場合と同様、同姓同名でも別人とわかるケースばかりだ。衛は、祥子を見つけられなかったことで落胆している自分に気づき、いったい何を期待していたのかと自分を訝《いぶか》った。だいたい、自分と同じ二十八歳なら、もう所帯を持っていても不思議じゃない。「ツヅキ・ショウコ」でさえなくなっているかもしれないのだ。

衛はばかばかしくなっていったんブラウザソフトを終了させようとしたが、最後に未練がましく“Shoko Tsuzuki”とローマ字で入力して検索をかけてみた。五件ヒットした。うち四つまではスタンフォード大学関係のサイトで、英語ばかりが並ぶプレビューを見ただけで、姓名が別々になっていることがわかった。しかし残るひとつには、“shoko tsuzuki presents”とある。サイト名称も「shokoの部屋」と日本語だ。

反射的に開いてみてすぐに、場違いなところに迷い込んでしまったと思った。ピンクの地を背景に、升目状に並ぶ無数の画像。そのすべてが猥褻《わいせつ》なものだ。それぞれに、「舐《な》めつくしローアングル」「食い込みフェチ倶楽部《クラブ》」「REAL FUCK」「スペルマだらけ」といったタイトルがついている。アダルトサイトへのリンクだ。

これはあきらかに違う。あの都築祥子とは何の関係もない。

そう思いながらも、なかば習慣的に画面を一番下までスクロールさせてみる。すると、「shokoの部屋の入り口はコチラ」という小さな文字が見つかった。なんとなく引くに引けない気持ちになって、「18歳以上の方↓ENTER」と書いてあるボタンをクリックした。

そして「shokoの部屋」のトップ画面に載せられた画像を見た衛は、心臓を射すくめられたような気持ちになった。看護師のコスチュームを身に着けて、胸をはだけ、白いストッキングに包まれた下半身もあらわにこちらを向いて座っている女が、まぎれもなく衛の知っているあの都築祥子に見えたからだ。

――これは、都築祥子だ。自分が知っている、あの都築祥子だ。

コンテンツをひととおり見た衛は、八月十七日付の「ひとりごと」を読むに至って、そう結論づけた。夜中に牛めしの「松屋」に入った思い出、これはまちがいなく自分と祥子のものだ。

あえて本名を明かしている意図は計り知れないが、偶然の一致にしてはできすぎている。

衛ははやる思いで続きの部分に目を走らせたが、その日の記述はすぐに終わってしまった。「その男の子」とはその後「ちょっとしたすれちがい」があってなんとなく疎遠《そえん》になり、結局二度と会わなかったと綴った上で、こう結んでいるだけだ。「彼は今頃、どうしてるかな。会ってみたいな、今の彼に。でも今のわたしを見たら、彼はきっと幻滅するだろうな」。

屈折した、苦い勝利の感覚が胸を刺し貫いた。

土壇場《どたんば》で逃げるという形で衛に侮辱を加えた祥子だったが、今はどんな事情があるのか、こんなサイトで自ら男たちのあさましい欲望に身を差し出している。媚《こ》びたポーズで身をくねらせ、シャッタースイッチを押しているその姿は、みじめで痛ましかった。この十一年の間に、いったい何が彼女の身の上に降りかかったのか。

祥子を仮想敵のように見なして過ごしてきたことが急に馬鹿馬鹿《ばかばか》しくなり、やがて物悲しくなった。体中から毒気を抜かれていく気がした。体中を覆《おお》っていた鎧《よろい》が音を立ててはがれ落ち、無防備になっていく感覚があった。

会いたい。

都築祥子に会いたいと思った。

この十一年、祥子が身近にいた頃の自分を否定することが、生きる原動力になっていた。それが正しい道なのだと信じて、がむしゃらに突き進んできた。しかし今の自分は、どこか箍《たが》が外れてしまっている。軸足がぶれて、体全体が軋《きし》みを立てている。体のどこか深いところから、「違う、これは違う」という、悲鳴にも似た声が聞こえる。

これは自分が本当に望んだことじゃない。こんなはずじゃなかった。本当はもっと前からその声が聞こえていたのに、耳を塞《ふさ》いで聞こえないふりをしていはしなかったか。

もう一度、原点に立ち返ってみよう。祥子に恋い焦《こ》がれていたあの頃の自分に戻って、これまで歩んできた道を振り返ってみよう。いったいどこで道を間違えたのか、どこからこんな袋小路に迷い込んでしまったのか、今祥子に会えばそれがわかるような気がした。

連絡を取る方法はないのだろうか。メールアドレスの類《たぐい》は公開されていないが、掲示板がある。しかし開いてみてすぐに、それがあきらかに悪意から無惨《むざん》なまでに荒らしつくされていることがわかった。

ハァハァshoko、おまいのスケベな画像で漏れは8回抜いた。

今もチンポをシコシコやっている。ハァハァ…（´Д`;）

　このスケベ女め！どこにかけて欲しいか、ゆえ。

　この調子の低劣な書き込みが延々と続いている。本人からのレスがついていないのは言うまでもない。衛はこの連中に激しい憤《いきどお》りを感じたが、一方で疑問も感じた。祥子は――これが実際に祥子だったとして――なぜこのような下劣な荒らしの数々を、削除もせずに放置しているのだろうか。柳に風でスルーを決め込んでいるつもりなのか。

　ずっと下までスクロールしていくと、荒らしが始まる以前には、数日置きの書き込みに対してけっこう律儀《りちぎ》にレスをつけていたことがわかる。レスがつけられた最後の日付は、去年の八月二十八日。高校時代の「松屋」の思い出に触れている日記も同じ時期で、その後ほどなく「ひとりごと」も終わっているところを見ると、おそらく一年以上の間、このサイトは更新されておらず、ただ掲示板への荒らしばかりが堆積《たいせき》されていたのだ。

　勇み立っていた気持ちに、冷や水を浴びせられた気がした。

　仮に衛がここに連絡先を書き込んでおいたとしても、本人の目に触れることはほとんど期待できそうにない。見たとしても、実際に衛と連絡を取ってみようという気持ちに彼女がなれるだろうか？　あきらかになにか問題を抱えているらしい今の彼女が？　この恥ずかしい画像を目にしたことがわかっているかつての知り合いに？

それでも衛は、そこに一縷《いちる》の望みをかけてみたかった。

いやむしろ、返事が来る望みがほとんどないことこそが、衛に勇気を与えたのかもしれない。これはそれこそ、「ひとりごと」のようなものなのだ。相手に届くことをほとんど期待しないで自己満足のためにだけ綴る、瓶詰めにして海に流すメッセージ。「発信した」という事実自体に意味があるＳＯＳ。

衛はしばらくパソコンの画面とにらめっこをしてから、次のようなメッセージを「shokoの部屋」の掲示板に書き込んだ。

Name: M・S
Title: ツヅキさんへ
Message:
8月17日付の「ひとりごと」に登場させてもらったM・Sです。
（あれは僕のことですよね？　違ってたらゴメン）
「松屋」の話、懐《なつ》かしいですね。

よかったら、連絡をください。

メールアドレスは下記の通りです。

m-sakuragawa14@kh7.co-net.ne.jp

3

その男からのメールを衛が読んだのは、「shokoの部屋」に書き込みをしてから八日後の夜だった。

なにかと忙しい週で、もちろん、その間パソコンを立ち上げる余裕もなかった。日曜の晩、なんの気なしにメールソフトを開くと、受信トレイに見慣れない差出人からのメールが何通も届いている。衛は一瞬考えてから、「shokoの部屋」にメッセージを残したことを思い出した。

十分予測できることだった。あのような形でメールアドレスを掲示板上に公開すれば、荒らしを書き込んだような手合いがほうっておくはずがない。

「shokoタンとヤッタんでスカ？　どうだったか逐一中継汁　マン毛はけっこう濃ゆいと見たW　コンドーム朝彦より」「Mくんあたしshokoよ～～ん　アソコ濡《ぬ》れ濡れ濡れ

で待ってるからすぐ来て中出しオケー　あたしはいつでも新大久保のガード下で超ミニで通行人にパンツ見せながら立ってまふ」「M・Sおまいはデムパか。ってかメアド本名丸出しだ罠《わな》。いいから病院逝《い》け！　ついでにホウケイも切ってもらえ！」

言うまでもなく、祥子本人からの返事はその中に含まれていない。衛は舌打ちしながら、それらを次々に削除していった。しかし、あるメールを機械的に削除した瞬間、プレビュー画面で一瞬目をかすめた本文の部分が、ほかとあきらかに違っていることに気づいた。まともな文章らしきものが長々と綴ってあるのだ。慌《あわ》てて、「削除済みアイテム」から救い出す。

「M・S様」宛《あて》になっているそのメールを送ってきたのは、「望月慎吾」と名乗る人物だ。

「shokoの部屋」の掲示板に書き込まれた内容を読んで、メールを送ってみることにしたという。そして自分は、「大学時代、都築祥子さんと親しくしていた者」だと続けている。

一見して、単なるいたずらとは思えないトーンだ。この男の言っている「都築祥子」が、衛の知っているそれと同一人物を指していることも、最寄《もよ》り駅の名や実家が薬局であることなど、彼が「都築祥子」について知っている知識から見て間違いがなさそうだ。それに続けて「望月」は、自分もこのサイトのshoko tsuzukiが当人であると踏んでいること、連絡を取りたいと思っていることを淡々と述べている。

埼玉の実家ではいまだに父親が薬局を経営しているようだが、祥子自身はすでにそこには住んでいないと確認済みであり、唯一《ゆいいつ》の手がかりが「shokoの部屋」だった。ただし、このサイトはもう長い間更新された形跡がないため、掲示板にメッセージを残しても、それが本人の目に触れる可能性は「きわめて低い」のではないかという。

でも、と「望月」は続けている。「M・Sさんと私と、両人の持っている知識を持ち寄れば」祥子の現在の居場所について手がかりが得られるかもしれない。ついては一度お会いできないだろうか。そう言って、住所氏名と電話番号まで添えてある。現住所は埼玉県の政令指定都市で、衛の実家がある市の隣、祥子の実家からもそう遠くはない。

気になるのは、メールの送信日付が七日前の午前一時ごろになっている点だ。衛が書き込みをした当日の深夜に、もうこのメールを送信しているとはどういうことなのか。まるで待ち構えていたみたいではないか。なにかの罠なのか。あるいは――

無視することもできる。良識ある社会人なら、そうするべきなのかもしれない。仮にこの男が病的な関係妄想に取り憑《つ》かれたストーカーだったとしても、メールに返信さえしなければそれで終わりだ。それ以上の詮索《せんさく》はするべくもない。

衛は「望月」からのメールを前に長い間逡巡《しゅんじゅん》していたが、結局、逡巡するということは興味があるということなのだ、という結論に落ち着いた。普段なら、こんなうさんくさげな話には取り合わないところだ。しかしそれなら、そもそも祥子のサイトの掲示板に自分のアドレスを書き込むようなこともなかったはずではないのか。

衛は「望月慎吾」宛に返信を書き、申し出を受ける旨《むね》を簡便に伝えた。慎重を期して、姓名や電話番号などは伏せたまま、日時や待ち合わせ場所についての提案だけを事務的に書き綴《つづ》った。望月はすぐに折り返し返信を寄越し、二日後の火曜日、六本木で会うことがすんなり決まった。


「望月」との待ち合わせのことを日中は忘れていて、七時を過ぎて帰宅する者がちらほら現れはじめてから、ようやく思い出した。そして、どうしてあんな約束をしてしまったのかと少し悔やんだ。やはり、どう考えてもいかがわしい話だ。いっそ行くのをやめてしまおうかと何度も迷いながら、カフェ「ルナルナ」に着いた時点で、約束の八時を十分ほど回っていた。

見回したところ、目印として指定されたB4大のクリアフォルダーを持っている人物は見当たらない。しかし困ったことに、ロフト状になっている二階席もあり、階段を昇っていかないと奥までは見通せない。そっと様子を窺《うかが》う、というわけにはいかなそうだ。

そう思ってためらっていると、つと脇《わき》に立って顔を覗《のぞ》き込む人物がいる。

「あの、もしかして、M・Sさん？」

ひやりとして半歩ほど跳び退いてから振り向くと、まさにB４大のクリアフォルダーを脇に抱えた細身の男がのっそりと立っている。

「望月慎吾です」

衛が返答する前に、男は自らそう名乗った。その時点でもうごまかしようもなくなり、衛はやむなく、「ああ、すみません、遅れまして」と返してしまった。

しかし、と衛は考えた。この男は本当に「望月慎吾」なのか。祥子と「大学時代、親しくしていた」と言うから、同世代かせいぜいちょっと上くらいかと思っていたのに、この白髪だらけの頭。どれだけ若く見積もっても、四十は越えている。教職員だったのか？

「いや、最初店内にいたんだけど、もしわからなかったら困るからと思って、いったん外に出てたんだよね。で、今、店に入っていくとこ見て、あ、M・Sさんだなって、なんとなくすぐにわかった。わかりました」

自分の身分や実名などはぎりぎりまで明かさないつもりだったにもかかわらず、衛は最初の五分であらかたの事実は口にしてしまっていた。他人の当惑や猜疑心《さいぎしん》に対して鈍感であるらしい望月の、委細かまわぬマイペースな調子に呑《の》まれてしまった面もある。

あきらかに変人だが、自分も大学の前半くらいまではこのように見えていたのかもしれない。つまりこの男は、人生のいずれかの時点で果たしておくべきだった「社会化」に失敗したまま、現在に至っているのだ。その屈折した優越意識に、つい油断したのだと言ってもいい。

おたがいの自己紹介は、「都築祥子との関係」を語るところから始まった。望月が年かさに見えたのはやはり白髪の多い、枯れ草のように強《こわ》い頭髪のせいだったようで、実際の年齢は衛の四つ上に過ぎない。祥子が「一年生のときの五年生」だという。しかし驚いたことに、大学を出た年度は衛と一緒だった。学部学生として在籍が認められるマックスである八年間、キャンパスで過ごした計算になる。

「まあ、クラシックギターをね、弾いてたんだけど、そういう部活？　そこで一緒だったんだよね、祥子ちゃんとは」

席に着くなり煙草《たばこ》を吸いはじめていた望月は、そう言いながらまた新しい一本にジッポで火をつけた。

あの祥子がクラシックギターを？ クラシック音楽やその演奏に関心があるようなタイプには見えなかった。高校当時クラシックの愛好家だった衛は彼女にそれを勧め、彼女も興味深く聴き入っているように見えたが、後年衛は、祥子はそのとき、調子を合わせていただけだったのだ、と思うようになった。そして今は衛自身、クラシックなどまったく聴かない。

「まあ、俺はあまり部室には顔を出さなかったんだけどね、祥子ちゃんとはちょっとしたつながり？ があってね」

ときどきいちいち語尾を上げる口調や、「祥子ちゃん」という呼び名が、微妙に癇《かん》に障《さわ》る。しかしわざわざ「ちゃん」づけにするあたりから考えても、恋人と呼べるほど親しい間柄ではなかったようだ。ただ、恋仲であったかどうかは確認しておく必要があると思った。それによって、この男の人となりを判断する基準が変わってくるからだ。

「彼女とは、その、〝つきあって〟らしたんですか？」

「ああ、いや、〝つきあって〟はいない」

望月はそう言って、両手で衛を押しとどめるようなジェスチャーを示した。

「ただ、裸は見たことがある。それはあります。祥子ちゃんの裸は。まあ、そういう関係？」

さっぱりわからない。「裸を見た」といっても、どういう状況で「見た」のか。入浴中の彼女を物陰から盗み見たのだって「見た」のにはちがいないし、サイト上で「見た」という意味なら衛だって同じだ。

「いや、絵を描いただけなんだけど。ヌード？　を描いてくれって頼まれたんだよね、祥子ちゃんから」

祥子について次々に明かされる新事実に当惑しながらも、衛はまず当面の疑問だけを口にした。

「絵、ですか？　絵を描いてるんですか？」

「ああ、うん。それを仕事にしたいと思ってる」

そう言えばこの男の職業をまだ聞いていないが、服装からは判断がつかない。タートルネックのセーターにコーデュロイのパンツ、そして、やたらとポケットがたくさんついた、どこでも見たことのない不思議なジャケット。

「こんな感じのを描いてるんだけど……」

そう言いながら望月は、黒いショルダーバッグから数枚のハガキを取り出して見せた。裏面に絵が印刷されている。いずれも女を描いたものだが、ヌードか、それに近い姿態だ。

「写真っぽく見えるかもしれないけど、一応手描き？　もちろん現物はその何倍も大きいし、印刷だと色がうまく出ないんだけどね」

たしかに、写真に限りなく近いトーンだ。技術的には達者なのだろうが、CGがこれだけ普及してしまっている今、そのタッチには特に見るべきものもなさそうに思える。それに、ポーズの取らせ方や描き方が低俗なエロ漫画雑誌の表紙風で、こんなハガキを郵送で受け取る人は迷惑に思うだけだろう。なにか感想を言うべきなのだろうか、と当惑しながら最後の一枚に目をやった衛は、不意を打たれて一瞬息を止めた。

ひと目で、祥子とわかった。

見事な絵だ。美術鑑賞などというものともほぼ無縁の生活に入って久しい衛だが、その絵が素晴らしいことだけは認めないわけにいかなかった。ベッドの上、猫のようなポーズで一糸まとわぬ姿を惜しげもなくさらしている都築祥子。光線の描き方が印象的だ。顔の半面と、膨らんだ胸の先端にだけ当たっている光が、肌の表面の産毛《うぶげ》まで紙の上に浮き上がらせているように見える。

ほかの作品と違って、その絵にだけはエロ雑誌風の安っぽさがまったく感じられない。それにもかかわらず、それが最も「エロティック」なのだ。描き手である望月の、祥子に対する並々ならぬ思い入れが、いやおうなく伝わってくる。

「これは……すごいですね」

「あ、それが、祥子ちゃんに頼まれて描いたやつ。現物は本人に贈呈しちゃったんだけど、その前にハガキにしといたんだよね、記念に」

目を離せない思いでその絵を何度も眺め返しながら、衛は望月と祥子の関係を怪しんだ。肉体関係を疑ったのではない。二人の関係の性質が、想像の範囲を超えているのだ。この男にあえて自分の裸を見せ、描かせた祥子の真意はどこにあったのか。

「あ、それ、よかったら……」

望月はそう言いながら、手のひらを上に向けて衛の方に差し出した。祥子の絵以外、手元に置いておきたいとは思わなかったが、衛はおとなしく礼を言って全部のハガキを鞄《かばん》にしまった。

「ま、本当はそれを仕事にしたいわけだけど、なかなかそうもいかなくてね。とりあえず？　なにか絵に関係した仕事？　がいいと思っていろいろ探した結果、今はこれを仕事にしてる」

　そう言って望月が手渡す黒いクリアフォルダーを促されるままに開いてみると、とたんに毒々しい図柄と写真と文字の集合が視界に飛び込んできた。絶頂潮吹きクイーンＶＯＬ12・麻川ゆい。女子高生監禁ブッカケ地獄38連発。世界同時多発エロ、キ●タマ・ビンビン・ラディンの極秘指令……。アダルトＤＶＤのジャケットだ。

　衛は反射的にフォルダーを閉じたが、望月は平然として説明をつけ加えた。

「あ、そういうジャケットとかのデザインをね、俺がやってるんだよね。まあ、デザインの仕事だったら絵の世界とそう遠くないかなと考えたわけなんだけど、求人広告見るとそういうのってたいてい〝経験者求む〟でね。初心者でもＯＫだったのがそこしかなかったんだよね。まあ、仕事しながらソフトの使い方覚えて？　まだ半年くらいだけど」

　絵とパッケージデザインの間にはかなりの飛躍があるが、望月がわずか半年でそれだけデザイン用のソフトを使いこなしている点には単純に驚かされた。それに、本人が描いている「絵」の趣向を考えれば、そうかけ離れた世界でもない。

　ただ、その会社に入る半年前までは何をしていたのか。今年で三十二にもなるはずの大の男が？

「じゃあ、今はその会社に専属で？」

「うん、今のところは。まあ、人手が足りないから、デザインオンリーってわけじゃなくて、ときどきは出演？　させられることもあるんだけど」

「出演って……」

「あ、まあ、しゃぶられ役とか？」

衛は一瞬絶句して、目の前の男から目を逸《そ》らしたくなった。

「それに最近はネット配信に押され気味で、ＤＶＤはあまり売れてないんだよね。いや、うちもそういうサイト持ってはいるんだけどね」

望月は衛の困惑をよそに、表情も変えずに話しつづけた。

「で、そのデザインとか運営も任されつつあるんだけど、まあそういう、仕事柄？　よそのサイトとかもまめにチェックしてるんだ。相互リンク貼《は》ったりするとお客さん呼べるし。まあ、その関係で？　偶然、辿《たど》り着いたんだよね、〝shokoの部屋〟に」

「ああ、そういうことだったんですか」

望月と向かい合ってから、いや、最初のメールを受け取ってからずっと、衛はこの男につきまとう得体の知れなさに居心地の悪さを感じつづけていたが、こうして合理的な説明が与えられると、それもかなり氷解する。ただ、衛の書き込みに即座に気づいたのがなぜかという点については、説明されていない。サイトを見つけてから三ヶ月ほどだと言うが、その間、毎日毎日、更新の有無をチェックしていたとでもいうのか。

ありそうなことだ。この男ならそれくらいするかもしれない。

「で、桜川さん……はどう思う？」

望月は突然、そう言って衛の顔を覗き込んだ。

「あの shoko tsuzuki は間違いなく祥子ちゃんだと俺は思ってるんだけど、彼女、どうしてあんなことをしてるんだと思う？」

「いや、むしろ、望月さんの方がなにか事情をご存知なのかと思ってたんですが……」

「いや……」

鼻の穴と口の両方からゆっくりと煙を吐き出しながら、望月はしばし、夢見るような顔つきで天井に目をめぐらせた。かなり大きな目だ。それに二重《ふたえ》の瞼《まぶた》が重たくかぶさっている。ただ、瞳《ひとみ》の色が薄いせいか、どこか焦点が合っていないような印象を受ける。

なにかに似ている。人間以外のなにか。映画に出てくるクリーチャーだ。グレムリン？　いや、そうなる前のおとなしい状態。そう、「ギズモ」だ。そのことに気づいた衛がうっかり吹き出しそうになったところで、望月が続けた。

「俺も、大学三年くらいまでの彼女しか知らない。その後、セラヴィ・フードサービス？　っていう外食の会社に入ったあたりまではわかってるけど」

セラヴィと言えば、関西出身の外食中堅だ。十年ほど前に本社を東京に移して本格的に関東進出に乗り出し、二、三年前、大証へラクレスに上場した。ファミレスのチェーン「ベンジャミン・ポット」を主軸にいっときは業績も堅調で注目を集めたが、最近は高級志向のレストランチェーン「プティット・ファミーユ」が郊外で苦戦を強いられているのと、焼肉居酒屋チェーン「世良灯屋《せらびや》」の中国進出が不首尾に終わったのが災いし、ここしばらくは株価も安値圏を低迷している。

クラシックギター、ヌードのモデル、外食産業……。ますます祥子の全体像がつかめなくなる。興味を惹《ひ》かれるというよりは、徒労感に襲われると言った方が近い。しょせん、自分と関わりを断った後の祥子だ。しかも、あれからすでに十一年が経過している。それはもう、縁もゆかりもない他人と同じで、興味を抱く方が不自然なのではないか？

「もう、十分じゃないですか、そこまでわかってるなら」

衛が少し投げやりな気持ちになってそう言うと、望月はさも心外そうな顔をして言い返した。

「いや、問題はだよ？ それが最後じゃないらしいってことなんだよ」

いきなりテーブルに肘《ひじ》をついて身を乗り出し、芝居がかっていると取れるほど大げさに抑揚をつけて話し出すその様子に、衛はたじろいだ。周波数が合わせられない、という感じがする。タイプの異なる大勢の客を相手にしている間に培《つちか》ってきた対人術が、役に立たない。

「彼女、祥子ちゃん、もしかしたら現在、日本にいないかもしれないんだよ」

「じゃあ、どこに？」

「一番臭いのは、ハンガリー？」

「ハンガリー？ 東欧のですか？ なんでまた……」

衛はほとんど泣きたい気持ちになった。これ以上、彼女について何も知りたくない。知れば知るほど、混乱してくる。話があちこちに飛び火しすぎて、ついていけない。

「桜川さん、ハンガリーって聞いて、なにか思い当たることない？ いや、俺も、多少は思い当たることがあるんだ。彼女、学生の頃、たしかにハンガリー語？ を勉強してるって言ってたんだよね。彼女とハンガリーを結びつけるものって、何かな？ 俺はなんとなく、桜川さんがそれを知ってるんじゃないかと踏んでるんだけど」

ハンガリーと祥子。祥子とハンガリー。

その二つはあまりにもかけ離れている。結びつきようがないように思える。仮にその二つを結びつけるなにかがあったとしても、自分には何の関係もないものであるような気がする。どうして自分がこんな質問を受けるのか、それさえ理解できない。

いや――思い出した。

ひとつだけある。

「コダーイ。ハーリ・ヤーノシュ……」

衛はうわごとのようにそう呟《つぶや》いてから、望月が期待のこもった大きな両目で自分を見つめていることに気づき、たった今口にしたことを取り消したい衝動に駆られた。

4

香原仲幸《こうはらのぶゆき》に一緒に会いに行こう。望月が持ちかけてきたその提案に、衛は最初から気乗りがしなかった。

三年前に祥子が突然セラヴィ・フードサービスを辞め、行方をくらませる直前まで、社内で最も親しくしていたと目される人物。セラヴィに入社した大学の後輩経由で、望月が独自に調査して辿り着いたのが、この男だった。祥子がハンガリーにいるかもしれないということは、望月が一度この男と顔を合わせて聞き出したことだ。

「日本のどこにも見つからないとしたら、その可能性はある」

それが香原の見解だ。祥子自身が、辞める前にそんなことをほのめかしていたというのだ。だから望月は、組曲「ハーリ・ヤーノシュ」の話を聞くなり興奮し、衛と香原がじかに対面して情報交換すれば、「祥子ちゃんのハンガリー行きの謎《なぞ》」がすっかり解けるものとその場で決めてかかった。

衛の目から見れば、ずいぶんおぼつかない話だ。高校時代の祥子が、ハンガリーの作曲家であるコダーイ・ゾルターンが書いたその組曲に関心を示していたのは、事実だ。テープにダビングして渡してやったことも、なんとなく覚えている。ただ、だからと言って、その十一年後に、祥子がどうして会社を辞めてまでハンガリーに赴くのか。

香原が何を知っているにせよ、「ハーリ・ヤーノシュ」がそのことに関係があるとは、衛には思えなかった。のこのこ会いに行ってこんなエピソードを語っても、香原から自意識過剰な馬鹿者《ばかもの》と鼻で笑われてしまうのが落ちなのではないか。

しかしそれはそれとして、香原の話を聞いてみたい気持ちはたしかにあった。望月の執拗《しつよう》な誘いかけに折れる形で提案を受け入れながら、こう思ったりもした。本当は自分だって行くところまで行って祥子の現在を知りたいのに、それをあくまで、強引な望月に不承不承つきあっているのだというポーズを取っているだけなのかもしれない、と。

香原仲幸は現在、セラヴィが経営するスローフード専門のレストラン「ミセス・ブラウンズ・ガーデン」で店長を務めている。ただ、終業後にはロックバンドをはじめ、セミプロ的にいくつかの活動を手広く行なっているらしい。それだけの予備知識では事前に人物像をプロファイリングすることもできなかったが、実際に会ってみた香原仲幸は、一見して仲良くなれなそうなタイプだと衛は直感した。

歳《とし》はせいぜい衛より二、三歳上という程度だが、態度がやけに高圧的だし、口をゆがめて斜に構えていることをアピールするような調子に、わざとらしさが感じられる。山伏のようなむさくるしい蓬髪《ほうはつ》にしか見えない、シャギー状の長髪。さして背が高くもなく、姿勢も悪いので、頭部ばかりが異様に肥大しているみたいに見える。

おまけにこの、黒地に白いストライプが入ったシャツと、極彩色のネクタイ。飲食店の従業員にはあるまじきスタイル、どちらかといえば粋《いき》がっている下《した》っ端《ぱ》の暴力団員といった風情《ふぜい》だ。こんな男が、職場での祥子と「最も親しかった」？　この嫌な男が？

「で、ナニさん？ サクラガワさん？ サクラガワさんも、都築の古い知り合いってやつ？ あっそう。で、株屋さんね。俺は株はやんないけどそのうちなんかあったら、ま、ひとつよろしくお願いしますわ」

初めて会ったときに衛が香原と交わしたのは、そのひとことだけだ。ミセス・ブラウンズ・ガーデンに会いに行くと望月が言うので、当然約束を取りつけているものと思っていたら、まったくのアポなしだった。香原当人は所用で本社の方に出向いていて不在で、戻ってくるまで一時間待たされたあげく、勤務中だというのを理由に早々に引き上げられてしまったのだ。

衛は望月の非常識さにあきれ、時間を無駄にしたことに腹を立てたが、おかげで香原を待つ間に店の様子はじっくり観察できた。

おかしな店だ。契約農家から直送される「こだわりの食材」だけを使ってじっくり仕込んだ料理、という触れ込みを裏切らず、味は悪くない。しかし、店の三分の一が雑然とした物販コーナーに割かれているのはどういうわけなのか。模造品のアイヴィーをあしらった格子状《こうし》の衝立《ついた》て、木目の見えるデッキチェア、随所に配置された観葉植物の鉢、といったガーデニング風の意匠とも、それはあきらかに相容《あいい》れない。

明日葉《あしたば》茶、杜仲《とちゅう》茶、ウコンの粉末、豆乳製品、高麗人参《こうらいにんじん》などの健康食品が雑貨店風に並んでいるのはまだしも、アロマテラピーのキットや書籍まで置いてある。しかもその書籍たるや、どう見てもスローフードとはなんの関係もないものばかりだ。「今日からすぐ始められる夢イメージング」「豊かに生きるための9つの法則」「ツキと御縁を呼ぶライフスタイル」……。彩香が派遣登録希望者との面接のためと言ってしぶしぶ読んでいたあの本と同じ匂《にお》いを感じさせるタイトルの数々。

訪れている客層にも、一種独特の共通した雰囲気がある。ほとんどはおそらく常連で、香原となにやら長話している者もいる。どちらかというと、どこかの新興宗教団体の談話室といった空気が漂っている。

「ふうん、オーガニックねぇ……」

望月がそう言って、こんにゃくをフレンチ懐石風にアレンジした料理に舌鼓《したつづみ》を打っている間、衛は首を傾《かし》げていた。

外食としてはそれなりのステータスもノウハウも持っているはずのセラヴィの本部が、ああいう種類の本の陳列まで含めてこの店のコンセプトを編み出したとは考えがたい。逆にもしこれが店長である香原個人の裁量なのだとしたら、本部はなぜこんなうさんくさいありさまのまま放置しているのだろうか。

「スロードフード・レストランねぇ。ふうん、おもしろいこと考える奴《やつ》もいるもんだ」

「いや、これは違うんじゃないですか？」

衛は、あまりに無邪気に感心する望月を見かねて、小声で口を挟んだ。

「料理はともかく……この店、おかしいですよ、どう見ても。僕も詳しくはないけど、スローフードって本来、ファストフードに対立する概念でしょう。文化としての〝食〟を見直して、もっとゆったりと食事を楽しもうという……。この店はその意味を曲解してますよ」

望月は、ピンとこないような顔でただ「そうなんだ」と言っていた。

レジで会計を済ませている間、厨房《ちゆうぼう》の入口あたりで笑顔を浮かべている香原の姿が見えた。なにか頼りになる兄貴といった物腰で、若い女の店員に変に密着して話しかけている。暇そうだった。あれだけ暇なら、自分たちのために割く時間くらい工面できそうなものだ。衛はそう思ったが、香原と話すことについて自分が積極的であるわけでもないので、望月にはそのことを黙っていた。

二度目に香原に会ったのは、高円寺のライブハウス、「アリゲーター」だった。香原自身がボーカルとバンマスを務めるバンド「日ノ本維新講《ひのもといしんこう》」のライブに、望月と二人で呼ばれていた。正確には、その幕間に楽屋で少しだけなら話ができる、と指定されていたのだ。

表向きの理由は、そうでもしないと時間が割けないほど（副業も含めて）忙しいからというものだったが、体よくチケットを買わされたあげく、忙しがること自体が快感になる種類の人間の自己演出になしくずしにつきあわされただけのような気もする。

アマチュアのバンドとしては異例の、二時間半にもおよぶ長丁場のライブだという。幕間とやらに間に合えばいいという思いでのんびり会場に向かったら、もうステージは始まっていた。ライブハウスはオールスタンディングで、前の方に詰めかけた若い観客が一斉に飛び跳ねて歓声を上げている。そこそこ人気があるらしいことを意外に思いながらステージに目を向けた衛は、しばし言葉を失った。

ステージの中央に立つ男、耳障《みみざわ》りな声でMCをはさむ男はまぎれもなく、「日ノ本維新講」のリーダーにしてメインボーカルの香原伸幸だが、この風体はいったい、正気なのか。

ショッキングピンクに金ラメストライプのジャケット。脚の線をむやみに強調した黒いレザーのパンツ。「リボンの騎士」の主人公を連想させるような形の真っ赤な帽子と、黒くて丸いサングラス。胸元からはふんだんにフリルをあしらった真っ白なブラウスの襟が覗《のぞ》いている。しかもそれを、お世辞にも美形とは言えない蓬髪の香原がまとっているのだ。

これがコミックバンドならまだわかるが、そういうわけでもないらしい。その証拠に、ほかのメンバーは至って常識的な格好だ。香原だけが、一人で悪目立ちしている。

「すごい衣装だねぇ」

かたわらに立つ望月が、あきれたように笑いながら言った。衛は同意者を得られたことにほっとして自分の感想を述べようとしたが、望月がそれに続けて発した言葉を聞いて出ばなをくじかれた。

「やっぱ、ロックは違うわ。俺はどっちかというとクラシック寄りだったからよくわかんないけど」

「いや……ロックでもこれはかなり珍しいんじゃないかと思うけど」

「でも独創的だよね。好きか嫌いかっていったら好きではないけど、独創的ではあるよ」

それを聞いて衛は口をつぐみ、これからこの男と、そしてステージ上のあの男と三人で話さなければならないことを思って絶望的な気持ちになった。

「なーんかまだみんなビミョーーにテンション低い気がすんだけど、それは俺の気のせい？」

一曲歌い終えた香原が、ハンドマイクで会場に語りかけると、笑いが起こる。

「ねえねえ、気のせいだと思う？　そこのエアロスミスのジャンパー着てる少年！」

また笑い。

「ちなみに〝病は気から〟ってことわざ、知ってる？　あ、知ってる。はぁいこれ試験に出まぁす。って、あんま関係ないんだけどね」

律儀《りちぎ》に笑いを返す観客。衛には一向におもしろくないが、香原がなにかひとことでも言えば、それが彼らにはおかしくてしかたがないらしい。しかし注意深く見ていると、そういう反応を示しているのは前の方にかじりついている比較的若い一群で、後ろの方にいる連中はせいぜい苦笑いか、申し訳程度に笑うふりをしているだけだ。腕を組んだまま、拍手ひとつしない者までいる。

実際、このバンドのどこに魅力があるのか、衛には理解できなかった。バッキングの演奏レベルはともかく、香原の声質は野太く、声量も不安定、楽曲も凡庸で、展開が読めてしまう。歌詞も、「あんたのうしろに」とか「部屋でヘコんでる間に」とか、断片的なフレーズがたまに聞き取れるだけで、ほとんど何を言っているのかわからない。

　一曲終わるごとに、醒《さ》めた表情でうしろの方に立っていた観客たちが、ひと組、ふた組ずつ、そっと階段を昇って出ていく。義理で来ている会社の同僚かなにかなのだろうか。ステージでは、香原が「悩みごと相談コーナー第一弾」と称して、ファンからあらかじめ募っておいたものらしい短い質問に答えている。香原のありきたりな回答に、前の方に押し寄せている若い観客たちが笑い声で応《こた》える。

「なかなかバラエティ豊かなライブだね」

　どこまで皮肉の意味をこめているつもりなのか、望月が低く笑いながらそう言うのを聞き流して、衛はドリンクチケットと引き換えたカールスバーグを飲み干した。


　前半が終わっていったん楽屋に引き上げた香原は、少しすると楽屋の入り口から衛たちを手招きして、中に入れと言ってきた。ステージ上では、ギタリストが一人だけ残って、フォークギターの弾き語りで洋楽のバラードを歌っている。ボーカル自体は香原よりよっぽどうまいが、これは幕間の場つなぎをするための余興に過ぎないようだ。

「じゃあ、まあそのへんに座ってもらえます？」

　身に着けていたラメ入りのジャケットを脱いで、ガラス細工にでも触れるような細心の手つきでハンガーにかけながら、香原が面倒くさそうにそう言った。

場つなぎにステージに登っているギタリスト以外のメンバーは、めいめい缶ジュースを飲んだり自分の楽器をたわむれにいじったりして寛《くつろ》いでいる。「幕間」にこうして誰かが香原を訪ねてくることが珍しいことではないのか、特に衛たちに興味を示すでもない。

コダーイの「ハーリ・ヤーノシュ」に関するエピソードを望月が独特の執念深さで説明している間、香原は「あっそう」「そうすか」といった気に障る相づちを差し挟みながら着々と着替えを進めた。

「ということは、やっぱり祥子ちゃんは、香原さんが言ったように、ハンガリーに行った可能性が高いとは思わない？」

「ま、だったらそうなんじゃないすか？」

香原はさも気がなさそうにそう言って、さっきまで履いていた黒いレザーのパンツとは別の、白っぽいボトムスに足を通しはじめた。

「その頃からハンガリーに憧《あこが》れがあって、いつか行こうと思ってハンガリー語勉強してたとかね。いや、わかんないっすよ、俺はあくまで可能性の話をしてるんであって」

「あの……」

基本的に望月に話させようと考えていた衛は、どうしようもないとき以外は黙っているつもりだったが、たまらずに口を挟んだ。衛自身にも立てられる推測を香原の口から聞いても、何の意味もない。

「僕たちが知りたいのは、彼女がセラヴィ・フードサービスを辞める直前の状況なんです。どうして辞めたんですか？　辞めてすぐハンガリーだかどこだかに行ったんだとしたら、日本での生活を捨てたくなるようななにかがその前にあったんじゃないかと……」

「そうね、なんか……いろいろ行き詰まってるようではあった。会社辞めたのも、前々から上司に根回しして、引き継ぎをして、って感じじゃなくて、わりと突発的だったな。ただ、俺も最後の頃はいろいろ忙しくて、あんまし彼女の話を聞いてやれなかったから……」

そう言って香原は五百ミリリットル入りのエビアンのキャップを外してひと口飲み、ふと思いついたようにつけ足した。

「あ……悪い、桜川さん、さっき、高校んとき都築と一緒だったたって言った？　高校が一緒だったんすか？」

「いや、通ってる高校自体は別でした。その頃の知り合いだったってだけで」

「じゃあ関係ないかもしんないけど、なんか、都築の高校時代からの友達っていうのと二回くらい会ったことがあるんだよね。都築を通じて会っただけだから、俺自身は連絡先とか知らないけど。もしかしたら、その子がなんか知ってるかもしれない。えーとね、たしか……なんか〝ナ〟がつく名前だった。アキナとか、サリナとか……」

「……ハルナ。瀬賀榛菜、ですか？」

「ああ、それそれ！　ハルナちゃん。知ってた？」

まったく予期せぬ人物の突然の登場に衛は戸惑っていたが、香原はかまわず続けた。

その説明によれば、当時榛菜はインターナショナル・パーティという「国際的なねるとんみたいなやつ」に入り浸っていて、祥子も執拗《しつよう》に誘われていた。ためしに顔を出してみたところ、実業家を自称するインド人男性に変に気に入られ、手料理をごちそうするから家に遊びに来いだの、今度帰郷するときに一緒に来いだのと迫られて弱り果てたという。その後、榛菜からの誘いを断りきれず会合に出席する際には、「虫除《よ》け」として香原に同伴を頼みこんでいたというわけだ。

「それがらみでなんかあったって線は、考えられなくもないかなと」

話し終えた香原は、すでにいつでもステージに出て行ける出《い》で立《た》ちになっていた。

驚いたことに、上下とも、光沢のある白い生地に巨大なバラの絵柄をあしらった衣装で、上着の方は宝塚の男役が身につけるような、燕尾服《えんびふく》さながらの翻《ひるがえ》る長い裾《すそ》がついている。いったいこんな服を、どこで手に入れるのだろうか。

「ま、そのハルナちゃんの連絡先が今でもわかるなら、彼女に訊《き》いてみるって手もあるんじゃない？」

香原はあくまであまり興味がなさそうにそう言うと、「後半でやるかけあいのリハ」をやらなければならないのでそろそろ客席に戻ってほしいと衛たちを楽屋から追い出した。

強烈な人物ではあったが、祥子が彼の何に惹《ひ》かれて親しくしていたのか、その点がどうしても腑《ふ》に落ちない。ただ、「一番親しかった」というのがガセではないという感触はある。祥子が辞める直前の状況についてあまり触れたくなさそうな雰囲気だったことが、それを裏づけている気がする。なにかがあったのだ、二人の間に。それを香原本人から聞き出すことは難しそうだが、榛菜が一枚嚙《か》んでいるらしいことがわかったのは収穫だった。

それにしても、榛菜か……。

望月と並んで駅へ向かって歩き出しながら、衛はわれ知らず溜息《ためいき》をもらした。今でも埼玉の実家にいるのかどうか、結婚しているのかどうかさえわからないが、実家の電話番号ならどこかに控えてあるはずだ。ただ、連絡を取るのは、気が重い。もう関わりを持ちたくない相手である上に、祥子のことを訊《たず》ねるのが目的とは。

しかし、ここまで来て探索を中断することなどできるだろうか。

「その、ハルナちゃん？　って、今でも連絡取れるの？」

望月がかたわらから無邪気に訊いてくるのに生返事を返しながら、衛はこれからのことを考えていた。もう、ごまかしようがない。望月のせいにはできない。自分自身が、知りたいのだ。いいかげん、そのことを認めなければならない。

5

榛菜の連絡先は、あっさり手に入った。親元にはすでにいなかったが、電話口に出た母親が現在の電話番号を教えてくれた。つきあっている頃に榛菜が衛のことを親にどう伝えていたのかはわからないが、「中学時代一緒だった桜川」だと名乗ると、あっさり警戒を解いた。能天気でよくしゃべる母親だった。

「あの子ね、なんかどうしても家を出たいとか勝手なこと言ってねぇ、今ね、綾瀬《あやせ》の方に、ええ、千代田線の、足立区の、アパートに住んでるんだけど、電話番号がねぇ、あ、ケータイとかの方がいいのかしら？　念のため両方教えとくわね」

　自宅の方にかけてみると、「ただいま、留守にしております」というプリセットの音声が流れる。衛は一瞬迷ってから、声を吹き込みはじめた。

「あの、桜川です。北扇中で一緒だった、っていうか……どう言えばいいのかな。桜川衛です。瀬賀榛菜さん、でしょうか……？　お久しぶりです。えーと実は……」

「マモルくん？」

　突然、録音が解除されて、電話口に女の声が出てきた。つきあっていた頃、榛菜が衛を呼んでいた呼び方だ。

「びっくりした！　何、ちょっと、マジびっくりした！　え、なんでなんで？　いやーん、懐《なつ》かしい〜、ってか、なんでなんでぇ？」

　その狂躁的《きょうそうてき》に畳みかけるような口調は、まちがいなく、衛の知っている瀬賀榛菜のものだった。

　アパートというよりはマンション、いやむしろ団地に近い。築十五年くらいの横に長い八階建てで、やたらと速度の遅いエレベーターが一基だけついている。榛菜はその三階に住んでいた。

　自宅で会いたいというのは、榛菜自身の強い希望によるものだ。

「その方がゆっくりできるじゃん。気兼ねもいらないし」

　気兼ねがいらないかどうかは、空間を共にする相手との関係性による。榛菜にはその発想がないか、十年越しで再会する「元彼」は気兼ねのいらない相手であると前提条件もなく決めつけているかのどちらかだろう。

「グレッグがいないから別に問題ないし」

「グレッグ」が何者であるかという前置きもなく、榛菜はそう言った。同棲《どうせい》しているアメリカ人らしい。事情があって一時帰国しているので、不意に帰ってくる心配もない。おかげで、電話がかかってきたときも取りやすかったという。

「疑り深いんだよね。ケータイの着歴とかもチェックしてることがあるんだよ」

　無理もないのではないか、と衛は思った。同棲相手の留守中に「元彼」をためらいもなく家に上げるような女だ。しかし衛の側に妙な期待はまったくなかったし、綾瀬駅前で本人の姿を目にしてからは、ますますそれはありえそうにないものに思えてきた。

　着膨れているのだ、と最初は思った。ダウンジャケットや色気のないワイドパンツがそう見させているのだと。しかし部屋に上がってフリースだけの姿になっても、印象はいくらも変わらなかった。もともとそうほっそりした体型でもなかったが、十年ぶりに見る榛菜は、「肉づきがよくなった」のひとことで片づけられる範囲には明らかに収まっていなかった。肌荒れもひどい。まるでもう四人も子を産み育てて生活に疲れた四十過ぎの主婦みたいだ。

　この女に嫉妬《しっと》の炎を燃やす「グレッグ」は、いったい日本人女性の美をどこに見出《みいだ》しているのだろうか。

　反対に榛菜の方は、座卓に向き合って座った瞬間、ほれぼれしたように衛の顔を見つめて、「カッコよく」なったと褒めちぎった。

「なんか、垢抜《あかぬ》けしたっていうか……うん、カッコよくなったよ〜。見違えちゃった」

　別の意味で「見違え」るほど変わった榛菜の熱い視線をまともに受けるのは、いたたまれなかった。衛はそれを避けるように、部屋の中をやたらと見まわした。

　通されたのはリビングで、一見小ざっぱりと片づいているかに見えるが、よく見ると古雑誌や通販のカタログ、家電品を梱包《こんぽう》していた段ボール箱などが四隅にうずたかく積み上げられている。客を招じ入れるために最小限の応急処置をしただけと見る方が正しいだろう。

「ここも、もうけっこう長くてさ。グレッグと暮らしはじめて、もう四年近くになるのかな。私はいっそもう結婚したいと思ってんだけどさ、ほら、アメリカ人じゃない？　いつまで日本にいるかわかんないし、文化の違いって言うの？　それもあって、うちの両親がなかなか認めてくれないんだよね」

榛菜はデリカテッセンの類《たぐい》を座卓に並べながらそう言った。「グレッグ」は英会話学校の講師かなにかをしているらしい。榛菜自身は、大学を出てからオーストラリアに語学研修に行ったり、短期間だけ「貿易関係の会社」に勤めたりしていたようだが、今現在、どうしているかについては触れようとしない。

電話では、ただ「話したいことがある」と言っただけで、祥子のことを訊きたいのだとはあえて言わなかった。ただでさえ、この三者の関係は微妙だ。祥子の名をいつ出すか、衛は間合いを見計らっていた。

「あ、ピザ食べる？　これね、なかなかイケるんだよ、バジルソースが」

そう言いながら榛菜は、衛の返事も待たずに、スーパーで売っているようなビニール包装入りのピザをオーブンレンジにセットしている。衛は形ばかりの手みやげに持ってきたケーキを渡しそこねていたことに気づき、それを手に榛菜に歩み寄った。不意に振り向いた榛菜は、何を取り違えたのか、レンジを背に潤《うる》んだような目で衛の顔をじっと見上げている。

「あの、これ……ケーキ」

「ああ……」

榛菜はわれに返ったように箱の取っ手を摑《つか》み、少ししてからありがとうと短く礼を述べた。そして小さな冷蔵庫のドアを開いて無理に箱を収め、かわりにできあいのカクテルを取り出した。カシスソーダとかジントニックなど、いくつかの種類がある瓶入りのやつだ。最初のひと口を飲み込むと、ダイニングテーブルに腰をもたせかけるようにしながら天井を見上げて、ため息をついた。

そうして頭をのけぞらせているときだけ、顎《あご》に余った肉のひだが目立たなくなる。その姿勢を保ったまま、榛菜はふいに顔をくしゃくしゃにして啜《すす》り上げはじめた。

「どうしたの?」

「あ……ごめん。ごめんね」

榛菜は指で涙を拭《ぬぐ》いながら、無理に笑顔を作った。

「なんでもないの。なんか……久しぶりにマモルくんに会ったらほっとしちゃった……」

衛は、何を言っていいかわからないので黙っていた。ただ、電話が通じてからずっと見せていたはしゃいだ姿にもかかわらず、きっと榛菜は今、幸福ではないのだろうと思った。

「マモルくんは、今証券マンだって言ったっけ？　すごいよね、ぜんぜんそんなタイプには見えなかった。きっとお給料もいいんだろうね。成功したんだ、人生！」

「いや……それはどうかな」

「私なんて、何やってんだろうって思うよ。なんかもう、なにもかもダメ！　せめて英語だけでもちゃんと続けてればよかった。私ね、今何やってるかわかる？　コンビニのバイトだよ。すぐそこのコンビニでレジ打ってんの。週に四日」

鼻声で榛菜が続ける。

「大学出て、親にせびって語学研修にまで行ったけど、なんにもならなかった。て言うかさ、私って、運がないんだよね。それなりの条件持ってるはずなのにさ、何やっても裏目に出ちゃう。なんかね、もう今さら、気力も湧《わ》かないの。何もする気になれないの。採ってくれそうなとこもないし。で、バイトがないときはただ家でゴロゴロ。おかげでこのとおり、太っちゃったし。あと一年半もすれば三十。どうすんのかな、私—

いきなり堰《せき》を切ったように胸のうちを吐露しはじめた榛菜に、衛はかける言葉も見つけられずに立ち往生していた。榛菜の人生が、修復困難なレベルまでよじれ、迷走していることは、本人の無惨《むざん》な姿を見るだけでわかることだ。それを目の当《まあ》たりにして、いったいどんな気休めを口にすればいいというのか。

「でもそんなこと言ったら、僕だっていくらも変わらないよ」

やっと口をついて出てきた言葉が、それだった。一人称が、無意識に「俺」ではなくて「僕」になっている。榛菜とつきあっていた頃の、自信がなかった頃の自称だ。

「自分では、これでいいと思ってた。ここ十年くらい、ずっとそう思ってたよ。いい方向に進んでる、正しい道を歩んでるってね。でもここに来て……なんだかよくわからなくなっちゃってるんだ。なにかが間違ってる、どこかで道を間違えたんじゃないかって。今日、ここに来たのだって、その道を正したいって気持ちがあったからだよ。そのために……」

榛菜が、教師の話に聴き入る生徒のような目で自分を見つめているのに気づいて衛は一瞬口をつぐんだが、すぐにためらいを振り払って続けた。

「そのために、榛菜に訊《き》きたかったんだ。榛菜なら知ってるんじゃないかって思って……都築祥子のこと」

「祥子……」

榛菜は露骨に顔を曇らせて、虚脱したようにダイニングの椅子《いす》に腰を落とした。

「なんで祥子？　なにそれ、結局それかよって感じ」

「いや、誤解しないでほしいんだけど……」

「私に会いたかったわけじゃなかったんだ。そりゃそうだよね、こんなデブ女。って、私がこんなデブになったことは、マモルくんも電話してきた時点では知らなかったわけだけど。って、そういうことが言いたいんじゃなくて！　なに、まだ好きなの、祥子のこと？」

榛菜は苛立《いらだ》ちを隠そうともせずに、あきらかに手入れを怠っている髪をしきりに右手で払いながら、吐き捨てるように言った。

「いや……」

「祥子ねぇ、もうマモルくんが思ってるような祥子じゃないよ。変わっちゃったよ」

そう言って、衛と視線も合わせずにカクテルの瓶を傾ける。

「うん……それはなんとなくわかってる」

衛がそう言うと、榛菜は驚いたような顔で衛を見た。

「その、変わってしまった彼女のことを知りたいんだ。今でも好きとか、そういうことじゃない。もう、六年もつきあってる別の人がいるし」

　衛は意識してそれを口にした。榛菜はあいまいにうなずきながら目をそらした。

「ただ、彼女がなんで変わってしまったのかを知ることが、ひとつのヒントになるような気がするんだよ。今の僕が陥ってるトンネルみたいなものから抜け出すヒントに」

　榛菜はしばらくの間、衛の言葉を理解しているのかどうか不安にさせるような顔でじっとテーブルの一点を見つめていたが、やがて短いため息とともに口を開いた。

「で？　祥子について何を訊きたいの？　ある程度までなら、たぶん答えられると思う」

「まず、彼女が今どこにいるか、知ってるかな。……日本にいないかもしれないって話も聞いたんだけど」

「いるよ、日本に」

　榛菜はあっさりとそう答えた。

「今はね、たぶんだけど。いっときあそこにいた。えーと、ポーランド、じゃなくて……ハンガリー」

祥子は三年前の秋から一年と数ヶ月、ブダペストに滞在し、去年の一月に帰国してからしばらくは、この榛菜の住居で寝起きしていた。

榛菜がグレッグとここで暮らしはじめて間もない頃、一度だけ祥子を招いたことがある。そのときの記憶だけをたよりにここに辿《たど》り着いたらしい祥子は、やつれ果てていて見る影もなかった。空港から直行してきたかのように、大きなスーツケースを引きずりながら、行くところがないからしばらく泊めてほしいと言う。なにか、埼玉の実家には帰りたくない理由があったようだ。

リビングに蒲団《ふとん》を敷いて寝泊まりさせたが、祥子はひどく無気力で、落ち着き先を探している気配もない。おたがいいろいろ気を遣うので、それとなく新居を探す手伝いを申し出たら、三日後に突然、住む場所が見つかったので出て行くと言い出した。

「助かった、って思っちゃった。だって正直、ちょっと手を焼いてたんだよね、ただ家でごろごろしてるだけの祥子に。私たちだって、生活があるわけじゃない？」

「それで？　彼女はそれっきり？」

「うん、一度だけ手紙が来たけど、迷惑かけて悪かったとか、なんとかやってますとか、そんなことしか書いてなかったな。住所は、よく覚えてないけど、都内だったよ」

「その手紙は、今……？」

手紙の所在について、榛菜には確たる記憶がなかった。すでに処分してしまっているかもしれないという。そしてそれ以外に、住所を控えてはいなかった。

「よくわかった。ありがとう。ただ、まだわからないことがある」

瓶の底に残ったカクテルの雫《しずく》を名残惜しげに飲み干している榛菜に向かって、衛は言った。

「彼女はそもそも、なぜハンガリーなんかに行ったのかな。そして、そこで何があったのかな。今の話では、その部分がまったくわからない。そこは榛菜にも、思い当たることがないの？」

「さあ、それは……」

言い淀《よど》む榛菜に、重ねて問いかける。

「僕はむしろ、今日はそのあたりのことが聞けるんじゃないかって期待してたんだ。インターナショナル・パーティ、とかいうのに何度か顔を出したそうだね、彼女と一緒に。それはなにか、関係がある？」

榛菜は首を傾《かし》げ、その首をゆっくりと左右に振った。肉のたるんだ皮が深い皺《しわ》を刻んだ。

もしも手紙が出てきたら、住所を教えてほしい。衛はそう言って、結局料理にもほとんど手をつけずに辞去することにした。まったく、気が滅入《めい》ってくるような住居だった。朽ちてしまった希望、ついえてしまった夢が行き場もなく澱《よど》み、その場で発酵しはじめているような。

「そのうちまた、会おうね」

駅前まで送ると主張するのを大通りの手前で押し返そうとしたとき、榛菜が言った。ずっと心に暖めていたひとことを、思い切って口にする中学生のような調子で。

「そうだね、また……」

「私もさ、今はこんなんだけど、このまま終わるつもりもないしさ……。今度はもっと、おたがいの話とか、できるといいよね」

「ああ」

機械的にそういう受け答えを返しながら、衛は、榛菜の人生が劇的に好転することも、その榛菜と再び顔を合わせる機会が訪れることも信じていない自分を、かなりはっきりと意識していた。

横断歩道の向こうで、榛菜はいつまでも手を振っていた。ダウンジャケットの下で、寒そうに首を竦《すく》めながら。もっともそれは、首のまわりに厚く堆積《たいせき》した脂肪のせいで、そんな風に見えるだけなのかもしれなかった。

いきさつから言っても、祥子が最後に送ってきたという手紙を榛菜が熱心に探してくれることは期待できそうにない。そうなれば、この捜索も事実上行き詰まりだ。首を長くして結果報告を待っている望月にそれを伝えるのは気が重いが、これであの変人とも手が切れるかもしれない。

望月にメールを打つつもりでソフトを立ち上げると、ネット書店からの販促メールなどに挟まれる形で、「せが」という投げやりな表示名のメールが一通届いていた。榛菜だ。件名は「ごめんなさい」。「こないだは久しぶりに衛君に会えて良かった」で始まる長いメールで、ずっと下までスクロールしてもまだ続いている。衛は一瞬げんなりした気持ちになったが、数行目に書かれたくだりが、否応《いやおう》なく注意を惹《ひ》いた。

ごめんなさい。ウソをつきました。

ウソっていうか、言わなかった事がある。

ナーダーシュ・カーロイという男がいる。榛菜たちが顔を出していたインターナシヨナル・パーティの常連の一人で、三十代なかばくらいのハンガリー人。ハンガリーでは日本と同じく姓が先に来るので、「ナーダーシュ」が苗字《みょうじ》だ。

　国際的に活躍する交響楽団相手に演奏会のコーディネートをしていると言うときもあれば、楽器商をしていると言うときもあり、本当の職業はよくわからない。ただその外見は、榛菜自身、「顔だけはかなり好みだった」と言うほど魅力的だった。鳶色《とびいろ》の潤んだような瞳《ひとみ》、同じ色のつややかな髪、彫りの深い、品のいい顔立ち。おまけに「ハンガリー」というエキゾチックな出自の持ち主。

　そのナーダーシュ・カーロイに、榛菜が祥子を引き合わせた。祥子がずっとハンガリー語を勉強しつづけていることを知っていたからだ。その頃の祥子は、なにか問題を抱えているように見えた。職場関係なのか、家庭環境なのか、あるいはその両方なのか。ナーダーシュは日本語も堪能《たんのう》だし、ハンガリー語の勉強にもなる。二人で食事に行ったりすれば、いい気分転換になるのではないか。その程度のつもりで祥子に彼を紹介した榛菜は、だからそのわずか二ヶ月後に、祥子が会社を辞め、ナーダーシュとともにブダペストに行くことになったと聞いて仰天した。

「向こうで新しい人生を始めてみる」

　祥子は、そんな意味のことを言い残して行ったそうだ。

そして一年と四ヶ月後、一人で日本に戻ってきた祥子は、見る影もないほどやつれ果てていた。向こうで何があったのか、祥子はひとことも語っていない。ただ、祥子の変わりようにナーダーシュが関わっていないとは考えられない。この事実に触れなかったのは、やはりフェアじゃなかった。榛菜はそう言って、いきなりメールを終わらせている。

これをどう捉《とら》えていいのか、衛にはわからなかった。ナーダーシュ・カーロイ。顔も見えない、手触りも感じられない未知の存在。その男が、祥子を遠い東欧の地へと連れ去った。それは、祥子のハンガリー行きの謎《なぞ》を説明するどころか、新たな謎をつけ加えているだけのように思えた。

ため息をついてメールを閉じようとしたとき、まだ続きがあることに気づいた。それは、わざわざ十行分ほどブランクを空けてから書かれていた。不注意だったら、見逃していたところだ。

もういいです。
今更かっこつけても仕方無いから全部言います。
ぶっちゃけ、善意なんてなかった。

悪意から、祥子にナーダーシュ紹介しました。

ごめんなさい。やな女です、私。祥子のトモダチ名乗る資格もありません。

あの子が不幸になれば良いと思ってました。ハイ。


ナーダーシュ・カーロイという男には、ある好ましからざる噂《うわさ》がつきまとっていた。いわく、彼は日本の若い女性を偏愛する。しかもその偏愛は、「普通のＬＯＶＥじゃない」。具体的なことを知っている人間はいなかったが、彼に気に入られた女は、「もてあそばれ」て、しまいには廃人のようになってしまう、という噂が、パーティの常連の間ではまことしやかに囁《ささや》かれていた。だから女たちの多くは、彼と深く関わらないよう、距離を置いて接していた。

それを知っていて、榛菜はわざと祥子に引き合わせたのだ。

榛菜にとって祥子は、自分が欲しくても手に入れられないもの、努力してやっと手に入れているようなものを、「易々《やすやす》と苦労もせずに」手に入れて、そのくせ「自分でその幸運に気付いてない」、いまいましい存在だった。

「うんと美人ってわけじゃないけど」確実に異性に好感を与える容姿、たいして勉強もせずに名の知れた大学に合格できてしまう学力、外国語を短期間で習得してしまうセンスのよさ。就職だって、榛菜が連戦連敗している間にあっさり「ちゃんとした」ところに決まってしまった。そのくせ本人には、たいして欲がないように見える。そのことが、許しがたかった。

あの子を見てると、自分にはつくづく運がない、神様は不公平だといつも思わされました。

自分がミジメになるだけだから、何度ももう祥子と付き合うのやめようと思いました。

でもいつも気になって仕方が無かったの。祥子が今どういう状態なのかって。

だから私、監視するみたいな感じであの子と付き合い続けた。

祥子が色々うまくいってないのを見て、ゾクゾクしてた。

いい気味だって思ってました。そんな自分、大嫌いなんだけど。

ナーダーシュに紹介したのは、トドメを刺すみたいなつもりでした。

しかし、榛菜が放った悪意の矢は、期待していたよりもはるかに深く、祥子の体を刺し貫いてしまった。帰国して再び自分の前に姿を現した祥子が、噂に聞いていたとおり「廃人みたいに」なっている様子を見て、榛菜は激しい自責の念に駆られた。グレッグと暮らす家に祥子を寝泊まりさせたのはそのせめてもの罪滅ぼしのためだったし、結果として追い出すような形になってしまったのは、自分の罪がいつも視界に入ってくるようなのが堪えがたかったからだ。

その祥子のことをやっと忘れられたと思った頃に、衛が現れ、祥子のことを訊《たず》ねられた。「あんなにボロボロに」なってしまった祥子にさえ、自分は勝てないのかと思った。それが「すっごい悔しい」けれど、「どうせ勝ち目がないんだったら、もうもったい付けるのはやめます」。そう書いた上で榛菜は、「東京都国立市」から始まるひとつの住所を最後に記していた。

その後移動していないとすればそれが祥子の現住所であり、そしてそれは、ハンガリーという地名に翻弄《ほんろう》されてきた衛の目から見れば、拍子抜けするほど近い場所だった。

榛菜が祥子を意図的に陥れたことに対する道義的な怒りは、不思議にほとんど感じなかった。ただ、はからずも目に触れてしまった榛菜のむき出しの感情、その刺々《とげとげ》しい毒気に当てられ、衛はしばし、気が滅入るような思いの中に沈み込んでいた。三十《みそ》路《じ》に手が届くところに来るまで、祥子に対する妬《ねた》みをひそかにくすぶらせつづけていた榛菜。「自分には運がない」のひとことで、どうにか自分の敗北に説明をつけようとしているその姿は、あまりに痛ましかった。

それに、榛菜にどんなたくらみがあったにせよ、祥子にまっとうな判断力があれば、最悪の事態を避けることなどたやすかったはずではないのか。あまりに不用意な選択をしたように見える祥子の気持ち、そこに至る心の動きが結局ほとんど見えないことに、衛は苛立《いらだ》った。何もわかっていなかったときの方がまだましだ。「祥子はハンガリーへ行った」という、なにかの間違いのようなセンテンスを、意味もわからずに持て余していたときの方が。

取り急ぎ、榛菜から教えられた住所は望月にも転送しておいたが、そこから先、さしあたってどんなアクションを起こせばいいのか、衛にはなんら妙案が浮かばなかった。突然訪ねていくのもどうかと思うし、手紙を送るというのもなにかしっくり来ない。十一年というブランクを挟めば、どんな手段で接触を試みても唐突になってしまう。

できるなら、まずは遠くからそっと様子を窺《うかが》ってみたかった。今現在の祥子の置かれた状況を確かめてから、後のことを考えたい。自分は祥子に文字どおり「会いたい」わけではなくて、その変わり身の「わけを知りたい」だけなのかもしれない。衛は、そう考えはじめていた。

しばらく、忙しい日々が続いた。住所を送って以来、望月は不気味な沈黙を守っていたが、望月がおとなしい、という事実自体、衛は意識しなくなっていた。日々降りかかる雑事をこなすことに集中していれば、ものごとを忘れるのは案外早い。いいか悪いかはともかく、人間はそうそう同時にいろいろなことを抱えては生きていけないのだ。

6

そうやって衛がこの一件を忘れかけた頃に、その手紙が来た。味もそっけもない真っ白な封筒の裏には、ただ差出人の名前だけが書かれている。

都築祥子

なにかの冗談としか思えなかった。なぜ、祥子から自分宛《あて》に手紙が？　まっさきに疑ったのは、榛菜だ。榛菜がなにかふざけいた気をきかせて本人に連絡を取った可能性はある。しかし、封を切ってみてすぐに、衛はその考えを打ち消した。
封筒の中には、二つ折りにしたカードが一枚だけ入っていて、パソコンで次のように印字されていた。

桜川　衛様

古い友人であるお二人との思いがけぬ再会を祝しまして
この度、ささやかな宴《うたげ》の席を設けました。
望月　慎吾様とともに
桜川　衛様をご招待致します。
誠に勝手ながら、場所は拙宅、日時も一方的に決めさせて頂きました。
お呼び立てして誠に恐縮ではございますが、
万障お繰り合わせの上御出席頂ければ幸いです。
勿論《もちろん》、御都合がつかなければ、お出《い》でにならなくとも構いませんし、
御出欠の御返事も不要です。
いずれにしても当日、私はここで、お二人をお待ち申し上げて居《お》ります。

この件に望月がからんでいることを、榛菜は知らないはずだ。だとすれば、望月？ ただ、この瞬間に衛が考えていたのは、このカード自体、望月が捏造《ねつぞう》したものなのではないかということだった。そういえば、断りきれずにここの住所も望月には教えてあった。望月自身が、祥子の名を騙《かた》ってこんなものを送りつけてきているのだ。狙《ねら》いも何もわからないが、そういうわけのわからないことをしそうな男ではないか。

衛はそう決めつけ、怒りに震える指で携帯電話を操作して、望月を呼び出した。

「望月さん、これはいったい何のつもり……」

「あ、そっちにも届いた？ 俺のところにも、うん、今日来てた」

「え？ ……じゃあ、これ本物？」

「うん、こないだ俺があの住所に手紙？ 俺と桜川さんと連名で？ 送っといたんだ」

当然のようになされたその種明かしに、衛はしばらく、開いた口が塞《ふさ》がらなかった。

「いや……そういうことするなら、事前にひとこと断ってくださいよ！」

「うん、それは悪かったと思ってる。でも、俺は二人の総意？ を書いたつもりだから。そこは心配しないで」

どんな文面だったのか、確認するのが恐ろしかった。聞かなくても、だいたいわかる。きっと変にもったいをつけた、不必要に美辞麗句をちりばめた気恥ずかしいものだったにちがいない。

「香原さんも連名にしようかどうか迷ったんだけど、なんかあいつ、よくわかんないじゃん？　祥子ちゃんに会いたいって思ってるのは、たぶん俺たち二人だけかなって思って」

香原を外しておいてくれたことが不幸中の幸いだと衛は思った。無断でそんなことをされたら、あの男は山伏のような長髪を振り乱して烈火の如《ごと》く怒り狂うだろう。

衛は脱力したが、ここまで話が進んでしまったのならもうしかたがない。例によって望月に振り回される形だが、いきなり会いたいと手紙を送りつけるような大胆さは、いい意味でも悪い意味でも自分にはない。結果として本人が「招待」してくれているわけだから、ありがたく受けるほかないのだろうと思った。

指定されたのは土曜日の午後一時半ごろだったが、中央線の国立駅からさらにバスに乗り継いでいくようなので、十分に余裕を見て、望月とは新宿駅のホームで十二時半に待ち合わせた。車を出すと言い張る望月を、時間が読めないから電車の方がいいと押し切ったのだ。もともと仕事が入っていたが、若干の調整で午前中に済ませることができた。逆に、夕方から入っていた彩香との約束は、仕事を口実に日曜日に回した。

望月は、先に来て待っていた。遠目にも、すぐにわかる。この男には、どこか人目につくところがある。「見栄《みば》えがする」というのではない。その一歩手前で、突拍子もない方向に逸《そ》れてしまったような目立ち方なのだ。

「やあ、こっちこっち」

何が入っているのか、カーキ色の馬鹿《ばか》でかいトートバッグを肩から提げた望月が、片手を垂直に挙げて衛の注意を促した。衛はその出で立ちに目を奪われて、一瞬、挨《あい》拶《さつ》が遅れた。

マント？　最初の瞬間にそう見えたものは、実際には末広がりになったコートらしい。マントのように見えたのは、ひとつには前のボタンを一番上しか留めていないからだ。だから、下に着ているものが何であるかもわかる。そしてそれは、見間違いでなければ、黒のタキシードだった。

「その格好は……」

「ああ、向こうでパーティ？　があるんでしょ。こういう服装でないといけないのかなと思って。いや、桜川さんみたいなのでもぜんぜんオッケーだと思うけど」

　招待状にはたしかに「ささやかな宴の席」との文言があったが、その表現から望月は、いったいどんな社交界の宴席を想像したのだろう？　桜川自身は仕事先から直行だったため、いつものビジネススーツを着ているが、これでも休日に個人宅を訪問するには大げさすぎるほどではないのか。通りがかる人々の目が気になり、衛は望月と一緒に立っているのが恥ずかしくなった。

「ところでさ、ちょっと相談？　があるんだけど」

　望月がそう言って、衛の袖《そで》を引いてわずかに移動した。ホームの上でそれをやってもまったく意味がないが、望月なりに「折り入って」いる感じを出そうとしたのだろう。

「あの、これから祥子ちゃんのとこに行くことについてなんだけどね、俺もね、今ここで桜川さんを待ってる間、考えてみたんだよ。寒風に吹かれながら。これまでの日々に思いを馳《は》せながら。この、穏やかな日射《ひざ》しが降り注ぐ新宿駅を眺めながら」

　変にもったいをつけた言い方に焦《じ》れて、「何をですか」とぶっきらぼうに先を促すと、望月はごまかし笑いのようなものを織り交ぜながらこう言った。

「いや……見合わせようかと思うんだ、パーティへの出席？」

衛は耳を疑い、まじまじと望月の顔を見つめた。

「なんていうのか、時期尚早？　みたいな感じがするんだよね、よく考えると。いつか会うとしても、今じゃないかなっていうか」

「何を言ってるんですか、今さら。会いたいって手紙出したのは望月さんでしょ？」

「そうなんだけどね、その点はほんとに、悪いと思ってる。たださあ、言わなかったけど、実は俺、最後の頃？　たぶんちょっと嫌われちゃってたのね、祥子ちゃんに。まあ、ちょっとしつこくしすぎちゃったかなって感じで」

その事実は初耳だったが、まったく意外ではなかった。ありそうなことだ。おそらく、ストーカーに近いふるまいをしてしまっていたのだろう。この男の、他人に対する距離感のなさや、ものごとへのどこか普通でない執着の仕方を見ていれば、想像にあまりある。

しかしそれは、八年も前の話だ。望月宛にも招待状を送ってきたということは、祥子はすでにそれを「時効」と見なしているはずだ。その上で招待してくれている彼女の誠意に応《こた》えるためにも、出席はするべきではないのか。衛はそう言って説得を試みたが、望月は引かなかった。

「いや、そうであればなおのこと、簡単に会いに行っちゃっていいのかなって思うんだ。その誠意に応えられるだけの覚悟？　が俺自身にあるかっていうと……。いや、桜川さんが行くか行かないかは別だよ。それは任せる。任せます。桜川さんには覚悟があるのかもしれないし」

「覚悟なんてありませんよ、僕にも！」

苛立って、つい声を荒らげてしまう。しかし望月は例によって表情ひとつ変えず、それがいっそう衛を苛立たせる。

「でも、どっちも行かないってわけにはいかないでしょう。だったらそもそもなんで彼女に手紙を出したのかってことになっちゃうじゃないですか」

そう言いながら、衛は不意に、何をむきになっているのかと自分を笑いたい気持ちになった。行きたくないという者を無理に連れて行く必要はない。もとはと言えば望月が言い出したことだが、もうそんなことは関係ないのだ。今現在、自分は祥子に会いたいと思っている。だったらその気持ちに、自分だけでも従えばいいのだ。

「わかりました。もういいですよ、僕一人で行きます」

極力、恩着せがましい調子に聞こえないように言ったつもりだったが、望月は珍しくたじろいで、なにか言い訳を口にしようとした。そのとき、中央線快速がホームに滑り込んできた。

「すみません、電車来ちゃいましたので、もう行きます」

「あ……」

望月を置いて、衛は開いたドアから中に入った。

「桜川さん、祥子ちゃんによろしく言っ……」

うしろからそう呼びかける望月の声が、閉まるドアによって断ち切られた。それまで望月から聞いた中で、一番大きな声だった。

7

昼下がりの中央線快速は、すいていた。シートに身を沈めたまま、少しの間、眠ってしまっていたようだ。ここのところ仕事がハードで、かなり疲れが溜《た》まっている。眠ろうと思っていなくても、気を失うように眠りに引き込まれていることがある。

夢を見ていた。恵比寿のガーデンシネマで映画を観《み》ながらいつしか眠ってしまっていたときと同じ、下田の海岸だ。

彩香が砂に絵を描いている、あの場面。今度こそ、彼女が何を描いているのかを確かめようと首を伸ばすが、その絵は波にさらわれてしまう。いつのまにか足もとにまで潮が満ちてきていて、二人は慌《あわ》てて立ち上がる。そのとき衛は、この海岸で祥子と落ち合う約束をしていたことを思い出し、彩香にそのことをどう説明すればいいのかと案じはじめる。

ふと目覚めると、電車はちょうど国立駅のホームに滑り込むところだった。

こんなに寒い季節に、夏の海岸の夢？　おかしいというよりは、気がかりな後味を残す短い夢だった。衛はそれを振り払うようにして、国立駅に降り立った。

駅前のターミナルから、路線バスでさらに十五分。歩けばけっこうな距離だろう。乗ってみなければ料金支払いシステムがわからないバスという乗り物はどちらかといえば苦手で、避けられるなら普段は避けているが、今回は停留所が待ち合わせ場所になっている。乗り過ごさないように、アナウンスに意識を集中させる。

「次は、三本松、精密部品製造加工の内山製作所前……」

これだ。衛は弾《はじ》かれたように「おります」のボタンを押した。

アナウンスに違《たが》わず、降りたところには、比較的広い敷地を取った町工場以外に、これと言って目に立つ建造物もなかった。その内山製作所さえ、土曜日だからか門扉《もんぴ》を堅く閉ざしている。祥子はそこで「お待ちして」いるということだったが、誰もいない。

少し離れたところに横断歩道があって、三十前くらいの女が立っている。髪が起き抜けのようにボサボサで、物腰も妙に所帯じみた感じだ。まもなく信号が切り替わると、女は道を渡って消えた。祥子ではなかった。それが祥子ではなかったと知って、衛はほっとしていた。

しかし、では祥子はどこにいるのか。約束の一時半頃にはだいたい合っている。静まり返った冬の日だまりを眺めわたしながら、あらためて招待状の真実性を疑いはじめたその瞬間、製作所の囲いの角から女が現れた。

それが都築祥子だということが、衛にはすぐにわかった。

このような状況でなくても、たとえば道で偶然すれ違っただけだったとしても、きっと自分には彼女のことがわかったにちがいない、とそのとき衛は思った。まわりに漂わせている空気が同じなのだ。衛が知っている、知っていた空気。

記憶の中にある祥子よりは、痩《や》せている。ハイネックのニットにくるぶしまでのロングスカートというガードの堅い服に身を包んでいても、痩せていることはひと目でわかる。ただ、榛菜の話から想像していたほど、やつれ果ててはいない。血色も悪くなく、少なくとも、「廃人」とか「ボロボロ」といった言葉は、まったく当たらない。

それ以前に、変わっていないと感じる要素の方が大きい。十一年という歳月の重みがその容貌《ようぼう》の上に塗り重ねられているのだとは信じがたいほどだ。顎《あご》や頬の線から少女らしい丸みが削《そ》げ落ちた分だけ、本来の美しさがより鮮明に浮かび上がっているのだと言った方が近い。

「桜川君、お久しぶり」

そう言う祥子にうなずき返すのが、精一杯だ。祥子がすぐ目と鼻の先にいるという事実自体があまりに無造作な状態に思えて、自分の中でそれを咀嚼《そしやく》することができない。

「ごめんね、バスを待ってる間に、今ちょっとそこに、これを買いに……」

祥子の右手には、店のシールを取っ手の部分に貼《は》りつけただけの、むき出しのワインオープナーが握られている。

「こんなしゃれたものを使う機会、普段はほとんどなくてね」

そう言う祥子の口ぶりは、ごく普通に親しい友人に対するもので、衛は逆にそのことに戸惑いを覚えた。かと言って、祥子と口をきくに際して、ほかにもっとふさわしいスタイルがあるとも思えない。

「ああ、望月さんも、直前までは来る予定だったんだけど……」

衛が言いかけると、祥子がそれを遮った。

「あ、いいの、それは。一人でも、来てくれて嬉《うれ》しいよ。それに、私が会いたかったのって、どっちかっていうと桜川君だから」

そう言い放つなり、祥子は自宅に向かって早足で衛を先導しはじめた。その横顔をそっと窺《うかが》ってみる。わずかに茶色く染めた髪が顔の前面に振りかかり、はっきりと表情は読めないが、こうして本人を前にするとますます、「shokoの部屋」の画像を自ら撮影していたというのが信じられなくなる。そこにいるのは、衛がかつて知っていたとおりの、聡明《そうめい》で賢く、決して道を踏み外さない都築祥子だった。

もしや、祥子があのような画像をサイトにアップしているのは、そもそも自発的な行為でさえなかったのではないか。セルフポートレイトという点に目をくらまされていたが、実は背後に、それを強要している人物がいるのではないか。そして今まさに自分は、その人物に引き合わされようとしているところなのではないか。

なにかの事情で、タチの悪い男に弱みを握られている祥子。しかもその男は病的に嫉妬《しっと》深く、祥子に近づこうとする男は片っ端から先回りして排除しようとするのだ。自宅には美人局《つつもたせ》のようにその男が待ちかまえていて、衛が招き入れられるなり首根っこを摑《つか》まれ……。

「ここが今、住んでるところ。どうぞ、上がって」

衛があらぬ妄想にすくみ上がっている間に、祥子はアパートのドアを大きく開けて衛を通そうとしていた。狭いキッチンと奥のリビングだけの二部屋で、頬に傷のある男が身を潜める余地もなさそうだ。

しかし、望月が来ないと最初からわかっていたら、それでも祥子はここを「宴席」の会場に選んだだろうか。密室で自分と二人きりになってしまうのは、祥子にとって不本意なことだったのではないか。十一年前、衛自身の部屋で実現した同じ状況をめぐる記憶が蘇《よみがえ》り、一瞬、卑屈な気持ちになる。

もちろん、一瞬だけの話だ。おたがいにもう大人なのだから。

アパート自体、築二十年は過ぎているだろうと思われる古い建物だが、部屋の中は小ぎれいで、清潔感に溢《あふ》れていた。普段から質素ながらきちんと暮らしている様子が、入るなり伝わってくる。その点、榛菜が「グレッグ」と暮らしているあの住戸とは好対照だ。

奥のリビングには、小さいながらもソファセットがある。どこかから引き取ってきたものなのか、妙に古めかしい感じだ。しかし衛は、そのソファに見覚えがあった。そこにしなだれかかるようにしながら臀部《でんぶ》を突き出しているshokoの画像が、脳裏をよぎる。自分は今、まぎれもなく祥子の部屋、つまり「shokoの部屋」に来ているのだと衛は思った。

壁際《かべぎわ》に据えた小さなラックには、七、八年ほど前に爆発的に売れたNECのパソコンがある。祥子はこれを使って、あのウェブサイトに画像をアップしていたのだろうか。

祥子は衛をソファに座らせ、自分も正面に座って、冷蔵庫で冷やしてあった白ワインの栓を、さっき買ってきたオープナーで開けた。

乾杯を済ませ、アルコールが胃の内壁にしみわたっていくと、ようやく人心地がついた気がした。テーブルに最初に供されたトマトサラダをつつきながら、衛は言った。

「変わらないね」

祥子はわずかに眉《まゆ》を上げた。

「それって、褒め言葉?」

「そう取ってもらっていいと思う」

「ありがとう。桜川君は、変わったね、いい意味で」

そう言って祥子は笑った。

「前はそんなこと、ちょろっと言える人じゃなかった」

「そうだね、僕は変わったと思う。いい意味か悪い意味かはともかく」

近況を訊《たず》ねられ、野原證券に入社してからのことを語るとき、衛はなぜか言いようのない恥ずかしさを覚えた。そこで自分を鍛え、弱点を克服し、タフな自分を作り上げてきたことが、何よりの自信の源と思っていたのに。そんな自分を祥子に見せつけてやろうなどという気持ちにはさらさらなれず、祥子に対して抱いていた恨みに似た感情も、今は嘘《うそ》のように消えている。

「証券マン！　びっくり。それはまったく予想外だったな。でも、たしかに今はそれらしく見えるよ。それに……」

祥子は少し間を置いて、ワインで口を湿らせてから続けた。

「もてるでしょう、今。女の子から」

「いや……」

「わかるって。そういうオーラが出てるもん。それにね、私は実は、わかってた。高校のときから。桜川君、いつかきっとそうなるってね」

高校のとき、と聞いて、不意に衛は、祥子に読まれたかもしれないあの日記のことを思い出した。自意識過剰な思いを赤裸々に綴《つづ》ったあの日記。それを祥子が読んだのかどうか、会ったら確認してみようと思っていた。でも今は、もうどうでもいい。そのことを思い出しても、赤面しそうにさえならない。それはたぶん、誰もがなんらかの形で通過する里程標のひとつなのだ。

それよりもむしろ、複数の女との関係を持ちつづけてきたことを、今目の前にいる祥子に知られることの方が、はるかに恥ずかしい。

「でも、女の子に好かれたからといって……」

衛がその先を続けられずにいる間に、祥子が弾んだ声で言った。

「彼女はいる？　いるよね、当然」

「うん……。もう、六年になるかな」

「長いね。じゃあ、そろそろ結婚だ」

「どうかな……」

短い沈黙を挟んで、再び祥子が口を開く。

「あ、ねえ、シュショウは？」

一瞬、何を言っているのかわからなかった。殊勝？

「将来はシュショウになるって、言ってたじゃない」

「ああ、首相か……。首相ね。そんなこともあったね」

衛は乾いた声で笑い、すぐにそれをいやな笑いだと思った。

「あれは子供の……夢だよ。僕は子供だった。たぶん、実際の年齢以上にね。何もわかってなかった。今だって、どれだけわかってるのかは疑問だけど。でも子供の頃の夢なんて、たいていは実現しないものだよね。もしもみんなが夢を実現させてたとしたら、この世界は宇宙飛行士や社長やプロサッカーの選手やスチュワーデスだらけになってしまう」

「はは、そうだね……」

祥子は寂しそうに笑い、少ししてからつけ加えた。

「でも、〝首相になりたい〟って言い切ってた桜川君は、素敵だったよ。結果として本当に首相になるかどうかは、問題じゃないんだよ。そういう心意気があることが、素敵だった」

潤《うる》んだような目で見つめられて、衛は言葉に詰まった。

「私は……思い出せないんだ、何になりたいと思ってたのか。そういうの、何もなかったのかもしれない」

そう言って祥子は目を伏せ、口調を改めた。

「望月さんはどうしてる？」

問われるままに、衛は望月慎吾の現在の様子を語った。ただ、勤務先がアダルトソフトの制作会社であることはなんとなく言うのが憚《はばか》られたので、「小さな会社でデザイナーのようなことをしている」とだけ伝えた。それに続けて、香原からいくつかの情報を得た経緯についても、手短に述べた。話を聞いている間、祥子はずっと目を伏せて黙々と料理を口に運んでいたので、何を感じているのかはほとんど読めなかった。ただ、「香原」の名前には、微妙に眉を曇らせた。

「でもなんで、二人は知り合ったの？　〝不思議な縁で〟とか手紙には書いてあったけど」

衛は少し迷ったが、言葉を濁しようもなく、望月と知り合うきっかけとなった部分から包み隠さず説明した。経験を積んだ衛なら、都合の悪い部分を適当にはしょったり、巧みな嘘で置き換えたりすることはたやすかったはずだ。しかし、祥子を前にすると、それができなかった。不器用な高校生時代に戻ってしまったような気分だった。だから衛は、すべてを話した。つまり、「shokoの部屋」の掲示板をめぐるやり取りも含めて。

「あっ、あれ！　あー……見られちゃったか」

祥子はぶっきらぼうな感じでそう言ってから、ナイフとフォークを置いて、目を閉じた。

「ヤバい。まだあったんだ……恥ずかしいな……どうしよう、超恥ずかしい」

「ごめん。たぶん、見られたくないものだろうとは思ったんだけど」

「ううん、だったら、そもそも公開なんてしなきゃいいわけで。なんかね、ああいうエロい格好してるのを見られたことがって言うより、あんなことをしてたって事実を知られたことの方が恥ずかしい。それもよりによって、桜川君に……」

祥子はそう言って、顔の片面に垂れかかる前髪を片手でしきりとかき上げた。頬がだいぶ赤くなっている。その姿は変に新鮮で、衛も少し赤くなる。

「でもその様子じゃ、僕が掲示板に書き込んだメッセージも読んでないよね?」

「うん、ごめんなさい。去年の夏からいっさいチェックしてないの。もちろん更新もしてないし。いやぁ、まいったな。すっかり忘れてた……」

そう言って、視線を斜め下に落としたまま、右手の指先で髪の房をもてあそんでいる。先を促していいものかどうか衛が迷っていると、祥子がわずかに身を乗り出して衛に訊ねた。

「ねえ、あれ、どう思った?」

「あれって?」

「あの、画像。私の画像。いいと思った?」

「…………」

「勃起《ぼっき》した？」

そのあけすけな物言いに衛はたじろぎ、この場合どう答えるのが正しいのか迷い、結局、ありのままに答えるしかないのだと意を決した。

「少し、しそうになった」

「もっと見たいと思った？」

「うん。でもそのときには、もうそれが君じゃないかと思ってたから……」

「私だと、見たいとは思わなかったの？」

「そうじゃない。なんて言えばいいのかな……」

衛は言葉を選び、慎重に語を継いだ。

「フェアじゃない、と思ったんだ。もしも君が、最初から僕に見せてくれるつもりであういう画像を用意して、見て、と手渡された上で見たんだったら、たぶん僕はもっと勃起したと思うし、もっと見たいと思ったと思う。でもあれは、不特定多数向けに公開されてるもので、僕がそれを見てることをおそらく君は知らない。それはフェアじゃないと思ったんだよ。だから、自然に禁制が働いた」

驚いたような顔で口を開けてそれを聞いていた祥子は、途中からくすくす笑い出し、しまいには身をよじって笑い声を立てはじめた。

「やっぱり、変わってないかも、桜川君」

衛はただ途方に暮れて、祥子が笑いやむのを待った。

「そうやって、自分の気持ちとかをものすごく理路整然と客観的に説明するところとか、高校時代とぜんぜん変わってないね」

「そういえばそうかな」

衛もつられて笑った。

「でも、これはむしろ、君に引きずられてこうなったんだよ、たぶん。君と話してるうちに、当時の僕が蘇《よみがえ》ってきたんだ」

「結局、人って本質の部分はほとんど変わらないのかもね」

祥子はテーブルに両肘《りようひじ》を突いて、衛の顔を見つめながら何度かうなずいた。

「でも、そうやって、こっちがどんな突拍子もないこと言っても、その都度ちゃんと考えてちゃんと答えてくれる、桜川君のそういうとこ、好きだよ」

衛は一瞬、無表情になり、無表情になっている自分に気づいて、慌《あわ》てて笑顔を作った。動揺すると表情が消える癖まで、高校時代に戻ってしまっていたらしい。

「……なんてことを、彼女がいる人に向かって言ってる間に」

そう言いながら、祥子は身を起こした。

「やっぱり、話さなきゃならないんだろうね、私のこと。私、まだ何も話してないよね」

「うん……」

衛はフォークを下ろして言った。

「でも、もしも話すのがつらいようなことなんだったら……」

「ううん、〝つらい〟というより……。とにかく、話さなきゃ。話そうと思ったの。だれかに話さなきゃいけないと思ったの。だから、招待したんだ、二人を。一人になっちゃったけどね。むしろ、それがラッキーだったかも。桜川君だけが相手の方が、たぶん話しやすい」

祥子はそう言って、薄く笑った。

「とにかく、いい機会だと思ったの。話さずにいるとね、たぶん私、いつまでも今いる場所から出て行けないと思う。だから、話しても、いいかな。聞いてくれるかな」

もちろん、と言って衛は、祥子の話を促した。衛には、すでに聞く準備ができていた。

8

「でも、どこから話せばいいんだろう。桜川君とはあまりに長いこと会ってないから……。ねえ、どっから話せばいい？」

祥子が真顔でそう訊《き》くので、衛はちょっと笑いそうになる。

「僕に訊かれても……。だったら、まず、あのサイト。どうしてあんなサイトを始めたのか、そこから訊いていいかな。それが今回のそもそもの発端だし」

「いきなりそこ？　私自身、さっき指摘されるまで忘れてたのに」

そう言って気後れしたように笑いながらも、祥子はインタビューに応《こた》えるように言葉を探した。

「あれはねぇ、うーん……どう言えばいいのかな。つながり方が……世界とのまともなつながり方がわかんなくなっちゃってたっていうか……。そう言うとカッコつけすぎなんだけど、要するに、ちょっと頭おかしくなってたんだよね、あの頃。日本に戻ってからしばらくの間」

「それまではハンガリーに？」

「うん……」

祥子は一瞬口ごもり、それからちょっとおどけた調子でつけくわえた。

「恥ずかしながら、ハンガリーに行っておりました」

日本女性を偏愛するナーダーシュ・カーロイなる吸血鬼のような男にもてあそばれ、廃人のようになって戻ってきた。榛菜から聞いている帰国直後の祥子像からすると、その頃のことを語る本人の口ぶりがあまりに軽々しいことに違和感を覚える。しかし思えば、今日顔を合わせてから祥子は、一度でも深刻そうな態度を示しただろうか。

「ナーダーシュっていう人と？」

衛がためしにそう言って水を向けると、祥子は素直にうなずいた。

「そのへんの情報は……榛菜から？」

「うん……実はこないだ、会ってきたんだ、十年ぶりに」

「そう言えば桜川君、昔いっとき、つきあってたんだよね、榛菜とは」

祥子を破滅させるために榛菜がめぐらせた企てのことを思い出し、衛は一瞬、自分がそれに加担していたかのようなうしろめたさを覚えた。しかし祥子は、軽くため息をついただけで、すぐに話を続けた。

「なんとなく想像がつくな。榛菜が桜川君にそのことをどんな風に伝えたか。でも、たぶん、違う。たいていのことって、人が言ってるのとは違うよね」

「違うんだろうね、きっと」

「でも、いざ話そうとすると難しいな。桜川君たちが来たら、こういう順序でこう話そうって、何度も頭の中でシミュレーションしたつもりだったのに。まだ、誰にも話してないんだよ。自分でも驚いてしまう。そもそもこの二年というもの、私はほとんど誰とも口をきかずにいたの。人って、そんな風にしても生活していけるんだよね。びっくり……」

　そう言って祥子は、サラダを少し口に含み、どこか齧歯類《げっしるい》を思わせるような口の動きでそれを飲み込んでから、一人でうなずいた。

「やっぱり、最初から話すね。前の会社……セラヴィを辞めることになったところから」

　その話には、香原伸幸も登場する。セラヴィ・フードサービスで最初に配属された購買部の、一風変わった先輩社員としてだ。

　長い髪を後ろで縛り、極彩色のワイシャツを着たその姿は異様だったが、なにくれとなくこまめに声をかけてくれる親切さは単純にありがたかったし、やや露悪的と言ってもいいほど傲慢《ごうまん》な「俺様キャラ」も、逆に新鮮だった。

香原が社会人になってから始めたというバンド、「日ノ本維新講」のライブにも、まめに顔を出した。技術的にはおおいに疑問があったが、会社での仕事以外になにかに打ち込んでいるまっすぐな姿勢には好感が持てたからだ。祥子はすぐに香原と打ち解け、悩みごとなども打ち明けるようになった。

一方、社内ではひとつ、大きなプロジェクトが動いていた。創業者でもある世良滋《せらしげる》社長のワンマン色が強いセラヴィでは、関西出身のこの社長の思いつきに、しばしば全社が振り回される。このときはそれが、「スローフード・レストランのチェーン展開」だった。消えつつある郷土料理を守り、小規模生産者を保護するといったスローフードの理念と、食材や調理法の画一化・均質化とそのシステマティックな流通を前提とする「チェーン展開」という方法論は、ほぼ真っ向から対立する。

しかしすでに命令は下され、購買部とメニュー企画部の部員を中心として、新たに「スローフード企画室」が立ち上げられる。祥子も香原も、若手の戦力としてそこに編入された。室長以下、誰もがこの難問に弱り果て、最初からさじを投げていた。なにしろ、世良社長が考案したチェーン店の名前からして、「おっとりメシ屋」だ。「スローフード・レストラン」をほぼ直訳したものと思われるが、これは間違いなく失敗すると誰もが思った。

ただ、祥子だけは別だ。社長はひとつのヒントを提示したに過ぎず、実現可能なエッセンスがその中に含まれているはずだ。祥子は独自にスローフードをめぐって巷間《こうかん》に流布《るふ》しているさまざまな記事を根気よく調べ上げ、ひとつの可能性を見出《みいだ》す。

この語に反応する人々の中には、理念を文字通りに実現しようとする層以外に、消費という大きな文脈の中で、オプションとしてそれを選ぶ層が間違いなく存在する。気分としてのスローフード。自分は食文化に一家言持った、心にゆとりのある粋《いき》な現代人なのだという彼らの自己認識を補強するような、垢抜《あかぬ》けていて、それでいて虚飾の匂《にお》いがしない舞台装置が必要だ。

それだけに、「おっとりメシ屋」というネーミングは、絶対にまずい。たとえば、「ガーデン」をキーワードにしたらどうか。内装もそれに合わせる。庭のある一戸建て。繁茂するアイヴィー、ミント、アカンサス。咲き乱れるシャクナゲ、セントポーリア。都会の喧噪《けんそう》から離れ、親しい友人だけを招いて、厳選した食材を使った極上の料理に舌鼓《したつづみ》を打つ。そんなイメージの内装にして、まずは都心部にパイロット店舗を開き、反応をモニターしながら次の展開を考えていく……。

祥子がほぼ単身でそのアイデアをまとめているところに、なにか力になれることはないかと香原が首を突っ込んできた。祥子自身、まだ経験も浅く、その企画をどういう形で上につなげればいいかがわからなかったので、ひとまず一切合切を香原に預けることにした。

香原は祥子の原案をほとんどそのままの形で企画書にまとめ、やる気のない室長を素通りして世良社長に直談判《じかだんぱん》を持ちかけた。しかも、「香原伸幸」の名義で。社長が絶対という社風の中で、何の役職も持たない平の社員が社長に直接もの申すなど異例中の異例と言っていい事態だったが、逆にその度胸が買われたのか、社長はあっさりと香原の企画書を通した。さよか、ほな、やってみろ、と言って。

「けったいな髪型してるけど、あれはなかなかの男や」

室長をはじめとする居並ぶ幹部連中の怒りをよそに、世良社長はそう言って香原を褒めそやした。香原は主任に昇格し、何人かの若手の部下がつけられた。祥子もそのうちの一人だ。

「この企画はバクチみたいなもん」で「コケたら都築まで会社にいづらくなる」から、勝機が見えてくるまでは「関わらせたくない」というのが、香原の言い分だった。だから祥子の名を挙げなかったのだと。そしてその後も香原は、同じ部署にいながら祥子には雑用や調整のような仕事しか回してこなかった。

事実上は企画の持ち逃げ、手柄の横取りだ。もちろん、悔しかった。上司にかけあっても、今さらどうしようもないし、どっちみち若くて女の君に陣頭指揮は取れないと一蹴《いっしゅう》され、泣き寝入りするしかなかった。

「ただ、私が一番納得できなかったのは」

と祥子は言った。

「香原さんがそうまでして会社での評価を高めることに躍起になってるのはなぜなのかってことだったの」

焦《あせ》りがあったのかもしれない。自分の「本業」は音楽活動の方だと断言して憚《はばか》らない香原だったが、日ノ本維新講も一部の固定ファンがついたところで失速し、香原自身、三十歳に着々と近づいていた。音楽活動の方で得られない評価を、サラリーマンとしての評価で補おうとしたとしても、不思議ではない。

「香原さん、今はそのスローフードの店で店長やってるよ」

衛はそう言って、「ミセス・ブラウンズ・ガーデン」の様子を語って聞かせた。祥子の原案にあった「ガーデニング風の内装」は、今でも部分的には生きている。しかしスローフードの概念は曲解され、どういうわけか自己啓発系の書籍まで店内で売られている。

「ああ、そっちに行っちゃったか……」

そう言って祥子は、乾いた笑いを洩《も》らした。

「当時から兆候はあったんだよね。〝夢を実現させる〟とか〝成功する〟とか、そういう種類の言葉をやたらと口に出すようになってて。人の批判にも耳傾けないし」

「でもあれは……企業としてはどうなのかなと思うけど。あんな状態でどうして放置されてるのかな」

「誰も何も言えないんだよ。容易に想像がつくな。社長の全幅の信頼を勝ち得ているんじゃないのかな。社長、思い込みの激しい人だったから。香原君のやりたいようにやらせておけ、とか言って。もう、どうでもいいことだけどね、私には」

そう言ったきり、祥子は口を閉ざして、もの思わしげな顔で手元を見つめている。

「ひとつ、突っ込んだことを訊いていいかな」

「何？」

顔を起こした祥子の額に、前髪が垂れかかる。

「香原さんとは、なにか、あったのかな、その……男と女として」

それを言ったとき衛は、祥子が破顔一笑して否定することを期待していた。今現在、祥子に対して恋愛感情を持っているわけではなくても、あのいけ好かない男とたとえ一時的にでも祥子が親密であったとしたら、その事実は受け入れがたい。しかしあえてこんなことを訊《たず》ねたのは、内心、そうだったのではないかと疑っていたからでもあった。

祥子はばつが悪そうに笑い、「ちょっとね」と言って、事実を認めた。

「今から思うと、信じられないんだけど。それまで私のまわりにいなかったタイプだったから、それに目をくらまされちゃったんだと思う」

そう言う祥子の口調には、これまでにもその問題についてくりかえし考えをめぐらせてきたことを窺《うかが》わせる確信が感じられた。

「私はそれまで、桜川君とか望月さんみたいに、どっちかというと当たりがソフトで、偉ぶらない人とばかり親しくしてたからね。あの、自分が絶対正しいって決めつけるみたいな調子とか、上からものを言う感じとかに、だんだん言いくるめられちゃって……。服のセンスとか目も当てられなかったし、第一印象ははっきりいって最悪だったんだけど、話してみると意外にいい人だなって。私、そういうのにすぐだまされちゃうの」

ただ、親しくなって初めて気づいたこともある。よく見ると、香原は誰にでも、祥子に対するのと同じように振る舞っているのだ。正確には、香原自身より歳下《としした》か、あるいは契約社員など、自分よりも立場が弱い者、その中でもとりわけ女子に対して、等しくこまめに気を配っている。なにかの相談に乗ってやっているところもよく目にする。給湯室や使っていない会議室などで。祥子に対して使うのと同じ「おまえさん」という二人称で相手を呼びながら。

弱いところを狙《ねら》い撃ちする。立場の弱い人間、あるいは精神的に弱っている人間の弱さにつけ入る。そうしたことの積み重ねで「人望」を得て、歳下から慕われる人気者にでもなったつもりでいる。ひとたびそれに気づいてしまうと、もうどんな気づかいをされても、いやらしいとしか思えない。祥子はやがて、香原に距離を置くようになる。

「その矢先に、例のスローフード・レストランの件があったの。香原さん、私に距離を置かれたことにも気づいていて、挽回《ばんかい》しようと思ったのかもね、最初は。頼りになる兄貴面《づら》をしようとして。はじめから企画を横取りしようと思ってたんじゃないと思う。でも、結果としてはあれが決定打だった。もう、顔を見るのもいやなほど嫌いになっちゃった」

「そういうことがあって……」

衛は、祥子が冷蔵庫から出してきた魚介のマリネをつまみながら、問いを重ねた。

「日本から出ようと思ったの？」

「まさか！　そんなことで日本に絶望したりしないよ」

祥子はそう言って、屈託なく笑った。

「ただ、衝動的な行動だったことに違いはないよね。……私ね、桜川君もうすうす気づいてるんじゃないかと思うけど、実はけっこう平気で道を踏み外すの」

そうなのだろうか。いつも芯《しん》のあるまっとうな考えを持って、確信のもとに道を選び取っているように見えた祥子が？　あの都築祥子が？

「男が関わると途端に羅針盤が狂っちゃうの。普段は慎重なのに、男がからむと急に突飛な行動を取ったり、衝動的になったり……。しかも、基本的に男の趣味が悪い。つきあう男がいつも、なんらかの意味でハズレなの。同じハズレくじを二度続けて引いちゃうことさえある」

それが望月や香原のことを指して言っているのだとすれば、たしかに「ハズレ」だろう、と衛は思った。それからはたと、自分自身もまた、その中に数えられているのではないかと思った。その「ハズレくじ」本人を前にしていることに、今の祥子は気づいているのだろうか。それを思うとおかしかったが、祥子はちょっと自嘲的《じちようてき》に笑いながら話を進めていた。

「そのハズレの最たるものが、カーロイ……ナーダーシュ・カーロイだった、ってとこかな」

9

インターナショナル・パーティには、ときどき顔を出していた。しきりと誘ってくる榛菜のことはうっとうしく感じていたが、出席すれば一定の気分転換にはなったからだ。変に言い寄られて困ることもあったが、榛菜と違ってもともと外国人男性にはとりたてて興味がなかったので、逃げ方さえ心得ていれば深みにはまることもなかった。

ただ、カーロイだけは別だ。というより、その登場はタイミングがよすぎた。

榛菜からカーロイを紹介されたのは、香原に企画を持ち逃げされてくさくさしている頃だった。男を押しのけてまで出世しようとするほどのキャリア志向もなかったが、自分の業績が正当に評価されていない現状にはうんざりさせられていた。加えて、香原の存在。

会社では今もって香原の部下だから、毎日顔を合わせざるをえないし、どれほど避けていても、口をきかないわけにいかないときがある。こんな男に一度でも体を許してしまったというその事実は認めがたく、出勤するたびに、自分に対する腹立たしさがこみ上げてきていた。

そこに現れたカーロイは、文句のつけようがないほど魅力的な男だった。優雅な身のこなし、紳士的なふるまい、驚くほど巧みな日本語で語られる豊富な話題……。鳶《とび》色《いろ》の澄んだ瞳《ひとみ》で見つめられると、その奥に広がる未知の世界に誘い込まれていくような感覚があった。外国人男性には興味がないと思っていた自分でも心惹《ひ》かれるのだから、これはまさにかけ値のない本当の「魅力」なのだ。祥子はそんなおかしな理屈で、カーロイに心を奪われてゆく自分を正当化した。

「今から思えば、一種の逃避だったような気もする。私はいろんなことに行き詰まっていて、それまでの生活をひと思いに塗り替えてしまうような、なにか変わったものを求めてたのね。なにか——誰が見ても驚くような、あからさまに変わったものを。カーロイが外国人だったたっていうのは、その私にとって、ある意味、渡りに船だったんだよ」

そう言う祥子は、榛菜が祥子にカーロイをあえて引き合わせた真の動機を知っていたのだろうか。衛はそのことに触れるべきかどうか迷い、結局、控えめにこれだけ口にした。

「でも、そのカーロイっていう人には、あまりいい噂《うわさ》がなかったと聞いてるけど……」

「ああ、日本の女の子をたぶらかして駄目にするとか？」

祥子はあっさりとそれを認めた。

「聞いてたよ、なんとなくね。だから、榛菜が私に彼を紹介した真意も、なんとなくわかった。妙に誉めそやすのがかえって不自然だったしね。でもどっちみち、私はもうとっくにあの子を信用してなかったし、それとこれとは別だと思ってた。あの子が私を不幸にしようとしてカーロイを差し向けたんなら、私は逆に、カーロイと一緒になることで幸せになってやろうって思ってたの」

噂など、あてにならない。自分の目で見なければ信用できないし、どちらを信じるかといえば、大勢の人間の口を介して歪《ゆが》んだものになってしまっているにちがいない風聞やスキャンダルよりは、彼を「魅力的だ」と思っている自分の感覚を信じたい。

「そう思う時点で、私がいかに学習していなかったかがわかるよね」

そう言って祥子は笑う。自分の「目」が間違っていたまさにそのために、それまで何度も、異性関係で失敗を繰り返してきたというのに。

「今度、またしばらくハンガリーに戻って暮らすことになるんだけど、一緒に来ないか？」

カーロイがそう言ってきたとき、ああ、これが噂に聞くそれなのかな、という思いが一瞬頭をよぎった。しかし、カーロイの瞳はあまりにも澄んでいて、そこに邪悪な意思が潜んでいるとはどうしても思えなかった。

「これはプロポーズじゃないよ。ただ、君は僕の国に来るべきだと思うんだ。君がツィンバロムに惹かれるのにはきっとなにか理由がある。それを君も知りたいだろう。僕がガイドになってあげるよ」

カーロイのその言葉に、祥子はほとんど即答に近い形で「一緒に行く」と返した。

「……ツィンバロム？」

衛はその単語を聞きとがめて、思わず訊ねかえした。

「そう、ツィンバロム！」

祥子はそう言って、わずかに身を乗り出した。

「ハーリ・ヤーノシュ？」

「そう。コダーイの『ハーリ・ヤーノシュ』。桜川君が教えてくれたんだよね」

衛は雷に打たれたように息を止め、言葉に詰まった。祥子自身の口から、その名が、その曲名が放たれていることが、なにかの間違いのように思えた。たしかに望月は、それこそが「祥子ちゃんのハンガリー行きの謎《なぞ》を解く鍵《かぎ》」だと興奮気味に断言していた。しかし衛には、とうてい信じられなかった。できすぎだ、と思っていたのに。

「私はあの後もずっと、コダーイを聴きつづけたの。コダーイだけじゃなくて、ツィンバロムを使ったいろんな音楽家やバンドの曲をたくさん……。自分がどうしてそんなにあの楽器の音色に惹かれるのか、その理由を知りたくて。ハンガリー語だって勉強したんだよ。その種を仕込んだのは、桜川君なんだよ」

脳裏に鮮やかに蘇《よみがえ》ってきたのは、実家の居間の様子だ。家族はいない。ただ、祥子と衛だけがいる。祥子は頬に垂れかかる髪を右手ですくい上げながら、LPレコードのジャケットに目を落としている。その、なかば下ろされた長い睫毛《まつげ》。いつも少しだけ笑った形になっていた唇。何度となく繰り返されたあの特別な時間。衛には濃密なものに思えたあの空気。

よこしまなことを企《たくら》むにはうぶ過ぎて、それでも異性と二人きりでいることは強烈に意識していた。照れ隠しに、楽曲に対する解説ばかり述べ立てていた。いっぱしの音楽評論家を気取りながら、祥子が本当に興味を持っているのかどうか見定めることさえ忘れて。

あまりにナイーブだった自分のそのふるまいを、思い出すたびに恥じていたが、少なくともひとつは、思いが伝わっていたのだ。祥子は本当に、コダーイを気に入っていたのだ。それも、その後何年もの間、行動原理の一部になるまでに。

不意に、二人を分け隔てていた十一年の歳月が圧縮され、嵐《あらし》のように体内を駆け抜けていったような気がして、衛はめまいに似た感覚に襲われた。

「……もしかして、忘れちゃったの？」

黙り込んでいる衛の顔を下から覗《のぞ》き込むようにしながら、祥子が言った。

「もちろん、覚えてるよ。ただ、びっくりして……。あれが君にとってそれほど大きな意味を持つものになるなんて、思ってもみなかったんだ」

「自分でも不思議なんだけどね、あれは、私にとってなにか特別なものなの。ツィンバロムの音色は。前世でハンガリーに住んでたんじゃないかって思うくらい。だから、そのハンガリーから来たカーロイが私を招いてるってことが、私には運命みたいに思えちゃったのね」

カーロイの誘いに衝動的に応じてからの祥子は、夢を見ているような気分だった。翌月の頭には発《た》ちたい、というカーロイに合わせて、残り一週間しかないという条件の中で強引にセラヴィを辞めた。あとは、カーロイが用意してくれる航空券を手に、ウィーン経由ブダペスト行きのオーストリア航空に乗るだけでよかった。

父親には、当分の間、ハンガリーで気ままに暮らす、とだけ伝えた。信頼できる友達が向こうにいるから心配しないで、と言うと、驚きはしたが止めはしなかった。

「友達や知り合いにもほとんど何も言わないで、さしあたって必要なものだけ鞄《かばん》に詰め込んで、当日、成田でカーロイと一緒にチェックインしたときになっても、まだ夢の中にいるみたいだったよ。自分がそんなことしてるなんて信じられなくて、だからきっとこれは夢なんだって思ってた。いつ、私の部屋のベッドで目覚めるんだろうって思いつづけて、フェリヘジ空港に飛行機がランディングするズンっていう震動を感じて初めて、現実なんだって実感したの」

しばらくは、それこそ夢のような日々が続いた。ブダペストは、本当に美しい街だった。ゲッレールトの丘から望む鎖橋やエルジェーベト橋。ドナウを挟んでいかめしくそびえ立つ聖イシュトバーン大聖堂。丘をゆっくりと下る路面電車。どこか東方的な意匠が施された、歴史の古い建築物の数々。すべてが美しく、そして懐《なつ》かしかった。

カーロイも最初はやさしく、何をするにも紳士的だった。ツィンバロムの製作工房に連れて行ってくれたり、ロマ族の演奏家に引き合わせてくれたりもした。見知らぬカップルの結婚式に飛び入りで参加し、神業と呼ぶのがふさわしいようなツィンバロムの早弾きを間近に見たこともある。そんなとき、カーロイはそっと祥子の肩を抱き、穏やかな微笑で見守っていた。

やはり、噂は噂でしかなかったのではないか、と祥子は思いはじめていた。自分を気づかう様子が、ときに少しばかり過剰に思えることがある。そういうところが誤解され、悪意から歪められて伝わっているだけなのではないか。そうでなければ、私は特別なのかもしれない。カーロイは日本の女の子を「偏愛する」と聞いているが、すべての日本の女の子が私のようにハンガリー語を学んだりツィンバロムに興味を持ったりするわけではないから。

しかし、祥子が形式上、カーロイの秘書として「雇用」されてから、カーロイは変わった。いやむしろ、隠されていた本来の姿をあらわにしはじめた。

「これがもう、とんでもない隠れ女卑の変態男でね」

カクレジョヒ、という語の意味がわからずに戸惑っている衛を見て、祥子が笑った。

「つまり、一見優しくて、ちゃんと私のことを尊重してくれるように見えたんだけど、ほんとはぜんぜん違ってたってこと。殴る・蹴《け》るこそしないけど、言葉の暴力がね」

カーロイは、祥子と暮らすフラットを、数日から一週間という単位で留守にすることがあった。本人が自称する「仕事」だ。それが本当に音楽コーディネーターあるいは楽器商としての仕事だったのかどうかは、祥子にはわからない。ただ、不在時にかかってくる電話は、「秘書」である祥子が取らねばならなかった。

　慣れない片言のハンガリー語でどうにか対応はするものの、相手の名前を聞きそこなったり、一方的にまくし立てられた用件をまったく理解できなかったりする。戻ってきてそれを知ったカーロイが、優しく、しかし執拗《しつよう》にそれを叱《しか》る。君はその程度のハンガリー語ならもう聞き取れるはずだ。それができないのは、君がまだハンガリーという国に対して心を開いていないからだ。それは君にとってもよくないことだ。

「それがだんだん、だんだん、厳しい言い方になっていくの。いつになったら君はハンガリーを受け入れる準備ができるんだ、それはこの僕を拒絶しているのと同じだ、とか。これが君にとっての精一杯なら、君の能力について僕は考え直さなければならない、とかね。君はあまりに無自覚すぎる、自分が何者なのか深く考えることもなく、ただ漫然と日々を無駄に過ごしている、とも言われたよ。なまじ屁理屈《へりくつ》でくるまれてるから、よけいタチが悪いの」

　カーロイに言わせれば、祥子はこれまでの無自覚な人生の中で「誤った道に踏み込み」、「俗っぽい考えに視界を曇らされ」て、「取るに足らないくだらない人間に成り下がって」いる。それを一刻も早く正さなければならない。魂の牢獄《ろうごく》から、本当の自分を解放しなければならない。

祥子がそうしたカーロイの言葉の行方を追うことに疲れ、口ごもると、カーロイは追い討ちをかけるようにさらに言葉を厳しくした。君は無価値な人間だ、くだらない女だ。女はいつもそうだ。日常の水準でしかものごとを見ない。すべてをテレビショーの次元にまで引きずり下ろしてしまう。君もしょせんはそういう俗悪な女たちの一人に過ぎない。

そう言って口を極めて罵《のの》りながら、カーロイは興奮してくる。祥子を罵倒《ばとう》する自分の言葉に昂《たか》ぶって、いっそう声を荒らげながら、祥子の体をベッドや床に組み敷いた。

「つまり、それは彼にとって、一種の〝前戯〟だったわけ。私を罵りながら、アレがどんどん大きくなってくるの。ほかのどんなときよりも、硬くなってるの。……真性の変態だった」

そこまで言うと、祥子は正面から衛の顔を見つめて、口の端だけで微笑《ほほえ》んだ。

衛は、もうたじろがなかった。こういう種類の秘密を赤裸々に告白する祥子は衛の知っている都築祥子ではなかったが、これもまたひとつの都築祥子なのだ。その二人の「都築祥子」が今、一本の線で結ばれようとしているのを感じていた。ここでひるめば、それ自体が祥子に対して無礼になると思った。だから衛は、ただうなずいて、先を促した。

「でもね、結局、悪いのは私なんだと思う」

祥子はそう言って、ため息をついた。

「すぐに逃げ出せば済んだことなんだよ。でも、お父さんとかにもろくな説明をしないで勝手に日本を飛び出してきた自分には、カーロイしか頼れる人がいないと思ってたから……とにかく私は、ここに、ハンガリーにいるしかないんだって思ってたの、カーロイと。そう思い込んでた。逃げることなんて考えさえしなかった。もう、洗脳されてたみたいなものだよね」

カーロイとのそんな生活は、一年と四ヶ月にわたって続いた。

しかしあるとき、カーロイが「仕事」で不在にしていた日の夕方のことだ。近所に食材の買い出しに行って戻ってきたとき、アパートの階段を昇っている途中で、太った中年女性に声をかけられた。何度か見た覚えのある女性だ。おそらく、同じアパートの住民だろう。その彼女が、叱責《しっせき》するような調子で、しきりになにか訴えている。階段の下にいる別のだれかに言っているのだろうと思ったが、振り向いても誰もいない。

あらためて耳を傾けると、ハンガリー語で「逃げなさい」と言っているのがわかった。「あの男は悪い男だから、今すぐ逃げた方がいい。あなたのために言っている。

日本に帰りなさい」。そういう意味のことを、くりかえし言っている。

祥子はどう答えていいかわからず、ひとまずあいまいに会釈《えしやく》だけして自分の部屋に入ったが、買い物袋をテーブルに置き、カーロイがたまに手遊びにいじる鉄アレーのセットがラックに並べてあるのを目に留めた瞬間、逃げよう、と思った。そうでなければ、私はいつかあの鉄アレーで、カーロイの頭を打ち砕いてしまうかもしれない。そうなる前に逃げよう。こんな単純な答えが、こんな簡単な選択肢があることに、どうして今まで気づかなかったのか。

祥子はすぐさま銀行に走って、日本への渡航に足りる分だけお金を下ろした。生活費の管理は祥子の役目だったから、造作もないことだった。そして再びアパートに戻ると、その場で荷物をとりまとめ、カーロイへの書き置きをして家を出た。

書き置きにはハンガリー語でたったひとこと、「さよなら」。Viszontlátásra《ヴィソントラーターシュラ》!

「着の身着のままの、緊急避難って感じだった。もう一度でもカーロイの顔を見たら、私きっと、魔法かけられて石にでもされたみたいに動けなくなって、それっきり二度と帰れなかったかもしれない。それを思うと今でもぞっとする……」

カーロイが追って来るかもしれない。帰国してからしばらくの間、祥子はその恐怖の中で暮らした。埼玉の実家の住所は、カーロイに割れている。祥子は、父親にさえ帰国したことを告げなかった。幸い、「ある理由」から手つかずだった八十万円ほどの預金が銀行にあった。それでしばらくはしのげる。ただ、ホテル暮らしを続けていたら、資金が底を突くのはあっという間だ。

その後、綾瀬でグレッグと暮らす榛菜を頼ったのは、友達として信用していたからでもなんでもない。もちろん、あてつけるつもりも、まったくなかった。それだけの価値もないと思っていた。だからこそ、だ。榛菜にだったら、敗残の姿を見せてもかまわないと思った。恥じる値打ちさえない。カーロイとの生活に疲れ切っていた祥子は、そこで束《つか》の間《ま》の休息を得た。

実際には、カーロイは追ってこなかった。本当に来なかったのかどうかはわからない。ただ、追ってきた形跡はどこにも見られなかった。インターナショナル・パーティでまた新たな犠牲者を漁《あさ》るつもりなのかもしれなかったが、祥子にはもうどうでもいいことだった。ようやく実家に連絡すると、父親は戻ってこいと言ったが、祥子はそれを選ばなかった。

「あの家に、私の居場所は、もうなくなってたんだよ」

数年前からツヅキ薬局には、胆沢章江《いさわあきえ》と名乗る五十代の独身女性が頻繁に出入りしていた。父親は言葉を濁してまともな説明をしなかったが、名義上は「共同経営者」ということになっているらしい。章江はもともと資産のある家に生まれた一人娘で、自由になる金だけはたんまり持っていた。経営難に陥り、借金漬けで差し押さえ寸前だった薬局の危機を救ってくれた恩人には違いなかったが、父親と男女の関係であることは明白だった。

「前から女づきあいが激しい人ではあったの。よく、きれいな女の人を連れ歩いてた。でもそれは、お父さんの勝手だと思ってた。母親が死んだのはもうずっと前のことだし、娘の私が言うのも何だけど、お父さんはわりとかっこいい方だったし。でもあの胆沢さんは……。よりによってなんでこの女なのかって思った。すごく、みっともない人だった。太ってるし、髪もボサボサで、ガサツで品がなかった」

しかも章江は、父親が唯々諾々《いいだくだく》なのをいいことに次第に図に乗って、家の中のことにまで公然と口を出しはじめた。勝手に家に上がり込み、入り浸り、ルールを変更し、祥子にも有無を言わさずそれを押しつけ、しまいには主婦のように居座ってしまった。祥子が父親と二人でささやかに守ってきた家の中の秩序がかき乱され、踏みにじられた。

しかし父親は、何も言わない。経済的な負い目があるという理由だけではなさそうだった。「そうだね、章江さんの言うとおりだよね」と言いながら、デレデレしている。

「いやでたまらなかった。胆沢さん自身もいやだったけど、そんな彼女に腑《ふ》抜《ぬ》けにされてるお父さんを見てるのがもっと」

自分が留守にしていた一年と四ヶ月で、章江は「主婦」としての立場をますます不動のものにしているだろう。そんな家に帰って、章江とつばぜり合いを演じる胆力はとうてい持ちえなかった。ただ、榛菜とグレッグが祥子に出ていってもらいたがっているのもわかっていた。祥子はやがて、貯金の残りを資金に、このアパートを見つけて引っ越してきた。国立市を選んだのは、「どちらかというとくだらない理由」からだ。

遠くへ行きたかった。当分の間、カーロイとの生活で受けた傷が癒《い》え、乾くまでの間、誰とも接することなく、どこか遠くで、静かに暮らしたかった。たまたまグレッグが、英会話学校の講師のアルバイトで国立に派遣されたときのことを話しているとき、「遠かった」と言った。「都内とは思えないほど遠かった」と。端でそれを聞いていて、だったらそこだ、と思った。

生活のために、近場に職を求めた。駅で配布しているフリーペーパーに載っていた求人広告を見て、ネット通販会社から商品在庫の管理と発送を委託されている倉庫に就職した。人と接することがない職場なら、どこでもよかった。ダイエット用品やトレーニングマシーンを抱えて行ったり来たりする生活は、肉体的にはきつかったが、他人に対する気遣いで消耗させられる部分は皆無に近い。時間外勤務も進んで請け負えば、家賃と食費くらいは手にできる。

「働いてる間は、自分を無にしてた。忙しいのがかえってありがたかった。ほとんど誰とも口きかない暮らしがずいぶん長いこと続いてたな。職場でも、必要最小限のコミュニケーションしか取らなかった。飲みに誘われても必ず断ってたし。しばらくそれやってると、みんなほっといてくれるようになるの」

そして帰宅してからは、自分に向き合う時間が始まる。どうしてこんなことになってしまったのか、どこで道を誤ったのか。そんな自問を繰り返す日々だった。考えたくなくても、職場を離れて一人になった途端、否応《いやおう》なく頭の中でその問いが渦巻きはじめる。その考えには、出口がないように思えた。一度入口に戻ってみようとしても、どこから入ったのかさえ、もはやわからなくなっていた。

「でもあるとき、気づいたんだ。すごく簡単なこと。馬鹿《ばか》みたいに単純なこと」

祥子はグラスに残ったワインを飲み干し、髪を撫《な》で上げて、少し笑った。

「私、バカなんだよ。実はとってもおバカなの」

衛は相づちを打ちかねて、真顔で黙り込んだ。聡明《そうめい》で、自立していて、高校時代の衛から見れば及びもつかないほど自分というものをしっかり持っているように見えた都築祥子。その祥子を、「バカ」のひとことで切り捨てることなど、いかなる理由があろうとも考えられない。そうでなければ、どうして自分はこの十年間、祥子のことを仮想敵と見なしてこられたのか。

「ほら、誰しも、自分のことだけは頭がいいと思ってる、って言うじゃない？　私もまさにそれでね。ときどき失敗して、そのときは〝ああ、私ってバカだな〟って思っても、実は本気でそんな風に考えてるわけじゃなかったんだよ」

「それは、僕もそうかもしれない。時が過ぎてから、その頃の自分を本当にバカだったって後悔とともに振り返ることはあっても、そのときどきの自分は、自分をバカだなんて本気で考えてはいない」

「それ、それ。でも私は、誰ともつきあわず、口もきかず、ただこの部屋で延々と一人で考えつづけた結果、現在形で、自分のことをバカだと思ったの。実はバカなんだって気づいたの。今までもそうだったし、今現在もそうなんだって。同じ失敗を何度も繰り返して、あっちへ寄ったりこっちへ寄ったり」

祥子は軽く息を吸い込み、あとは一気呵成《いっきかせい》に語った。

「その都度、屁理屈をこねて自分で逃げ道を作ってたけど、そうやってものごとを整理できる自分はしっかりしてるし頭もいいんだって心のどこかで思ってたけど、そんなの全部、嘘《うそ》。私は、男に簡単に目をくらまされて、それまでの行動基準も平気でかなぐり捨てちゃう、ただのよくいるバカな女の一人に過ぎない。そのことを自覚した瞬間、こう、ふわっと、心が軽くなったの。すごく、気が楽になった。あ、なんだ、私ってバカなんだ、って。ただそれだけのことなのに、何を深刻に考えてたんだろう、って」

そこまで言うと、祥子は動力源が切れた機械のように肩を落とし、沈黙した。しかしその姿に、落胆や、自嘲《じちょう》や、自己憐憫《じこれんびん》の影はみじんもなかった。ただ、体の中に溜《た》まっていたものを一気に吐き出したことによる、心地よい虚脱の感触があるだけだった。

「でも、それに気づいた君は、すでに〝バカ〟じゃない」

衛は、格言を朗唱するような口調で、ゆっくりとそう言った。

目だけを動かして衛を一瞬見つめた祥子は、どこか共犯者同士の合図めいたところのある笑みを口元に浮かべた。それからつと立ち上がって窓辺に寄り、窓ガラスを少しだけ開けながら、大きくひとつ息を吐いた。早くも陽が傾きかけているが、部屋の中に舞い込んできた空気はひやりとしていて心地よく、まるで早朝のようだ。

その空気に、都心部での生活ではたえて嗅《か》ぐことがない土の臭《にお》いが混ざっていることに気づいた衛は、初めて窓の外に目を向けた。

森が、そこにあった。武骨な枝を縦横に張り巡らしている、枯れた森。

いや、都下とは言え、住宅や団地や工場が密集しているこの土地柄に、突然森林などが現れるはずもない。実際には、数本の雑木が、たまたま伐採を免れてアパートの裏の半端《はんぱ》な土地に肩を並べているだけなのだろう。しかし樹々《きぎ》の間を透かし見ても、その向こう側に光源はなく、まるで窓のすぐ外から始まる森が、地の果てまで続いているかのように感じられたのだった。

「気づくまで、すごく時間がかかっちゃった」

祥子は、窓の桟から上半身をなかば突き出すような姿勢を取りながら、ひとりごとのように呟《つぶや》いた。

「それまでの間、私は、世界とのつながり方を探しつづけてたの。カーロイとの生活の中で、一度断たれちゃった世界とのつながりを、どうすれば取り戻せるのかなって。

……それがどうしてあんな方法になったのかは、今となっては自分でもよくわからないんだけどね」

少し考えてから衛は、祥子が例のウェブサイトのことを言っているのだと気づいた。

「カーロイの言葉に、まだ縛られてたのかも。〝おまえは役立たずだ〟って飽きるほど言われつづけてたから、だったらこうすれば、少なくとも世の寂しい独り者の男たちの〝役〟には立つんじゃないかって。変な話、どこの誰とも知らない男の人が、私の画像を見て〝抜いて〟るかもしれないって思うと、安心したの。私を必要としてくれてありがとうって思った。でもそんなの、〝つながり〟でもなんでもない……」

そのサイトに、あえて自分の本名を晒《さら》した祥子の気持ちが、衛にはわかるような気がした。shoko tsuzuki と入力して画像をアップした瞬間、その十二文字のローマ字に祥子が込めた思い、閉ざされたこの部屋から発信することを許された、ぎりぎりのSOSのメッセージが、そこにはあったはずだ。

そして衛はそれを、たしかに受け取った。だから自分は今、ここにいるのだと思った。しかし、それが言葉になる前に、祥子は「寒いよね」と言いながら窓を閉めた。

「私はすぐに、ここが東京の一部であることを忘れちゃうの。東京どころか、日本、いや、地球ですらないような気がする。もっとずっと、果てしなく遠いところ。そう――まるで冥王星《めいおうせい》にでもいるみたいな気分」

祥子は窓を背に、消え入るような声でそう言った。

「冥王星……」

「そう、冥王星。最近、惑星から格下げされて、ますますはかない存在になっちゃったあの冥王星」

遠すぎる、見捨てられた星。太陽の光が届いたとしても、それはもはや地上をあまねく照らす明るさとは無縁のものだろう。闇《やみ》と氷に鎖された、永遠に不毛な世界。衛は一瞬、自分が実際に、そのさいはての星を覆《おお》う氷の荒野にただ一軒だけ建つ小さな家に、祥子と二人きりで籠《こも》っているかのような錯覚に見舞われた。

「ここは寒いの。夏でも寒い。じりじりと太陽が照りつけて汗もかいてるのに、それでも寒いって感じる」

祥子はそう言って、両手で腕をさすった。

「ここに来てもう二年近くになるけど、その間ずっと、私はそんな気持ちでいたの。世界から切り離されて、取り残されて、見捨てられちゃったような気持ち。なんでこんな遠いところまで来ちゃったのかなって、ずっと考えてた。……そういう気持ち、わかる？」

「わかるよ」

衛は自分でも驚いたほど即座に、そう答えていた。

「僕も、たいして変わらない。どこかで道を間違えてしまったような気がしてならないんだ。でもすでに、あまりに遠くまで歩いてきちゃったから、今さらどうしていいのかもわからない。引き返すっていったって、どこまで？　引き返したところで、やり直しがきくのかなって」

「やり直しなんか、きかないんだよ」

祥子はふとこうべを起こして、真顔で言った。

「自分がつけてきた足跡を、消すことなんかできない。そのときどきに自分が取った選択すべてが重なり合って、今の場所に自分を立たせてるんだよ。だから……」

実際には声にならなかったその続きを、衛は頭の中で聞いた。

だから、そこからあらためて足を踏み出すよりほかにないのだ。

誰だって、自分を堕落させようと思って堕落するわけじゃない。そのときそのときはいつだって、自分をもっとよくしよう、こうすればもっとよくなるはずだと信じて歩を進めてきたはずだ。衛自身そうだったし、祥子も、望月もそうだったのだ。香原や、あるいは榛菜でさえ。

やり直しはきかない。しかし、先に進むことはできる。太陽の光がたとえどんなに遠くても、消えてなくならないかぎり、その方向を見定めて歩みを進めていくことはできるのだ。

「でも、私は大丈夫。こう見えても、一歩ずつだけど前進してるんだよ。少しずつ……世界とのまともなつながり方を思い出してきてるの。サイトの更新をやめたのだって、そのための一歩。削除するの、忘れてたけど」

「そうだよ、それにあのサイトだって、役に立ったじゃないか」

そう言ってから、衛はすぐに、〝役に立つ〟という言い方に祥子自身が与えていた意味合いを思い出して、少年のように赤面した。

「あ、いや、〝役に立った〟って、そういう意味じゃなくて……ちゃんと、つながったじゃないか、僕と。あのサイトのおかげで、僕は君の存在をもう一度見つけたんだよ。こうして僕がここに来たことは、そして、今君がここで僕と話してることは、〝世界とのつながり〟ではないの？」

祥子は意表を突かれたようにしばらく黙って衛の顔を見つめ、それから、なにか心の奥深くでかすかに動いた決意を示すように、深くうなずきながらにっこりと微笑《ほほえ》んだ。

「そうだね、つながったね。ありがとう」

うなずこうとして頭を下げた衛は、その頭がぐらり、とそのまま地面に落ちそうな気がして慌《あわ》てて姿勢を正した。突然、抗《あらが》いがたい睡魔が襲ってくる。ワインが時間差で効いてきたのか、疲れが一気に出てきたのか。

「あ、私、最後にパスタ出そうと思ってたのに、すっかり忘れてた。ごめんね、今、用意してくるから。再会を祝うささやかなパーティのシメとしてね」

そう言うと祥子は、壁際《かべぎわ》の小さなラックの上に置いてあるパソコンを立ち上げ、ポップスのCDを再生させてからキッチンに向かった。音楽を聴く道具は、どうやらそれ以外に何もないようだ。

ソファに深く身を沈め、パソコンから流れるか細い音に耳を傾けながら、キッチンで立ち働く祥子の後ろ姿をぼんやりと眺めていた衛は、いつしかからみつくような眠りの中に陥っていった。

10

「桜川君、桜川君……」

体を揺すられて目を開けると、コートを着た祥子が目の前で屈《かが》み込んでいる。一瞬、置かれた状況がわからず、あたりを見回してからやっと、祥子の部屋であることを思い出した。ＣＤはいつのまにか終わっていて、テーブルの上には手つかずの冷めきったパスタがある。

「あ、ごめん……寝てしまった」

「いいの、いいの。すごく疲れてたみたいだし。だから、もう帰って休んだ方がいいんじゃないかと思って」

　氷の浮いた冷たい水を手渡されるままに口に含むと、ようやく頭が冴えてきた。ひどく長く眠り込んでしまっていたような気がする。窓の外も、もうすっかり暗くなっている。ただ、時計を見ると、まだ七時にはなっていない。

「すっかり長居しちゃって……。せっかくパスタ作ってくれたのに悪いけど、もうおいとましなくちゃ」

　衛はすぐにコートを羽織り、祥子と一緒に外に出た。バス停まではほんの一、二分で、その間、特に話すこともなかった。たぶん、もう祥子と会うことはないのだろう、と思った。そうなるであろうことを、二人を包む空気がひそやかに、しかしはっきりと物語っていた。

　なにか言わなければと思うのに、気ばかり焦《あせ》ってなにも口をついて出ない。バスが到着するまでなお数分の間があったが、結局、世間話のようなことしか言えなかった。

「じゃあ、お元気で……」

バスのステップに片足をかけながら衛がそう言うと、祥子は不意にコートのポケットから封筒を取り出し、衛に突きつけた。

「帰りに、これ読んで」

衛が戸惑いながらそれを受け取ると、待ちかねていたようにドアが閉まった。祥子が顔の脇《わき》で手を振りながら「じゃあね」と言ったようだったが、その声はもう、聞こえなかった。いささか暴力的な感じで走り出したバスの通路をよろよろと歩きながら、振り向いて窓から祥子の姿を探したが、道の彎曲《わんきょく》のせいで、それは一瞬で視界から消えてしまった。

無人に近いバスのシートに倒れるように座り込み、さっそく封を切ってみると、パソコンで書いた手紙が入っている。

桜川衛君へ

今日は来てくれてどうもありがとう。

今、桜川君が眠ってるそばでこっそりこれ書いてます。
面と向かって言うのがテレくさいこともあるし。
でも、本当に会えてよかった！

11年前に会えなくなってしまった桜川君に
この11年間のことを一気に話して
見失っていた自分の原点にようやく立ち返れたような気がしています。

祥子の部屋で正体もなく眠りこけている間に、何度か眠りが浅くなって、祥子がパソコンに向かってなにかを打ち込んでいる姿を見たようなおぼろげな記憶がある。これを書いていたのだ、と合点が行く。

私は今でも、11年前のあの夏の夜に、
あのまま桜川君の家に泊まっていたら
どうなっていたんだろうと考えてみることがあります。
あの時の私はほんのちょっとだけ自信が足りなくて

ドタン場で逃げるような事をしてしまったのだけれど、
家に上がる時までは、桜川君と一夜を共にしてもいいと思っていたのです。
あの時私が一番会いたかったのが、あなただったのです。
そのまま朝まで一緒にいたとしたら、
私達の人生は、全く別の物になっていたかもしれません。
あれは間違いなく、一つの分岐点だったと思うのです。

でも、どっちの道を取るのが良かったのかなんて、たぶん永遠にわからない。
月並みだけど、きっとそれが「人生」という物なんだなって、今はそう思います。
だから、私はもうこの道を歩き続けるしかないのだし、
それは桜川君も同じでしょう。
色々あって、私の人生のコースはどこかで大きく歪《ゆが》んでしまったんだけど、
それでも、最後に、本当の最後の瞬間に後悔しなければいいんだって思ってます。
最近、やっとそう思えるようになりました。
だから、私はなんとかやっていきます。

実は最近、ハンガリー語の能力が必要な文化団体とか貿易会社とかそういう職場の求人を探しはじめています。

カーロイのつらい思い出に結びつくハンガリー語に触れるのは抵抗があったけど、いきさつはどうあれ、そしてよくも悪くも、今の私が手にしているものはそれくらいしかないのです。

だったら、それを誇らしげにかざして、道を切り開いていくしかないんだって今は思います。


桜川君も、どうぞ頑張ってください。

私の見立て通り、あなたはとてもいい男になったと思う。

きっと幸せな人生を送れると思います。


それでは、それぞれの人生を歩んで行きましょう。

祥子

最後の一文は、言うなれば別れの言葉だった。十一年前に二つに分かれ、無限と思えるほど遠い隔たりを保ちながら伸びてきた二本の道が、今ここで再びひとつに交わった。しかしそれはほんの一瞬のことで、道はもう一度分岐し、遠ざかってゆく。そしてそれが再度交わる時は、たぶん永遠に訪れないのだ。

しかしそれは、突き放した物言いには見えなかった。むしろそれによって、この十一年間、ぽっかりと口を開けたままだった空洞が、じわじわと満たされていくように衛は感じていた。温かい液体のようなものがその中に流れ込み、やがて溢《あふ》れ出す。もう、その空洞の形さえわからない。

穴は埋まった。負債は清算され、原価は償却され、刑期は終わり、カルマは解消されたのだ。

もう一度頭から繰り返して読んだとき、白紙だと思っていた二枚目の末尾に、短い追伸だけ添えられていることに気づいた。

P・S

さっき、「shokoの部屋」をきれいさっぱり削除しました。

私もここから動き始めます。

衛はその手紙を大事にカバンにしまい、バスを降りて、中央線に乗った。土曜の夜の上り電車は、来たときよりもさらにすいている。シートに腰かけると、足もとからのヒーターの暖かさが心地よくて、ついまた眠りに引き込まれてしまう。

いくつかの切れ切れのイメージが、入れ替わり立ち替わり現れる。その中には祥子もいるし、榛菜も、望月も香原もいる。見たことがないはずのナーダーシュ・カーロイさえ。祥子と交わした数時間の会話の断片が、脈絡もなくランダムに再現されているようだ。内容を追おうとすると、それはすぐになにか別のものに化けてしまう。

やがて場面は一転して、またあの海岸に来ていることが衛にはわかる。ただ、波はいつしか、枯れたハマユウの向こう側まで引いている。彩香と並んで座っているここは安全だ。そして、ここで待ち合わせていたはずの祥子がもう来ないことを、衛は知っている。

衛は寄せては返す波をしばらく見つめてから、視線を落として、彩香が棒切れで砂に描いているものを、初めてはっきりと見る。

メガネをかけてにこにこしている、やさしそうな、誠実そうな男の顔だ。

そのかたわらに彩香が文字を書き足している。三文字のひらがな。ま・も・る。

彩香がしゃがんだ姿勢のままで衛を見上げ、無言でほほえむ。笑顔を返しながら、衛は突き上げてくるものをこらえきれずにいる。

これが、自分？ この誠実そうな男が？

彩香には、自分がこんな風に見えているというのか？

目が覚めたとき、衛の両目は濡《ぬ》れていた。そのまま衛は、ガラ空きの車両の中で、声を殺して泣いた。

はっきりと覚醒《かくせい》してから衛が最初にしたことは、携帯電話に残る女たちとのメッセージの応酬を、ひとつずつ削除していくことだった。それが済むと、今度は登録してある電話番号などのデータを、ひとつずつ削っていった。石崎智美、松野智子、寺田由真、高浜慶子、一ノ瀬礼奈、堂島晴美……。

電車が吉祥寺に停まった瞬間、衛は衝動的にホームに下りた。つきあい始めの頃、井の頭線沿線の寮に住んでいた彩香とよく待ち合わせて遊んだ街だ。井の頭公園でボートを漕《こ》いだこともあったし、その近くのラブホテルに泊まったこともある。しかしここ数年、仕事以外の用件で下りたことはなく、駅構内の様子も当時とだいぶ違ってしまっているように見える。

たしかに見覚えのある改札のひとつから外に出ると、その途端、駅前を横断する道一本を隔てて、巨大な電飾が壁のように立ちはだかっているさまに圧倒された。オレンジ色の電球が無数にきらめく光のカーテンに、大小さまざまな雪の結晶をかたどった青い光がちりばめられている。クリスマスに向けてのデコレーションだ。

そんなものは見慣れているはずなのに、どういうわけかそれが、たとえようもなく眩《まばゆ》くきらびやかなものに見えた。長い長い道のりを経て、遠くからようやく自分はここに戻ってきたのだ、と思った。

ぼんやりと佇《たたず》むばかりの衛の背中に、改札から溢れ出てきた通行人がぶつかった。それに押される形で、衛も歩きはじめた。電飾を迂回《うかい》するように歩道を進んで道を渡ると、見覚えのあるアーケードが目に入った。衛は、かつて彩香と連れ立ってそこを歩いたときの記憶を辿《たど》るようにしながら、道の両側にあるさまざまな店舗に目を走らせた。

ここ数年で急成長してきたチェーン店などが新たに続々と出店しているせいか、見覚えのある店になかなか行き当たらない。しかし衛には、間違っていない確信があった。五年前、あの頃の彩香と自分がいた場所に向かって、着々と近づいているという確信が。

そう、たしかにこっちだ。たしか、このあたりの角を左に曲がったところに――あった。

GOOD TIMES……生演奏を聴かせるジャズバー。ちょっと背伸びをしたいときに、彩香を連れて行ったその店が、今でも同じたたずまいで同じ看板を掲げている。勇んで駆けつけると、入り口に向かって下りていく階段の手前に、今日の出演バンドの名とライブ開始時間が書いてある。ライブは、19：30～となっている。初回の演奏はもう始まっているが、この店のライブはたしか、その後三十分おきくらいで数ステージあるはずだった。

チャージは当時から変わらず、千六百円だ。もちろん、それ以外に飲食代がかかる。社会人になりたての衛やまだ学生だった彩香にはけっこう敷居が高く感じられたものだが、その額に躊躇《ちゅうちょ》を感じる年齢は、いつのまにか通り過ぎていた。そのことが、衛の胸にせつなく迫った。財布の中の残額を気にしながら、思い切ってこの店を選んだ自分や彩香が、いとおしかった。

あの頃に戻れるとは思っていない。ただ、あの頃を思い出しながら、もう一度始めることはできるはずだ。今いるこの場所から、足を一歩前へ。さらに一歩前へ。

衛は携帯を取り出して、彩香を呼び出した。

三回目のコールで、本人が出た。

「はい、もしもし……」

その声がどこかよそよそしく聞こえて、一瞬、気持ちが萎《な》えそうになる。しかしそれを押して、衛は頭の中で用意していた台詞《せりふ》を口にする。できるだけはきはきと、初めてのデートに誘うときのように。

「彩香？　俺だけど、今、思ったより早く仕事が終わって、帰り道でたまたま吉祥寺に寄ったんだ」

「吉祥寺？　今、吉祥寺なの？」

「うん。それで……。急で悪いんだけど、これから出てこられないかな。久々にこっちに来て、なんだか懐《なつ》かしくなって」

「あ……いいけど」

彩香の声の調子に、思っていたよりも浮き立つような感じがあることが嬉《うれ》しくて、衛は思わず、携帯を握りしめる。

「でも私、今日一日家でごろごろしてて、ひどい格好だから、今すぐ出るのはちょっと……」

「あ、いいよ、もちろん。待つから」

衛は店の名を告げて、そこでライブを観《み》ながらゆっくり待つと言った。

「GOOD TIMESかー、あのジャズの店でしょ？　懐かしいね……」

「でしょ？　そこで会おうよ」

「そうだね！　わかった。じゃあ、なるべく急いで支度するから、待ってて」

彩香が身支度をしてこの店に到着するまで何十分かかるか、衛はあえて計算しなかった。計算するまでもなかった。何時間でも待つつもりだったからだ。

衛は携帯をスーツの内ポケットに放り込むと、狭い階段を一段ずつ下りていった。サックスの調べとドラムの震動が刻々と大きくなり、衛を取り囲んでいく。目が醒《さ》めるような鮮烈な音響だった。それが自分の体を貫いて、どこまでも遠く、太陽系の果てまでも遠く響き渡っていけばいいと思った。

解説

瀧井朝世

　初恋の相手や昔の恋人の名前をネットで検索してみる、という行為は、多くの大人がこっそりしていることかもしれない。そこで相手の意外な変貌《へんぼう》を知ってしまったら胸中は複雑だ。二十八歳、敏腕証券マンの桜川衛が経験したのも、その類《たぐい》。高校生の頃に思いを寄せていた、ごく真面目《まじめ》な女の子だった都築祥子と同姓同名の女性の、あられもない姿を掲載したサイトを発見してしまったのである。顔は写されていないが、日記ページに残したコメントから、同一人物と確信。高校を卒業後、いったい彼女に何が起こったのか——。

　本書は二〇〇七年に刊行された、平山瑞穂氏の第四作の文庫化作品である。単行本では『冥王星《めいおうせい》パーティ』というタイトルであったが、文庫では『あの日の僕らにさよなら』と、内容がより明確に伝わる方向へと改題されており、読者は読み終わった後、このタイトルの意味を噛《か》みしめることになるだろう。

毎回異なる作風の小説を発表し続ける平山氏だが、私は、彼は記憶について書く作家だという印象を持っている（間違う読者が多いので念押ししておくと、平山さんは男性です）。切り口はさまざまだ。分かり易いものをいくつか挙げてみよう。『忘れないと誓ったぼくがいた』（新潮文庫）は相手に関する記憶をとどめておけない状況での恋愛を描いたもの、『プロトコル』（実業之日本社文庫）は長い文字列を記憶できるという特技を持った生真面目女性が登場するお仕事&家族小説、『マザー』（小学館文庫）は人の記憶を改竄《かいざん》するソフトをめぐるＳＦミステリ、『偽憶』（幻冬舎）は大金獲得のために十五年前の記憶を探ろうとする男女を描いたサスペンスタッチの作品。ダークな青春小説『3・15卒業闘争』（角川書店）は近未来的な社会で理不尽な学校生活を送る生徒たちを描いているが、実はこれも記憶が大きな鍵《かぎ》となっている。

本書も記憶がポイントだ。といっても物覚えに長《た》けた主人公が出てくるわけでもないし、思い出が上書きされるソフトが登場するわけでもない。それよりももっと身近で、生々しい記憶というものが絡《から》んでくる。それは〝若い頃の痛い思い出〟である。もちろん二十八歳はまだまだ若いけれども、それよりさらに若かった頃、という意味で。

高校生時代、女友達の榛菜に「祥子にピッタリな人がいる」と言われ、衛を紹介された都築祥子。地味で冴《さ》えない彼に好感を持ったわけではないが、偶然の再会を経て二人は本や音楽について語らう仲になっていく。でも恋には進展しない。衛は節度を持って祥子に接しているし、祥子は衛のような男の子を自分の彼氏だと思われるのは「恥ずかしい」と感じているからだ。彼らの交流はしばらく続くが、あることをきっかけに祥子は衛を拒絶するようになってしまう。疎遠《そえん》になったまま月日は流れ、十一年後、すでに社会人となった衛が、ネットで件《くだん》のサイトを見つけてしまったというわけだ。本書は、衛との日々とその後の変遷《へんせん》を綴《つづ》る祥子の章と、祥子の現在を追う衛の章から成り立っている。間に現在の彼らの一人称での語りが挟まれ、衛のパートは「from the earth」、祥子のパートは「In Pluto」というタイトルがつけられている。Pluto は冥王星のこと。太陽系の第九惑星に認定されていたのに二〇〇六年に外され、準惑星に分類された天体だ。地球にいる衛と、冥王星にいる祥子。その距離はとてつもなく遠い。単行本刊行当時に著者にインタビューをしたところ、冥王星のような遠いところに女の子がポツンといるイメージから本書のストーリーを作っていった、とのことだった。この星が〝格下げ〟されたのは着想を得た後のことだが、惑星仲間から外された星にポツンといる女の子、となったわけで、寂しいイメージがより強まった。

　高校卒業後の祥子はどうもツイてなかったようだ。はっきり言って男運がない。一方、衛は大学を卒業してから驚くべき変貌を遂げ、過去に復讐《ふくしゅう》するかのように女遊びを重ねているが、二十八歳になった今、自分が築き上げてきたものが崩れかけていると感じている。先述のインタビューで平山さんは衛について「高校時代のイケてない衛は、僕自身が当時、女の子からこう見えていただろうという自虐《じぎゃく》ネタ（笑）。大人になってからの衛の姿は、バブル時代に遊んでいた友人のエピソードを参考にしました」と語っていた。補足しておくと、高校時代の平山さんは一匹狼《おおかみ》だったらしく、休み時間も文庫本を開いて周囲をよせつけず、友達を作ろうともしなかったという。周囲をやや見下して「寄らば斬る」風の空気を醸《かも》し出していたようで、二年生の時の生徒手帳の写真は、自分で見ても「怖い」と思うほど目つきが悪いのだそうだ（見てみたい）。あ、でも、現在の平山さんはそんな青春時代が想像できないほど温厚で気さくでとても紳士的な方です、はい。

　予想外の方向へと人生の歩みを進めてしまった祥子、イタい青春時代から抜け出したと思ったのに今また自分に疑問を抱いている衛。大人になった彼らが振り返ってみれば、お互いと過ごした日々は幸福なものだった。その後、どこで道を間違えてしまったのか。逡巡《しゅんじゅん》する二人の心の揺れがじっくりと描かれていく。

それにしても、さまざまな要因が折り重なっての結果とはいえ、どう考えても駄目な男としか思えない相手に引き寄せられていく祥子の危うさといったら。彼女自身が迷う姿も生々しいが、親友のように振る舞いながらも実は自分勝手な榛菜の微妙にイヤな感じ、祥子が出会う男たちのタイプの書き分けが実に見事。ただ癖のある男たちを並べただけでなく、祥子が惹《ひ》かれそうな要因を持った男という条件つきで、駄目男タイプを巧みに描き分けているのだ。どうやら彼女は才能なり強引さなりで、自分を平凡な日常から連れ出してくれそうな男に弱いみたいだ。ただし自分から積極的にアプローチしていくというよりは、口八丁手八丁な相手に絡め取られていってしまう。傍からみたら愚かしい行動だが、思春期&青年期の頃は、ひねくれた自意識や過剰な劣等感やつまらない承認欲求によって、バカなことをやってしまうものなのである。私だって身に覚えがないわけじゃない。

駄目な男たちとの記憶にとらわれて、冥王星みたいな場所でひとり佇《たたず》んでいる祥子。イケてなかった頃の記憶から逃げるかのように、意識的に自分像を作り上げていった衛。彼らを支配しているのが、先述の〝若い頃の痛い思い出〟というわけだ。それはもはや、呪縛《じゅばく》といっていいものかもしれない。『３・15卒業闘争』刊行時のインタビューの時には、平山さんはこう語っていた。

「僕自身の核の部分にまだ中学生の頃の自分がいるんですよね。成長するうちに核の周囲に社会的なインターフェイスを構築していっただけで、中心部分には思春期の気持ちがそのまま残っている。そういう人は多い。僕の世代くらいから、みんな大人と言われる年代になっても、永遠に終わらない青春を生きているように思います」

「この作品を執筆して、あの頃の気持ちを解放して小説に結実したことで、僕自身、思春期の凝り固まりから〝卒業〟できたのかもしれません」

思春期の負の遺産からの卒業は、著者にとって重要なモチーフなのである。

今現在の行動のモチベーションが、過去に生じたコンプレックスやマイナス感情に起因しているとしたら、それは不幸なことではないだろうか。生まれてからずっと清《せい》廉《れん》潔白で、挫《ざ》折《せつ》したこともなければ恥をかいたこともない人間なんて、この世には一人もいないはず。記憶に刻まれた、自分を苛《さいな》む苦い経験を乗り越えて、建設的な今を築いていくにはどうしたらいいのか。自身も〝凝り固まり〟を抱えていたからこそ、どうすれば衛と祥子が新たな一歩を踏み出せるか、著者は親身になって探っていったに違いない。大人になった衛と祥子がどうなっていくのかは、ここには書かない。ただ、最終的に描きだされるのは、まさに思春期の呪縛から解き放たれていく瞬間だ。絵空事ではない展開だからこそ、それは現実を生きる読者をも励ますものとなっている。

欠点があってもいい、不器用でもいい、失敗ばかりしていたっていい。それでもまだ先に進めるよ、と著者は伝えてくれている。「あの日の僕らにさよなら」という言葉は、傷を抱えた人生を歩む人の背中を押す言葉。本書は現在くすぶっている人たちへのエールとなる、ちょっぴりほろ苦い大人の青春小説なのだ。

（平成二十四年十一月、ライター）

この作品は平成十九年三月新潮社より刊行された
『冥王星パーティ』を改題したものです。

あの日《ひ》の僕《ぼく》らにさよなら

新潮文庫　ひ-27-3

平成二十五年一月一日発行
平成二十五年七月二十五日三刷

著者　平《ひら》山《やま》瑞《みず》穂《ほ》

発行者　佐藤隆信

発行所　株式会社新潮社

郵便番号　一六二―八七一一
東京都新宿区矢来町七一
電話　編集部(〇三)三二六六―五四四〇
　　　読者係(〇三)三二六六―五一一一
http://www.shinchosha.co.jp

価格はカバーに表示してあります。

印刷・二光印刷株式会社　製本・株式会社植木製本所

ISBN978-4-10-135483-5 C0193